Narratori Feltrinelli

Isabel Allende

Il vento conosce il mio nome

Traduzione di Elena Liverani

Titolo dell'opera originale
EL VIENTO CONOCE MI NOMBRE

Traduzione dallo spagnolo di
ELENA LIVERANI

Prima edizione ne "I Narratori" settembre 2023

Stampa Grafica Veneta S.p.A. di Trebaseleghe - PD

ISBN 978-88-07-03575-3

FSC
www.fsc.org
MISTO
Carta
da fonti gestite in
maniera responsabile
FSC® C021883

GRAFICA VENETA
CARBON NEUTRAL

Questo libro è stampato fabbricato da Grafica Veneta S.p.A.
con un processo di stampa e rilegatura certificato 100% carbon neutral
in accordo con PAS 2060 BSI

A Lori Barra e Sarah Hillesheim
per il loro cuore compassionevole.

Ecco il mio segreto, ed è molto semplice: si vede solo con il cuore; l'essenziale è invisibile agli occhi.

Antoine de Saint-Exupéry, *Il Piccolo Principe*

C'è una stella dove tutti gli uomini e gli animali sono felici, ed è meglio del cielo perché non bisogna morire per andarci.

Anita Díaz

Gli Adler

Vienna, novembre-dicembre 1938

Nell'aria c'era un presentimento di sventura. Fin dal mattino presto, un vento di incertezza spazzava le strade, fischiando tra gli edifici, infilandosi dalle fessure di porte e finestre. "È l'inverno che arriva," mormorò Rudolf Adler per farsi coraggio, ma il tempo e la stagione non bastavano a spiegare il peso sul petto che sentiva ormai da diversi mesi.

La paura era un fetore di ruggine e spazzatura incollato al naso di Adler; né il tabacco della pipa, né la fragranza agrumata del dopobarba riuscivano a smorzarlo. Quel pomeriggio, l'odore della paura alzato dalle raffiche di vento gli impediva di respirare; gli girava la testa e aveva la nausea. Decise di congedare i pazienti in attesa e di chiudere prima l'ambulatorio. La sua assistente, stupita, gli domandò se non si sentisse bene. Lavorava con lui da undici anni e il medico non aveva mai trascurato i suoi doveri; era un uomo metodico e puntuale. "Niente di che, Frau Goldberg, solo un raffreddore. Vado a casa," rispose. Finirono di riordinare l'ambulatorio e di disinfettare gli strumenti e si salutarono sulla porta, come ogni giorno, senza sospettare che non si sarebbero più rivisti. Frau Goldberg si diresse verso la fermata del tram e Rudolf Adler percorse a passo spedito i pochi isolati che lo separavano dalla farmacia, con la testa incassata fra le spalle, il cappello in una mano e la valigetta nell'altra. Il marciapiede era umido e il cielo coperto, doveva aver piovigginato e più tardi sarebbe caduto uno di quegli acquazzoni autunnali che lo sorprendevano sempre senza ombrello. Aveva fatto quelle strade migliaia di volte, le conosceva a memoria e non mancava mai di apprezzare la sua città, una delle più belle del mondo: l'armonia degli edifici barocchi e Art Nouveau, gli alberi maestosi che iniziavano a perdere le foglie, la piazza del quartiere, la statua equestre, la vetrina della pasticceria con la sua parata di dolci e quella dell'antiquario, piena di curiosità; ma questa volta tenne lo sguardo a terra. Portava il peso del mondo sulle spalle.

Quel giorno le voci minacciose avevano portato la notizia di un attentato a Parigi: un diplomatico tedesco ucciso con cinque colpi di pistola da un giovane ebreo polacco. Gli altoparlanti del Terzo Reich gridavano vendetta.

A marzo la Germania aveva annesso l'Austria e la Wehrmacht era sfilata con la sua arroganza militare nel centro di Vienna, tra gli applausi di una folla entusiasta; da allora, Rudolf Adler viveva nell'angoscia. I suoi timori erano iniziati qualche anno prima ed erano cresciuti a mano a mano che il potere dei nazisti si rafforzava, grazie ai finanziamenti e alle armi di Hitler. Usavano il terrorismo come arma politica, approfittando del malcontento, soprattutto giovanile, generato dai problemi economici che si trascinavano dalla Grande depressione del 1929 e dall'umiliazione per la sconfitta nella Prima guerra mondiale. Nel 1934 era stato assassinato il capo del governo Dollfuss e dopo il fallito colpo di stato ottocento persone avevano perso la vita in diversi attentati. Intimidivano gli avversari, provocavano rivolte e minacciavano la guerra civile. All'inizio del 1938 la violenza interna era insostenibile e la Germania premeva ai confini per annettere l'Austria. Nonostante le ripetute concessioni del governo alle richieste tedesche, Hitler ordinò l'invasione. Il partito nazista austriaco gli aveva preparato il terreno e le truppe d'invasione non solo non incontrarono nessuna resistenza, ma vennero acclamate dalla maggioranza della popolazione. Il governo cedette e due giorni dopo Hitler in persona entrò trionfalmente a Vienna. I nazisti stabilirono un controllo assoluto sul territorio. Qualsiasi opposizione fu dichiarata illegale. Le leggi tedesche, l'apparato repressivo della Gestapo e delle SS e il fanatismo antisemita diventarono immediatamente effettivi.

Rudolf sapeva che anche sua moglie Rachel, una donna razionale e pratica e per nulla propensa a immaginare disgrazie, era quasi paralizzata dall'ansia e andava avanti solo con l'aiuto di farmaci. Entrambi cercavano di proteggere l'innocenza del loro figlio Samuel, ma il piccolo, di quasi sei anni, aveva la maturità di un adulto; osservava, ascoltava e capiva senza fare domande. All'inizio Rudolf aveva dato alla moglie gli stessi tranquillanti che prescriveva ad alcuni dei suoi pazienti, ma poiché le facevano sempre meno effetto, rafforzò la terapia con gocce più potenti, che si procurava in flaconi scuri privi di etichetta. Lui ne avrebbe avuto bisogno quanto lei, ma non poteva prenderle, glielo impediva l'esercizio della professione.

Le gocce gli venivano consegnate con circospezione da Peter Steiner, il proprietario della farmacia, suo amico da molti anni. Adler era l'unico medico a cui Steiner affidava la sua salute e quella della sua famiglia, e nessun decreto inteso a proibire i rapporti tra ariani ed ebrei poteva modificare la stima reciproca che li univa. Negli ultimi mesi, tuttavia, Steiner doveva evitarlo in pubblico, perché non poteva permettersi di finire nei guai con il comitato nazista di quartiere. In passato avevano giocato migliaia di volte a poker e a scacchi, si erano scambiati libri e giornali e andavano regolarmente in gita in montagna o a pesca per fuggire dalle loro mogli, come dicevano ridendo di gusto, e nel caso di Steiner, per svignarsela dal suo branco di figli. Ora Adler non giocava più a poker nel retrobottega di Steiner. Il farmacista lo faceva entrare da una porta laterale e gli dava i farmaci senza registrarli nella contabilità.

Prima dell'annessione, Peter Steiner non si era mai interrogato sulle origini degli Adler, che considerava austriaci come lui. Sapeva che erano ebrei, come altri centonovantamila abitanti del paese, ma questo non significava nulla. Era agnostico – ma educato al cristianesimo, che gli sembrava irrazionale come tutte le altre religioni – e sapeva che anche Rudolf Adler lo era, sebbene praticasse qualche rito per riguardo nei confronti della moglie. Per Rachel era importante che il figlio Samuel crescesse con il sostegno della tradizione e della comunità ebraica. Il venerdì sera gli Steiner erano invitati a casa degli Adler per lo Shabbat. Rachel e Leah, sua cognata, curavano ogni dettaglio: la tovaglia migliore, le candele nuove, la ricetta del pesce tramandata dalla nonna, le pagnotte e il vino. Rachel e sua cognata erano molto legate. Leah, che era rimasta vedova da giovane e non aveva figli, si era molto affezionata alla famigliola di suo fratello Rudolf. Anche se Rachel l'aveva pregata di trasferirsi da loro, Leah voleva vivere da sola, ma andava a trovarli spesso. Era assai socievole e collaborava a diversi programmi della sinagoga per aiutare i membri più bisognosi della comunità. Le rimaneva solo Rudolf, da quando il fratello minore si era trasferito in un kibbutz in Palestina, e Samuel era l'unico nipote. Rudolf presiedeva la tavola dello Shabbat, come spettava al padre di famiglia. Con le mani sul capo di Samuel, pregava che Dio lo benedicesse e lo proteggesse, gli desse la grazia e gli concedesse la pace. In più di un'occasione Rachel aveva colto un ammiccamento tra suo marito e Peter Steiner. Lasciava correre, ritenendo che non fosse un gesto di scherno, bensì solo un segnale della complicità di quei due miscredenti.

Gli Adler appartenevano alla borghesia laica e colta che caratterizzava la buona società viennese in generale e quella ebraica in particolare. Rudolf aveva spiegato a Peter che il suo popolo era stato discriminato, perseguitato e disperso ovunque per secoli, motivo per cui essi davano molto più valore all'istruzione che ai beni materiali. Potevano essere spogliati di tutte le loro sostanze, come era accaduto costantemente nel corso della storia, ma nessuno poteva togliere loro l'educazione intellettuale. Un titolo di laurea era molto più rispettato di una fortuna in banca. Rudolf proveniva da una famiglia di artigiani, orgogliosi che uno di loro fosse diventato medico. La professione conferiva prestigio e autorità, ma nel suo caso non si traduceva in denaro. Rudolf Adler non era uno di quei chirurghi alla moda o un professore dell'antica Università di Vienna: era un medico di quartiere, studioso e altruista, che curava gratuitamente metà dei suoi pazienti.

L'amicizia tra Adler e Steiner si fondava su profonde affinità e valori; entrambi avevano la stessa curiosità vorace per la scienza, erano amanti della musica classica, lettori impenitenti e simpatizzanti clandestini del partito comunista, messo al bando dal 1933. Erano anche uniti da una repulsione viscerale nei confronti del nazionalsocialismo. Da quando Adolf Hitler, come cancelliere, aveva assunto i poteri assoluti, si ritrovavano nel retrobottega della farmacia a lamentarsi del mondo e del secolo in cui era toccato loro vivere, consolandosi con un brandy in grado di corrodere il metallo che il farmacista distillava in cantina – un antro per molti usi dove era disposto in perfetto ordine tutto ciò che serviva per preparare e confezionare alcuni dei medicinali che vendeva. A volte Adler portava con sé il piccolo Samuel per "lavorare" con Steiner. Il ragazzo passava ore nello scantinato a mescolare e imbottigliare polveri e liquidi colorati che il farmacista gli dava. Nessuno dei figli di Steiner godeva di quel privilegio.

Steiner si addolorava nel profondo del cuore per ogni legge intesa a schiacciare la dignità del suo amico. Si era fatto intestare l'ambulatorio e l'appartamento per evitare che glieli confiscassero. L'ambulatorio era in un'ottima posizione, al piano terra di un palazzo signorile dove Adler e la famiglia vivevano al primo piano; tutto il capitale del medico era investito in quelle proprietà e averle trasferite a un terzo, anche se si trattava dell'amico Peter, era stata una misura estrema che Rudolf aveva preso senza consultare la moglie. Rachel non glielo avrebbe mai permesso.

Rudolf Adler cercava di convincersi che l'isteria antisemita si sarebbe presto placata, non poteva attecchire a Vienna, la città più raffinata d'Europa, culla di grandi musicisti, filosofi e scienziati, molti dei quali ebrei. La retorica incendiaria di Hitler, sempre più veemente negli ultimi anni, era l'ennesima manifestazione del razzismo che i suoi antenati avevano sopportato, ma che non aveva impedito loro di convivere e prosperare. Per precauzione, aveva tolto la targa con il suo nome dalla porta dell'ambulatorio, un accorgimento privo di conseguenze, visto che riceveva lì da tanti anni ed era molto conosciuto. La sua clientela era diminuita, perché i pazienti ariani avevano dovuto lasciarlo, ma pensava che quando gli animi in città si fossero raffreddati, sarebbero tornati. Confidava nelle proprie capacità professionali e nella propria reputazione, assai meritata. Tuttavia, con il passare dei giorni e l'aggravarsi del clima di tensione, Adler cominciò a prendere in considerazione l'idea di emigrare per sfuggire alla tempesta scatenata dai nazisti.

Rachel Adler si mise una pillola in bocca e la inghiottì senz'acqua mentre aspettava che le dessero il resto in panetteria. Era vestita alla moda, nei toni del beige e del bordeaux, con una giacca stretta in vita, un cappello sulle ventitré, calze di seta e tacchi alti; era bella e non aveva ancora trent'anni, ma l'espressione severa gliene aggiungeva parecchi. Cercò di nascondere sotto le maniche il tremore delle mani e di rispondere in tono leggero ai commenti del panettiere sull'attentato di Parigi.

"Ma che cosa voleva fare quell'idiota di un ragazzo che ha ucciso il diplomatico? Non poteva che essere polacco!" esclamò l'uomo.

Rachel aveva appena dato l'ultima lezione al suo miglior allievo, un ragazzo di quindici anni che studiava pianoforte con lei da quando ne aveva sette, uno dei pochi che prendevano la musica sul serio. "Mi deve scusare, Frau Adler, certamente capirà..." le aveva detto la madre congedandola. Le aveva pagato la lezione tre volte tanto ed era stata sul punto di abbracciarla, ma poi si era trattenuta per paura di offenderla. Sì, Rachel capiva. Era grata, perché quella donna le aveva dato da lavorare per molti mesi più del dovuto. Così aveva cercato di frenare le lacrime e se ne era andata a testa alta; era affezionata al ragazzo e non lo giudicava per il fatto di indossare con orgoglio i pantaloni corti neri e la camicia marrone dell'uniforme della Gioventù hitleriana, all'insegna del motto "Sangue e Onore". Tutti i ragazzi appartenevano al movimento, era praticamente obbligatorio.

"Ha visto in che pericolo ci ha messo tutti, quel polacco? Ha sentito cosa dicono alla radio, Frau Adler?" continuò a pontificare il fornaio.

"Speriamo che non si vada oltre le minacce," disse lei.

"Torni subito a casa, Frau Adler. Per le strade ci sono bande di ragazzi in agitazione. Non deve girare da sola. Presto farà buio."

"Buonasera e a domani," balbettò Rachel, mettendo il pane nella borsa e il resto nel portamonete.

Una volta fuori, respirò a pieni polmoni l'aria fredda e cercò di scrollarsi di dosso i cupi presentimenti che la tormentavano dall'alba, ancor prima di sentire la radio e le voci allarmanti che circolavano nel quartiere. Pensò che le nuvole scure annunciassero pioggia e si concentrò su ciò che le restava da fare. Doveva passare a comprare il vino e le candele per il venerdì; sua cognata sarebbe venuta per lo Shabbat, come ogni settimana, così come tutti gli Steiner. Sentiva che, nonostante la pillola appena presa, i nervi potevano tradirla da un momento all'altro, aveva bisogno delle gocce, e così decise di rimandare le compere al giorno successivo. Due isolati più in là vide il palazzo dove abitava, uno dei primi in puro stile Art Nouveau, costruito a fine Ottocento, quando quelle linee piene di vita, le finestre, i balconi curvi e le vetrate con disegni floreali avevano scandalizzato la società viennese, conservatrice e abituata all'eleganza barocca. Ma l'Art Nouveau si era imposta in fretta e quando Rudolf aveva acquistato il locale a pianterreno per l'ambulatorio e l'appartamento per la famiglia, l'edificio era ormai diventato un luogo caratteristico della città.

Rachel fu tentata di fare un salto nell'ambulatorio a salutare il marito, ma scartò subito l'idea. Rudolf aveva già abbastanza problemi per conto suo e lei non poteva angosciarlo con i suoi timori. Inoltre, dal mattino Samuel era a casa della zia e la stava aspettando. Leah Adler era maestra e si era offerta di far lezione a diversi bambini. Samuel aveva un paio d'anni in meno rispetto agli altri, ma riusciva a starle dietro. Molti alunni ebrei erano stati trattati male a scuola e alcune madri della comunità si erano organizzate fra di loro per istruire i più piccoli, mentre i più grandi studiavano nella sinagoga. Si trattava di una misura d'emergenza, pensavano. Rachel proseguì per andare a prendere il figlio e non si accorse che l'ambulatorio del marito era chiuso, cosa insolita per quell'ora. Rudolf in genere riceveva i pazienti fino alle sei del pomeriggio, tranne il venerdì, quando rientrava per cenare prima del tramonto.

L'appartamento di Leah, modesto ma in una bella posizione, era composto da due stanze arredate con mobili di seconda mano abbellite da fotografie in cornice del marito prematuramente scomparso e ricordi dei viaggi che era riuscita a fare con lui prima di rimanere vedova. Nei giorni in cui arrivavano i suoi alunni, l'aria profumava di biscotti appena sfornati. Rachel Adler vi incontrò altre tre madri, che erano andate a prendere i figli e si erano fermate a bere un tè e ad ascoltare Samuel che suonava l'*Inno alla gioia*. Il bambino era commovente, così piccolo e magro, le ginocchia sbucciate, i capelli ribelli e la massima concentrazione, mentre ondeggiava seguendo la musica del suo violino, completamente ignaro dell'emozione che stava suscitando. Un coro di esclamazioni e di applausi scoppiò sulle ultime note. Samuel impiegò qualche secondo per uscire dallo stato di trance e tornare a quella cerchia di donne e bambini. Fece un breve inchino e, mentre la zia correva a baciarlo, la madre nascose un sorriso di soddisfazione. Era un brano relativamente facile, che il bambino aveva imparato in meno di una settimana, ma Beethoven era sempre di grande impatto. Rachel sapeva che suo figlio era un prodigio, ma rabbrividiva a qualsiasi manifestazione di vanità e quindi non vi accennava mai, aspettava che lo facessero gli altri. Aiutò Samuel a indossare il cappotto e a riporre lo strumento nella custodia, si congedò in fretta dalla cognata e dalle altre signore e si avviò verso casa, calcolando che c'era giusto il tempo di mettere l'arrosto in forno prima di cena. Da un paio di mesi non aveva più un aiuto a casa, perché la domestica ungherese, che aveva lavorato da loro per diversi anni, era stata deportata e lei non se la sentiva di cercarne un'altra.

Madre e figlio passarono davanti alla porta dell'ambulatorio senza fermarsi ed entrarono nell'ampio atrio del palazzo. Le lampade in vetro dipinto con motivi di ninfee erano accese e illuminavano l'androne nei toni del verde e dell'azzurro. Si diressero verso l'imponente scalone doppio che portava al primo piano e, passando davanti alla guardiola, salutarono la portinaia, che da lì vigilava a tutte le ore. La donna non rispose. Lo faceva raramente.

L'appartamento degli Adler era spazioso, confortevole, con pesanti mobili di mogano, destinati a durare una vita, male assortiti con quell'architettura di linee leggere e semplici. Il nonno di Rachel era un antiquario e i suoi discendenti avevano ereditato quadri, tappeti e ornamenti di eccezionale qualità, però passati ormai di moda. Rachel, cresciuta nella raffinatezza, cercava di vivere con signorilità, anche se le entrate del marito e delle sue lezioni di musica non potevano essere paragonate a quelle dei nonni. La sua eleganza era discreta, perché l'ostentazione le ripugnava quanto la vanità. Fin da piccola le era stato insegnato quanto fosse rischioso suscitare invidia negli altri.

In un angolo della sala, vicino alla finestra che dava sulla strada, c'era il pianoforte a coda, un Blüthner che apparteneva alla sua famiglia da tre generazioni. Era il suo strumento di lavoro, che usava con la maggior parte dei suoi allievi, ed era anche il suo unico piacere nelle ore di solitudine. Lo suonava con padronanza fin da quando era bambina, ma da adolescente, resasi conto di non avere il talento per diventare una concertista, si era rassegnata a insegnare. Era una brava maestra. Suo figlio, invece, possedeva quel genio musicale che si manifesta molto raramente. Samuel si era seduto al pianoforte all'età di tre anni e sapeva suonare a orecchio qualsiasi melodia avesse sentito anche solo una volta, ma preferiva il violino perché, come diceva lui, poteva portarselo ovunque.

Mezz'ora dopo, Rachel sentì un trambusto per strada e si affacciò alla finestra. Si stava facendo buio. Vide passare una mezza dozzina di ragazzi apparentemente ubriachi che gridavano slogan del Partito nazista e insulti contro gli ebrei – "Succhiasangue! Maledetti! Assassini!" – gli stessi epiteti che aveva già sentito e letto sui giornali e sugli opuscoli tedeschi. Uno di loro reggeva una torcia e gli altri erano armati di bastoni, martelli e pezzi di tubi di ferro. Allontanò Samuel dalla finestra, chiuse le tende e si preparò a scendere per chiamare il marito, ma il bambino le si aggrappò alla gonna. Samuel era abituato a rimanere da solo, ma sembrava così spaventato che la madre decise di aspettare. Il baccano in strada stava scemando e pensò che il gruppetto si fosse allontanato. Tirò fuori l'arrosto dal forno e iniziò a preparare la tavola. Non voleva accendere la radio. Le notizie erano sempre molto brutte.

Peter Steiner accolse l'amico nel retrobottega della farmacia, dove li attendevano la partita a scacchi, iniziata la sera precedente, e una bottiglia di brandy, ormai già a metà. I locali della famosa Farmacia Steiner appartenevano alla famiglia dai tempi del bisnonno, dal 1830, e ogni generazione si era preoccupata di mantenerli in perfette condizioni. Conservavano ancora gli scaffali e i banconi di mogano intagliato, gli strumenti di bronzo portati dalla Francia e una dozzina di antiche fiale di vetro, che più di un collezionista aveva cercato di acquistare e che secondo il proprietario valevano una fortuna. Le vetrine sulla strada erano incorniciate da ghirlande di fiori dipinti, il pavimento era ricoperto di piastrelle portoghesi, un po' consumate da oltre un secolo di utilizzo, e i clienti venivano annunciati dal suono di campanelli d'argento, appesi sopra la porta. La Farmacia Steiner risultava talmente pittoresca da rientrare nelle attrazioni turistiche ed era finita sul giornale e in un libro di fotografie come simbolo della città.

Peter si stupì che Rudolf Adler fosse così in anticipo in un giorno lavorativo.

"C'è qualcosa che non va?" gli domandò.

"Non saprei, mi sento soffocare. Credo che mi verrà un infarto."

"Ma no, cosa dici, sei ancora troppo giovane! Sono i nervi, sei stressato. Prendine un po', questo cura tutto," rispose Steiner versandogli un doppio brandy.

"Non è più possibile vivere in questo paese, Peter. I nazisti ci stanno assediando. La repressione viene messa in atto in cerchi sempre più stretti e precisi. Non possiamo entrare in certi ristoranti e negozi, minacciano i nostri figli a scuola, ci tolgono il lavoro negli uffici pubblici, ci confiscano le attività e i beni, ci vietano di esercitare la nostra professione o di amare qualcuno di un'altra religione."

"La situazione è insostenibile, le cose non potranno che migliorare a breve," disse Peter, senza troppa convinzione.

"Ti sbagli. La situazione peggiorerà sempre di più. Dovremmo essere affetti da cecità selettiva per pensare che noi ebrei possiamo continuare ad avere una vita minimamente normale. È impossibile sfuggire alla violenza che ci minaccia. Ogni giorno emanano nuovi decreti."

"Mi dispiace tanto, amico mio! Come posso aiutarti?"

"Hai già fatto molto per me, ma non puoi proteggermi. I nazisti ci considerano un tumore maligno da estirpare dalla nazione. La mia famiglia vive in Austria da sei generazioni! Le umiliazioni continuano ad aumentare: cos'altro possono portarci via? La vita, non ci resta altro."

"Nessuno può toglierti la laurea in Medicina o i tuoi beni. È stata una buona idea intestare a me l'ambulatorio e l'appartamento."

"Grazie, Peter. Sei il fratello che mi manca. Sono molto preoccupato. Gli istinti più bassi si stanno scatenando. Hitler rimarrà a lungo al potere e cercherà di conquistare l'Europa. Penso che ci porterà in guerra. Riesci a immaginare cosa succederebbe?"

"Un'altra guerra!" esclamò Steiner. "No, sarebbe un suicidio collettivo. Abbiamo imparato la lezione dalla guerra precedente. L'orrore... la sconfitta..."

"Noi ebrei siamo i capri espiatori. La metà delle persone che conosco sta cercando di fuggire. Devo convincere Rachel ad andarcene."

"Andare via? Dove?" chiese Steiner, allarmato.

"È quasi impossibile ottenere un visto per l'Inghilterra o gli Stati Uniti, che sarebbero le opzioni migliori, ma conosco diverse persone che sono andate in Sud America..."

"Ma non puoi andartene! Come farò senza di te?"

"Sarebbe solo per un po' di tempo. E comunque non

è ancora deciso, devo prima convincere Rachel. Sarà difficile farle accettare di lasciare la vita che abbiamo costruito in anni di lavoro, e anche i suoi genitori e suo fratello. E non sarà facile nemmeno convincere mia sorella Leah, ma non potrei abbandonarla qui."

"È una decisione drastica, Rudi."

"Devo pensare a Samuel. Mio figlio non può crescere come un paria."

"Spero che tu non te ne vada, ma se lo farai, mi occuperò dei tuoi beni, Rudi. Quando tornerai, sarà tutto intatto qui ad aspettarti."

Erano al secondo bicchiere di liquore quando sentirono del trambusto all'esterno. Si affacciarono alla porta e videro la strada invasa da un'orda di uomini, ragazzi e qualche donna, tutti a gridare minacce e slogan di partito, brandendo martelli, mazze e altri oggetti contundenti. "Alla sinagoga! Al quartiere ebraico!" gridavano quelli alla testa del gruppo. Volarono pietre e si udì l'inconfondibile suono dei vetri in frantumi, accolto da urla di giubilo. La folla era un solo, frenetico animale che si muoveva all'unisono con esultanza omicida.

"Aiutami a chiudere la farmacia!" esclamò Steiner, ma Adler era già in strada e correva verso casa.

Il terrore pervase la sera. Rachel Adler impiegò dieci minuti per realizzare la gravità di ciò che stava accadendo, perché le tende erano chiuse e il frastuono esterno le giungeva attutito. Pensò che fosse tornata la banda di ragazzi di prima. Per distrarre Samuel, gli chiese di suonare qualcosa, ma il bambino sembrava paralizzato, come se presentisse la tragedia che lei ancora si rifiutava di riconoscere. All'improvviso qualcosa si schiantò contro la finestra e il vetro cadde a terra in mille pezzi. Il suo primo impulso fu chiedersi quanto le sarebbe costato sostituire quella lastra curva di vetro bisellato. Subito dopo, una seconda pietra ne mandò in frantumi un altro e la tenda, uscita dalla riloga, rimase a penzolare attaccata a un angolo. Dalla finestra in frantumi intravide un frammento di cielo arancione e la raggiunse una zaffata di fumo e di bruciato. Un frastuono selvaggio entrò nell'appartamento come una raffica di vento e allora capì che si trattava di qualcosa di molto più pericoloso di un gruppo di ragazzi ubriachi. Sentì urla di collera e altre di panico in mezzo al fragore continuo di vetri rotti. "Rudolf!" esclamò terrorizzata. Afferrò Samuel per un braccio e lo trascinò verso la porta. Il ragazzo riuscì a prendere la custodia con il suo violino.

Solo l'ampia scala di marmo con il corrimano in legno e bronzo separava l'appartamento dall'ambulatorio, ma Rachel non la raggiunse. Theobald Volker, il vicino del secondo piano, un militare in pensione con cui raramente aveva scambiato più di due parole, era sul pianerottolo, le si era parato davanti e la bloccava con forza. Rachel si ritrovò schiacciata contro l'ampio petto di quel vecchio brontolone, che le diceva qualcosa di incomprensibile, mentre lei si dimenava chiamando suo marito. Ci mise più di un minuto a capire che Volker stava cercando di impedirle di scendere dato che un gruppo aveva sfondato il portone di vetro e legno intagliato ed era già nell'atrio.

"Venga con me, Frau Adler!" le ordinò il vicino con il vocione di chi sa comandare.

"Mio marito!"

"Non può scendere! Pensi a suo figlio!" e la spinse su per le scale verso il proprio appartamento, dove lei non aveva mai messo piede.

L'appartamento di Volker era identico a quello degli Adler, ma non aveva nulla della sua luminosità ed eleganza; era tetro e gelido, con pochissimi mobili, nessun oggetto d'arredo se non un paio di fotografie su una mensola. L'uomo la condusse a forza in cucina, mentre Samuel, aggrappato al violino, li seguiva, muto. Volker aprì la porticina stretta di una dispensa e ordinò loro di rimanere lì nascosti senza fiatare finché lui non fosse tornato. Quando ebbe chiuso lo stanzino, Rachel e Samuel rimasero in piedi, abbracciati, in uno spazio molto ridotto, nel buio più totale. Sentirono Volker trascinare un mobile pesante.

"Cosa sta succedendo, mamma?"

"Non lo so, tesoro, stai tranquillo e in silenzio..." sussurrò la madre.

"Quando tornerà, papà qui non ci può trovare," disse Samuel, sussurrando a sua volta.

"È solo per poco. Ci sono degli uomini violenti nel palazzo, ma se ne andranno presto."

"Sono nazisti, vero, mamma?"

"Sì."

"Tutti i nazisti sono cattivi, mamma?"

"Non lo so, figliolo. Ce ne saranno di buoni e di cattivi."

"Ma quelli cattivi sono di più, credo," disse il bambino.

Theobald Volker era già un militare di carriera quando gli era toccato difendere l'Impero austroungarico nel 1914. Proveniva da una famiglia di contadini senza alcuna tradizione militare, ma nell'esercito si era distinto. Era alto quasi un metro e novanta, aveva la forza fisica e il carattere disciplinato di chi è nato per quella professione, anche se in segreto scriveva poesie e rimpiangeva l'esistenza tranquilla della campagna, a seminare e ad allevare animali, insieme alla donna che amava fin dall'adolescenza. Nei quattro anni di guerra aveva perso tutto quello che dava un senso alla sua vita: il suo unico figlio, morto sul campo di battaglia all'età di diciannove anni, la sua adorata moglie, che si era suicidata per il dolore, e la sua fede nella patria, che alla fin fine non era altro che un'idea e una bandiera.

Quando la guerra era finita aveva cinquantadue anni, il grado di colonnello e il cuore a pezzi. Non aveva memoria di ciò per cui aveva combattuto. Aveva affrontato la sconfitta perseguitato dai fantasmi di venti milioni di morti. Non c'era posto per lui in quell'Europa in rovina, dove i corpi mescolati di soldati, donne, bambini, muli e cavalli marcivano in fosse comuni. Per qualche anno si era mantenuto svolgendo impieghi indegni, sopportando la cattiva sorte degli sconfitti, ma a un certo punto l'età e gli acciacchi lo avevano costretto ad andare in pensione. Da allora viveva solo e passava il tempo a leggere, ascoltare la radio e scrivere versi. Usciva soltanto una volta al giorno per comprare il giornale e il necessario per prepararsi da mangiare. Le medaglie da eroe erano ancora appuntate sulla sua vecchia uniforme, che indossava ogni anno per l'anniversario dell'armistizio, il suggello della dissoluzione dell'impero per cui aveva combattuto quattro terribili anni. In quell'occasione sbatteva e stirava l'uniforme, lucidava le medaglie e puliva le armi; poi apriva una bottiglia di acquavite e si ubriacava con metodo, maledicendo la propria solitudine. Era stato uno dei pochi viennesi che non erano andati ad applaudire le truppe tedesche il giorno dell'annessione, perché non si identificava con quegli uomini che marciavano al passo dell'oca. Per esperienza, diffidava del fervore patriottico.

Nel palazzo, gli adulti evitavano il colonnello, che non rispondeva nemmeno ai saluti, e i bambini ne avevano paura. Samuel faceva eccezione. Rachel e Rudolf erano impegnati per la maggior parte della giornata nei rispettivi lavori e la domestica, quando ancora andava ogni giorno a casa degli Adler, staccava alle tre del pomeriggio. Se non stava con zia Leah, il bambino rimaneva qualche ora da solo, impegnato con i compiti e la musica. Ben presto Samuel si era reso conto che quando si esercitava al violino o al pianoforte, il vicino scendeva in modo discreto al primo piano con una sedia e si sistemava sul pianerottolo ad ascoltarlo. Senza che nessuno glielo chiedesse, Samuel iniziò a lasciare la porta aperta. Ce la metteva tutta per suonare il meglio possibile per quel pubblico di una sola persona che lo ascoltava in rispettoso silenzio. Non si parlavano mai e quando si incrociavano nel palazzo o per strada si scambiavano un cenno del capo così impercettibile che Rachel non si era mai accorta del delicato rapporto che legava suo figlio e Volker.

Dopo aver rinchiuso la vicina e il bambino e aver mimetizzato la porta della dispensa con il tavolo della cucina, il colonnello indossò in fretta e furia la sua uniforme grigia dalle spalline dorate e la collezione di medaglie, si mise la cartucciera con la Luger, antiquata ma perfettamente funzionante, e aspettò sulla porta dell'appartamento.

Peter Steiner impiegò diversi minuti per proteggere le vetrine della farmacia con gli scuri di legno e abbassare la saracinesca metallica della porta. Indossò il cappotto e si affrettò a uscire dal retro, con l'intenzione di seguire l'amico Rudolf, ma anche in quella angusta stradina laterale stavano passando i rivoltosi che gridavano minacce. Si ritrasse nell'androne di una casa per nascondersi da un gruppo di assalitori e aspettò che sparissero dietro l'angolo prima di affacciarsi. Era un uomo corpulento, con la pelle rosea, i capelli biondi, a spazzola, gli occhi talmente chiari da sembrare nuvolosi e braccia da sollevatore di pesi che gli avrebbero permesso di battere chiunque in una prova di forza. A parte la moglie, nessuno riusciva a intimorirlo, ma decise di evitare quell'orda incontrollabile di barbari e di fare un'ampia deviazione, pregando che anche Rudolf Adler avesse deciso così. In pochi minuti il farmacista si rese conto che il quartiere era stato invaso e che per recarsi all'ambulatorio dell'amico non c'era modo di evitare la folla. Non ci pensò due volte. Si unì alla fiumana di gente. Strappò uno stendardo del partito a un ragazzo, che non osò protestare, e inalberandolo si lasciò portare dalla marea umana.

Nel giro di pochi isolati, Peter Steiner si fece un quadro completo del caos che si era scatenato in quel quartiere tranquillo, dove da tanto tempo viveva e lavorava parte della grande comunità ebraica della città. Dei negozi non era rimasta una vetrina intatta; bruciavano falò in cui i facinorosi gettavano tutto quel che trovavano, dai libri ai mobili, presi nelle case e negli uffici; la sinagoga ardeva su tutti e quattro i lati sotto lo sguardo impassibile dei vigili del fuoco, pronti a intervenire solo se le fiamme avessero minacciato di estendersi ad altri edifici. Vide trascinare per i piedi un rabbino, con la testa insanguinata che rimbalzava sui ciottoli; vide picchiare gli uomini, strappare vestiti e ciocche di capelli alle donne, schiaffeggiare bambini e calpestare e inzuppare di urina gli anziani. Da qualche balcone, i curiosi applaudivano gli aggressori e a una finestra un uomo salutava con il braccio destro alzato e una bottiglia di champagne nella mano sinistra, ma la maggior parte delle case e degli edifici residenziali erano chiusi e con le tende tirate.

Il farmacista si rese conto, sconvolto dalla sua stessa reazione, che l'energia animale della folla era contagiosa e liberatoria, che anche lui provava l'impulso di spaccare e bruciare e urlare fino a soffocare, che stava diventando un mostro. Ansimante, coperto di sudore, con la bocca asciutta e la pelle accapponata dalla scarica d'adrenalina, si accovacciò dietro un albero, cercando di riprendere fiato e lucidità. "Rudi... Rudi..." mormorò e continuò a ripeterlo ad alta voce finché il nome dell'amico non lo aiutò a tornare in sé. Doveva trovarlo prima che cadesse nelle mani della folla. Si alzò e riprese a camminare, protetto dallo stendardo e dal suo aspetto da ariano puro.

Proprio come Steiner temeva, l'ambulatorio di Adler era stato devastato, i muri imbrattati da insulti e simboli del partito, la porta divelta e tutti i vetri rotti. Mobili, mensole, lampade, strumenti medici, flaconi, tutto ciò che l'ambulatorio conteneva era sparso per strada. Non vide traccia del suo amico.

Il colonnello Theobald Volker ricevette i primi assalitori in piedi a braccia conserte sulla soglia del suo appartamento. Erano passati meno di quindici minuti da quando avevano sfondato il portone e si erano distribuiti come topi negli appartamenti. Volker immaginò che la portinaia o qualche inquilino avesse denunciato gli ebrei, forse perfino contrassegnando i loro appartamenti, perché più tardi, facendo il giro dell'edificio, notò che gli assalitori avevano sfondato alcune porte lasciandone intatte altre. Quella degli Adler non era stata sfondata perché era rimasta socchiusa.

Una mezza dozzina di uomini e ragazzi ebbri di violenza, con la fascia del partito nazista sul braccio, comparve sul pianerottolo gridando insulti e slogan. Uno di loro, che sembrava al comando del gruppo, si ritrovò di fronte il colonnello. Aveva con sé un tubo di ferro e lo aveva già alzato, pronto a colpire, ma rimase momentaneamente paralizzato da quel vecchio gigantesco in uniforme d'epoca, che lo guardava dall'alto con aria autoritaria.

"Ebreo?" gli abbaiò.

"No," rispose Volker senza alzare la voce.

In quel momento sentirono le grida di delusione di quelli che non avevano trovato nessuno nell'appartamento degli Adler. Due uomini, più attempati, apparvero sulle scale e affrontarono Volker.

"Quanti ebrei vivono qui?" chiese uno di loro.

"Non saprei."

"Si faccia da parte. Dobbiamo controllare l'appartamento!"

"Con quale autorità?" replicò il colonnello, portando la mano alla fondina della sua Luger.

Gli uomini si consultarono brevemente tra loro e decisero che non valeva la pena perdere tempo con quel vecchio. Era ariano come loro ed era armato. Si unirono agli altri nell'appartamento degli Adler e contribuirono a spaccare tutto quello che potevano, dalle porcellane ai mobili, e a gettare dalle finestre ciò che gli veniva voglia di buttare. Unendo gli sforzi, alcuni trascinarono il pianoforte sul balcone con l'intenzione di scaraventarlo in strada, ma si rivelò più pesante del previsto e preferirono sventrarlo.

Gli atti vandalici durarono solo qualche minuto, ma l'effetto fu simile all'esplosione di una granata. Prima di andarsene, rovesciarono il secchio della spazzatura sui letti, tagliarono i tessuti degli arredi, rubarono gli oggetti d'argento che Rachel Adler custodiva, versarono della benzina sul tappeto e gli diedero fuoco. Scesero le scale tutti insieme e si mescolarono alla folla inferocita della strada.

Il colonnello attese solo il tempo necessario per essere certo che se ne fossero andati ed entrò nella casa vandalizzata degli Adler. Vide che il fuoco era ancora circoscritto al tappeto e, con la precisione e la calma che lo caratterizzavano, lo afferrò da un'estremità e lo ripiegò su sé stesso, soffocando le fiamme. Poi prese delle coperte da una camera da letto e le premette sul tappeto per assicurarsi che smettesse di bruciare. Raddrizzò una poltrona, che era stata rovesciata sul pavimento, e si sedette, respirando a fatica. "Non sono più quello di una volta," mormorò, rammaricandosi per il passare degli anni.

Rimase lì ad aspettare che si placasse il tamburo che gli squassava il petto e valutò la situazione. Era molto peggio di quanto avesse immaginato poche ore prima, quando aveva sentito alla radio che si incitava la gente a manifestare contro la cospirazione ebraica. Il ministro della Propaganda tedesco, parlando a nome di Hitler, aveva annunciato che le manifestazioni di rappresaglia per l'omicidio del diplomatico a Parigi non sarebbero state organizzate dal partito, ma erano comunque autorizzate. L'indignazione del popolo tedesco e austriaco era pienamente giustificata, aveva affermato. Era un invito al saccheggio, alla distruzione e alla carneficina. Il colonnello capì che la folla impazzita, che a prima vista sembrava un'orda guidata solo dalla violenza, non obbediva a un impulso improvviso, ma era preparata, aveva un obiettivo chiaro e contava sull'impunità. Gli assalitori dovevano aver ricevuto l'ordine di non toccare le proprietà di quanti non erano ebrei, il che spiegava come mai nell'edificio erano stati saccheggiati solo gli appartamenti degli Adler, degli Epstein e dei Rosenberg. Volker non si lasciò ingannare dagli abiti civili dei farabutti. Sapeva che erano gruppi giovanili della milizia nazista, gli stessi che negli ultimi anni avevano imposto la violenza come strategia politica e il terrore come forma di governo dopo l'annessione.

Stava riprendendo le forze, quando sentì dei passi sul pianerottolo e un attimo dopo si ritrovò di fronte a un energumeno armato di uno stendardo nazista, che brandiva come una lancia. "Adler! Adler!" chiamava a squarciagola. Il colonnello si alzò con qualche difficoltà e sfoderò la Luger.

"Chi è lei? Cosa ci fa qui? Questo è l'appartamento di Rudolf Adler!" inveì lo sconosciuto.

Volker non rispose. Non si mosse nemmeno quando venne minacciato con l'asta della bandiera a due centimetri dal naso.

"Dov'è? Dov'è Adler?" ripeté l'uomo.

"Si può sapere chi lo sta cercando?" domandò Volker, allontanando l'asta con il dorso della mano, come se fosse una mosca.

Solo allora Peter Steiner notò l'età del colonnello e l'uniforme della Grande Guerra, e capì che non si trattava di un ufficiale nazista. A sua volta, Volker vide l'uomo abbandonare lo stendardo e portarsi le mani alla testa in un gesto di disperazione.

"Sto cercando il mio amico, il mio amico Rudolf.

L'ha visto?" chiese Steiner, con la voce roca dal tanto gridare.

"Non era qui quando l'appartamento è stato preso d'assalto. Immagino che non si trovasse nemmeno nell'ambulatorio," rispose Volker.

"E Rachel? E Samuel? Sa qualcosa della sua famiglia?"

"Sono al sicuro. Se trova il dottor Adler, mi avvisi. Abito nell'appartamento numero 20 del secondo piano. Sono il colonnello in pensione Theobald Volker."

"Peter Steiner. Se Adler arriva, gli dica che lo sto cercando e che mi aspetti qui. Tornerò. Tenga a mente il mio nome, Peter Steiner."

Il violinista

Vienna, novembre-dicembre 1938

Rudolf Adler non sarebbe più tornato a casa e non avrebbe rivisto né Rachel né suo figlio Samuel. Nella notte tra il 9 e il 10 novembre 1938, la Notte dei cristalli, non scese il buio. I falò e gli incendi illuminarono il cielo fino all'alba.

Peter Steiner si era procurato una fascia con la svastica e, armato dello stendardo, ormai strappato e sporco di polvere e cenere, percorse il quartiere in tutte le direzioni, facendo un calcolo mentale dei danni e delle vittime. Solo verso le tre del mattino venne a sapere che le ambulanze avevano prestato soccorso ai feriti più gravi. Allora si recò all'ospedale e per poter entrare si finse comandante di una brigata paramilitare. Le vittime continuavano ad accumularsi nei corridoi, ma i medici e le infermiere che tentavano di assisterne il maggior numero possibile non erano sufficienti, perché non avevano ricevuto l'ordine di respingere o denunciare gli ebrei. Nella confusione, un infermiere gli spiegò che non c'era ancora un registro ufficiale degli accessi e gli suggerì di dare un'occhiata nelle camere del primo soccorso e nei corridoi dove erano allineate le barelle.

Steiner percorse una stanza dopo l'altra, esausto. E stava già per allontanarsi, ormai sul punto di arrendersi, quando sentì la voce dell'amico che lo chiamava. Era passato davanti alla sua barella senza riconoscerlo. Rudolf Adler giaceva con la testa avvolta in una benda insanguinata e il volto così tumefatto che i lineamenti erano scomparsi nel gonfiore, nei tagli e nei lividi. Riusciva a parlare a fatica, perché gli avevano spaccato diversi denti. Steiner dovette avvicinare l'orecchio alle labbra del ferito per decifrarne il mormorio.

"Rachel..."

"Ssh, Rudi, non parlare. I tuoi stanno bene. Riposati, ti trovi in un ospedale, qui sei al sicuro," disse Steiner, piangendo per la stanchezza e l'emozione.

Nelle ore successive rimase accanto all'amico, pisolando accasciato sul pavimento ai piedi della barella, sentendo i suoi gemiti e deliri. Un paio di volte un'infermiera si fermò per controllare che il paziente respirasse ancora, ma non cercò di verificarne l'identità o di sapere che cosa stesse facendo quell'altro uomo seduto lì vicino. La sua fascia con la svastica era stata sufficiente e lei non aveva fatto domande. All'alba, Peter Steiner a fatica riuscì a rimettersi in piedi; gli dolevano tutti i muscoli e aveva una sete da dromedario.

"Avviserò Rachel che ti ho trovato. Tornerò e starò con te finché non ti dimetteranno," disse all'amico, ma non suscitò nessuna reazione da parte sua.

A casa trovò sua moglie sveglia ad aspettarlo, perché nemmeno lei era andata a letto quella notte, ed era incollata alla radio, dove si diceva che i disordini erano stati provocati dagli ebrei. Tra un sorso e l'altro di caffè corretto con brandy, Peter le raccontò la verità. Dopo essersi lavato e aver indossato una camicia pulita, si diresse a casa degli Adler. Quando arrivò, vide le temute camicie brune intente a sorvegliare alcune donne inginocchiate sul marciapiede che lavavano via macchie di vernice e di sangue, mentre un capannello di curiosi le osservava beffardo. Riconobbe la signora Rosenberg, una cliente abituale della farmacia. Per un istante provò l'impulso di intervenire, ma l'urgenza di parlare con Rachel prevalse e sgusciò via cercando di non attirare l'attenzione.

I vetri del portone erano rotti e sui muri erano state dipinte delle svastiche nere, ma c'era già chi spazzava e chi prendeva le misure per sostituire i vetri. Mentre saliva vide che l'appartamento al primo piano di fronte a quello degli Adler aveva la porta ammaccata e un cardine divelto; sbirciando all'interno si rese conto che era stato saccheggiato. A quello contrassegnato con il numero 20 del secondo piano venne ricevuto da Theobald Volker, sbarbato di fresco e con i capelli ancora umidi, con indosso l'uniforme decorata dalle medaglie.

"Devo parlare con la signora Adler," disse Steiner.

"Temo che non sia possibile," replicò il colonnello, restio a dare informazioni a chiunque, e men che meno a chi la sera prima brandiva uno stendardo nazista.

"Sa dove si trova?" insistette Steiner.

"Non posso dirglielo."

"Senta, signor... volevo dire colonnello, può fidarsi di me. Conosco Rudolf Adler da una ventina d'anni, sono il migliore amico di famiglia, Samuel è come un figlio per me. Devo parlare con Rachel. Suo marito è gravemente ferito in ospedale."

"Le riferirò il messaggio, ma non so cosa potrà fare viste le circostanze," rispose il militare.

"Le dica di prepararsi a lasciare il paese il prima possibile. Non appena Rudolf potrà uscire dall'ospedale, devono andare all'estero. Migliaia di ebrei se ne sono già andati, anche Rudolf ne aveva l'intenzione. Dopo quello che è successo stanotte, nessuno qui è al sicuro. Devono partire, ne va del futuro di Samuel. Lo capisce?"

"Capisco."

"Deve convincerla, colonnello. Rachel è molto legata a suo padre e alla sua casa, ma a questo punto è questione di vita o di morte. Non sto esagerando, glielo assicuro."

"Mi è molto chiaro, signor Steiner."

"Le dica anche che non perderanno l'appartamento e neanche l'ambulatorio. Lei non lo sa, ma ora risultano a nome mio e non possono essere requisiti."

Steiner tornò all'ospedale. Alla luce del giorno la devastazione era evidente in tutta la sua portata. Le strade erano disseminate di rifiuti, vetri e detriti, le braci degli incendi e dei falò erano ancora fumanti, c'erano buchi enormi nelle facciate dei negozi e delle case che erano state assaltate a colpi di martello. Gli agenti del

Servizio di sicurezza stavano facendo irruzione casa per casa, accumulando nei loro veicoli documenti e archivi confiscati da uffici e sinagoghe prima di appiccare il fuoco. Era stato dato l'ordine di deportare gli uomini ebrei. Lunghe file di prigionieri procedevano verso i camion che li avrebbero condotti in un campo di concentramento, mentre i loro famigliari li salutavano dai marciapiedi piangendo. La maggior parte delle persone era rimasta in casa, ma c'era anche chi, per odio razziale o per ingraziarsi i nazisti, sputava e insultava il corteo di detenuti.

Arrivato in ospedale, Steiner si accorse che la situazione era cambiata. Il disordine della notte era stato sostituito dalla disciplina militare; chiunque entrasse e uscisse doveva passare dai posti di controllo. Le autorità stavano stilando la lista dei pazienti e selezionando gli ebrei che potevano reggersi in piedi per deportarli insieme agli altri. Non riuscì a scoprire se Rudolf Adler fosse tra loro, ma immaginò che le sue ferite non gli permettessero di essere trasferito.

Nei giorni successivi si ristabilì una certa normalità. Tra gli abitanti di Vienna, quell'orgia di fuoco e di sangue aveva lasciato un senso di vergogna. I membri della comunità ebraica furono costretti a pagare una fortuna per i "danni alla nazione tedesca" e, proprio come Rudolf Adler temeva, le loro proprietà e i loro beni furono confiscati dalle autorità o se ne impadronirono gli ariani. Furono chiusi negozi, uffici e scuole degli ebrei; ai loro bambini non fu permesso di frequentarne altre. Quando si venne a sapere che i detenuti nei campi di concentramento potevano essere rilasciati a patto che emigrassero immediatamente, si formarono code senza fine, di giorno e di notte, presso gli uffici comunali e i consolati per ottenere passaporti e visti. Migliaia e migliaia di famiglie partirono dopo aver perso tutto, con il solo contenuto di una valigia.

Rachel Adler fu avvertita di non recarsi in ospedale a chiedere notizie del marito, perché avrebbe potuto essere arrestata. Delegò Peter Steiner e sua moglie, che andavano due volte al giorno, a compilare sempre lo stesso modulo per far visita al paziente, ma senza mai riuscire a vederlo. Rachel non cercò di ripulire la baraonda da naufragio del suo appartamento; prese l'essenziale, chiuse la porta a chiave e con il figlio si trasferì temporaneamente a casa di Volker, perché voleva essere nei pressi quando il marito fosse ricomparso. Gli Steiner le avevano offerto di stare da loro, ma avevano sei figli e una nonna stipati in una casa piccola. Era riuscita a convincere Leah a rimanere in un rifugio in campagna, allestito dai membri della sinagoga, fino a quando non avrebbero potuto lasciare il paese tutti insieme. Lì sarebbe stata più o meno al sicuro per un breve periodo, ma in realtà nessun ebreo era più al sicuro.

Mentre Rachel trascorreva le sue giornate passando da un ufficio all'altro, da una coda all'altra, nel tentativo di ottenere i documenti per emigrare, Volker si occupava di Samuel. Il vecchio colonnello, che era rimasto chiuso nel dolore e nella disillusione per tanti anni, aveva trovato in quel precoce bambino di cinque anni il nipote che avrebbe potuto avere da suo figlio, se fosse sopravvissuto alla guerra. Si assunse il ruolo di nonno così seriamente da non lasciare solo Samuel nemmeno per un attimo e a tale scopo dovette cambiare le sue abitudini da vedovo. Spinto dal desiderio di intrattenerlo per compensare il trauma degli ultimi tempi e l'incertezza che riguardava le condizioni del padre, lo portava al parco, nei musei, ad ascoltare musica, persino al cinema a vedere *Carnevale nelle Fiandre*, una commedia romantica che nessuno dei due riuscì a capire. Samuel, dal canto suo, faceva del proprio meglio per ripagare tutte quelle attenzioni con i suoi concerti di violino, che il colonnello ascoltava strabiliato. Volker sapeva che quei giorni preziosi con il bambino erano contati.

Poco dopo il pogrom, quando ormai non c'erano più dubbi sul fatto che la garrota di ferro che strangolava gli ebrei si stava fatalmente stringendo, Rachel tornò a casa con la notizia di un appuntamento con il console del Cile per il giorno successivo.

"Il Cile? Ma è lontanissimo, signora Adler!" esclamò Volker.

"Cosa possiamo farci, *Herr Oberst*, è l'unico che sono riuscita a ottenere. Mi hanno informato che il funzionario vende i visti, ma non per denaro: accetta solo oro e gioielli. Per fortuna ho l'anello di diamanti e la collana di perle ereditati da mia madre. Spero che siano sufficienti..."

"È un uomo senza scrupoli, signora. Può imbrogliarla."

"Per questo ho bisogno di lei. Può accompagnarmi?

Se lei viene in divisa, non oserà fare il gioco sporco. Otterrò i visti e non appena Rudolf torna, partiamo."

Decisero di fare così, ma quella stessa sera arrivò Peter Steiner con la brutta notizia che Rudolf Adler era stato deportato in un campo di concentramento a Dachau.

"L'hanno portato via diversi giorni fa, ma lo abbiamo scoperto solo oggi. Non è in condizioni di sopravvivere in quel luogo," disse il farmacista.

"Dobbiamo farlo liberare al più presto!" esclamò Rachel, terrorizzata.

"Se si può dimostrare che emigrerete subito, sarà più facile, Rachel. I nazisti non vogliono ebrei qui."

"Spero di ottenere i visti per il Cile."

"Per dove?" chiese Steiner, sorpreso.

"Per il Cile, in Sud America."

"La cosa potrebbe richiedere del tempo," intervenne Volker.

"Forse dovresti partire con Samuel e dopo ti facciamo raggiungere da Rudolf..." suggerì Steiner.

"No! Non andrò da nessuna parte senza mio marito."

A mano a mano che i giorni passavano e la possibilità di ottenere la libertà per il marito veniva rinviata, la disperazione di Rachel cresceva sempre di più. La situazione degli ebrei in Austria peggiorava di ora in ora e lei non voleva immaginare in quali condizioni fosse Rudolf. Si era presentata al primo incontro con il console cileno in un tale stato di nervosismo che era toccato a Volker rispondere alle domande.

Il consolato era un ufficio tetro, fra tanti altri identici, in uno dei pochi edifici brutti del centro della città. C'erano diverse persone in piedi in attesa del loro turno in una stanza che aveva solo un paio di sedie oltre alla scrivania del segretario, un omino arcigno che si dava arie di importanza. Avrebbero dovuto aspettare un paio d'ore per ottenere il colloquio se Volker non gli avesse allungato con discrezione un paio di banconote. Così saltarono la coda.

Fin dall'inizio il console si rivelò diffidente e mantenne un atteggiamento guardingo. Quando Rachel si azzardò a suggerire che poteva pagare i visti per sé, per il marito, il figlio e la cognata, le rispose seccamente che avrebbe preso nota della sua richiesta, la procedura avrebbe seguito il normale iter, che richiedeva da uno a due mesi, e che poi le avrebbe fatto sapere qualcosa a tempo debito. Rachel si rese conto che era stato un errore andare lì con Volker. L'imponente militare aveva intimorito il console cileno, che doveva gestire con molta cautela i suoi traffici illegali. "Andremo in qualche altro consolato," disse Volker una volta usciti, ma Rachel aveva notato il modo in cui l'uomo l'aveva esaminata dalla testa ai piedi e decise di riprovarci.

Qualche giorno dopo, senza dirlo a nessuno, riuscì a fare in modo che il console la ricevesse di nuovo. Indossò un tubino di flanella, che le segnava la forma del corpo, tacchi alti, una stola di volpe, la collana di perle e l'anello di diamanti con cui intendeva corromperlo. Ci andò da sola.

Il diplomatico era un tipo azzimato, con baffetti civettuoli e capelli imbrillantinati, che indossava scarpe con il plateau per compensare la bassa statura. La ricevette nello stesso ufficio della volta precedente, una stanza con il soffitto alto, mobili in pelle scura e logora, il ritratto del presidente del suo paese e quadri di battaglie. Le tende erano tirate, pur essendo mezzogiorno, e l'unica luce proveniva dalla lampada sulla pesante scrivania. Nel salutarla, le trattenne la mano per diversi secondi, che a lei sembrarono interminabili. Parlava un tedesco talmente elementare che Rachel pensò di aver capito male quando lui le disse che in realtà i gioielli erano solo una mancia per le spese del consolato, e che una donna bella come lei poteva ottenere tutto ciò che voleva. Lui era un romantico, aggiunse, mentre la guidava tenendola per la vita verso un voluminoso divano color cioccolato. Rachel Adler si dispose a pagare il prezzo che l'uomo richiedeva.

L'umiliante esperienza durò meno di dieci minuti e Rachel si ripromise di dimenticarla immediatamente. Era un episodio insignificante nella tragica realtà che stava vivendo da molti mesi. Poi il console si sistemò i vestiti, si passò il pettine tra i capelli, mise l'anello e le perle in un cassetto della scrivania e le diede appuntamento in un albergo per la settimana successiva, quando senz'altro le avrebbe consegnato i visti. Rachel non era nella posizione di contrattare. L'unica cosa che contava era mettere in salvo la sua famiglia.

All'inizio di dicembre del 1938, Rachel Adler si era già presentata a tre appuntamenti con il console cileno, ma stava ancora aspettando che le consegnasse i visti per il suo paese. Temeva che l'uomo non avrebbe tenuto fede all'accordo finché non si fosse saziato di lei. Non voleva pensare all'eventualità che, dopo aver abusato di lei e averle sottratto i gioielli, lui non le desse i documenti che le aveva promesso. Grazie alle gocce e alle pillole che Peter Steiner le procurava riusciva a stento a tirare avanti; sentiva sempre un pugno nello stomaco, respirava con l'affanno di chi sta per soffocare, e non riusciva a nascondere il tremolio delle mani. Non aveva confessato a nessuno cosa accadeva nella stanza d'albergo dove incontrava il console cileno, ma il colonnello Volker cominciava a nutrire qualche sospetto.

"Ha notizie di suo marito, signora Adler?" le domandò.

"Peter ha scoperto che è molto debole, non si è ripreso dalle botte, ma finora è riuscito a sopportare le condizioni in cui si trova. Mi ha assicurato che Rudolf riceve le mie lettere, anche se non può rispondere."

"Senta, signora, questa storia del Cile sta andando troppo per le lunghe, non mi fido di quel tizio. Potrebbe truffarla. Penso che dovremmo mettere in salvo Samuel."

"Sto facendo il possibile, *Herr Oberst*."

"Non ho dubbi, ma non possiamo più aspettare. Come sa, la Gran Bretagna si è offerta di accogliere diecimila bambini ebrei sotto i diciassette anni. Molte famiglie inglesi si sono dette disponibili a ospitarli. Samuel potrebbe passare un po' di tempo là, fino a quando lei e suo marito non vi stabilirete in Cile o altrove e potrete ricongiungervi."

"Separarmi da Samuel? Come le viene in mente un'idea del genere?"

L'ultima cosa che il vecchio soldato voleva era perdere quel bambino, che aveva piantato solide radici nel suo affetto, ma era in grado di valutare i pericoli meglio di Rachel Adler e sapeva che quell'opportunità di fuga avrebbe avuto vita breve; bisognava approfittarne prima che i nazisti la vietassero. Era sicuro che la retorica nazionalista di Hitler avrebbe portato a un'altra guerra e a quel punto sarebbe stato molto più difficile, se non impossibile, mettere Samuel in salvo.

"Un primo gruppo di circa duecento bambini ha appena lasciato Berlino," le disse Volker. "Il tragitto è breve, viaggiano accompagnati e in Inghilterra li aspettano. Una straordinaria donna olandese, una certa signora Geertruida Wijsmuller-Meijer, ha ottenuto il permesso di portare via dall'Austria seicento bambini. So che viene data priorità agli orfani, ai bambini di famiglie povere e a quelli con i genitori nei campi di concentramento. Samuel rientra in questa categoria. La prego, signora Adler, pensi alla sicurezza del bambino."

"Mi sta chiedendo di mandare mio figlio da solo in un altro paese!"

"È una soluzione temporanea. È l'unico modo per proteggere Samuel. Deve affrettarsi a decidere, il trasferimento è previsto fra pochi giorni."

Peter Steiner era d'accordo con Volker. Tra censura e propaganda, era difficile sapere la verità su ciò che accadeva nel paese, ma lo si poteva dedurre dalla situazione in Germania, simile a quella austriaca, e lui era ben informato grazie ad alcuni clienti della farmacia e ai suoi amici del poker.

Rachel, disperata, si rivolse al padre e al fratello, nella speranza che a loro venisse in mente un'alternativa, ma entrambi insistettero che doveva trovare un posto per Samuel nel gruppo della signora olandese. L'Inghilterra era vicina, le dissero, sarebbe potuta andare a trovarlo. Anche loro stavano cercando di andare in Portogallo e da lì dovunque li avessero accolti; l'esodo degli ebrei dalla Germania e dall'Austria era in continuo aumento ed era sempre più difficile ottenere un visto.

"La famiglia sta andando in pezzi," disse Rachel, singhiozzando.

"Per il momento, la cosa più urgente è portare Samuel al sicuro," le ingiunse il padre.

"In questa terribile incertezza in cui viviamo, dobbiamo cercare di stare uniti. Se ci separiamo, potremmo non rivederci mai più," insistette lei.

"Non appena ti sarai garantita il visto per il Cile o qualsiasi altro paese con Rudolf, aspetteremo che vi stabiliate e cercheremo di raggiungervi."

"Non posso separarmi da Samuel!"

"È per il suo bene. Devi fare questo sacrificio, Rachel. Anche altre famiglie della congregazione stanno pensando al *Kindertransport*," le disse il padre.

Anche se Rachel feceva di tutto per nascondere il terrore e l'angoscia, Samuel si rese conto di ciò che stava accadendo e iniziò a chiedere più spesso di suo padre. Aspettò che la madre fosse assente per domandare al colonnello perché stavano progettando di mandarlo lontano. Volker si sedette con lui davanti a una mappa aperta sul tavolo da pranzo e gli mostrò dove si trovava l'Inghilterra rispetto a Vienna e come ci si arrivava. Gli assicurò che il distacco dai genitori era necessario ma che sarebbe stato breve, e quindi poteva considerarlo come un'avventura.

"Devo aspettare mio papà. Quando torna? Dov'è?"

"Non lo so, Samuel. Ormai sei un ometto. Devi aiutare la mamma, che ha molti problemi perché papà non c'è. Falle vedere che sei felice di fare questo viaggio con altri bambini."

"Ma non sono felice, *Herr Oberst*. Ho paura..."

"Tutti noi tante volte abbiamo paura, Samuel. Anche gli uomini coraggiosi hanno paura, ma la affrontano e fanno il loro dovere."

"Lei ha avuto paura?"

"Molte volte, Samuel."

"Preferisco stare qui con la mamma e con lei finché papà non torna."

"Anch'io vorrei che rimanessi con me, ma non è possibile. Un giorno capirai."

Quando Rachel Adler, con il cuore a pezzi, accettò l'idea, gli eventi incalzarono. Il giorno successivo, un rappresentante della comunità ebraica arrivò nell'appartamento di Volker per valutare la situazione. Il fatto che il padre di Samuel fosse in un campo di concentramento e che fossero minacciate di deportazione anche le mogli dei prigionieri lo indusse a inserire il bambino nella lista. Spiegò che il *Kindertransport* era stato organizzato con molta cura dai comitati ebraici che stavano salvando bambini provenienti anche dalla Polonia, dall'Ungheria e dalla Cecoslovacchia. Parecchi paesi si erano offerti di accoglierli, ma nessuno aveva la disponibilità di posti della Gran Bretagna. Samuel sarebbe andato in treno nei Paesi Bassi, vicino a Rotterdam, e da lì si sarebbe imbarcato sul traghetto della Manica per approdare al porto inglese di Harwich.

Il 10 dicembre, di buon mattino, Rachel e il colonnello accompagnarono Samuel alla stazione ferroviaria. Rachel si muoveva come una sonnambula, stordita da una dose eccessiva del farmaco di Steiner. Il giorno prima aveva avuto un attacco di panico così allarmante che Volker aveva chiamato il farmacista. Steiner si era chiuso nella stanza con lei e le aveva ordinato energicamente di calmarsi, non poteva trasmettere al figlio quello stato d'animo. Il piccolo stava facendo uno sforzo encomiabile per rimanere sereno e lei doveva aiutarlo, le disse, non aveva il diritto di crollare davanti a lui. Poi le aveva fatto un'iniezione di un potente sonnifero che l'aveva messa fuori combattimento per nove ore. Nel frattempo, il colonnello aveva preparato la piccola valigia di Samuel con i vestiti che aveva comprato per lui, di una taglia un po' abbondante perché gli andassero bene il più a lungo possibile. Aveva messo dieci marchi nella tasca del suo nuovo cappotto e aveva appuntato sul bavero una delle sue decorazioni di guerra.

"È una medaglia al valore, Samuel. L'ho ricevuta in guerra, qualche anno fa."

"La dà a me?"

"È un prestito, per ricordarti di essere coraggioso. Quando avrai paura, chiudi gli occhi, strofina la medaglia tra le mani e sentirai una forza immensa nel petto. Voglio che tu la tenga finché non ci rivedremo; allora dovrai restituirmela. Abbine cura," disse il colonnello, con la voce rotta dal dolore.

Quel giorno alla stazione c'era una grande folla di genitori e figli. C'erano bambini di tutte le età, persino alcuni che avevano appena imparato a camminare tenuti per mano dai più grandi. Molti dei piccoli piangevano, aggrappati ai genitori, ma nel complesso l'atmosfera era calma e l'ordine impeccabile. Decine di volontari – quasi tutte donne – erano attenti a ognuno di loro, mentre guardie in uniforme nazista osservavano da lontano, senza intervenire.

Rachel e Volker portarono Samuel al posto di controllo, dove una ragazza, che si rivelò inglese, non ebrea, verificò che fosse sulla lista e gli appese il documento di identificazione al collo. Gli accarezzò la guancia e gli disse gentilmente che non poteva portare il violino, che ogni passeggero aveva diritto solo a una valigia, non c'era spazio per altri bagagli.

"Samuel non si separa mai dal suo violino, signorina," spiegò Volker.

"Capisco, ma quasi tutti i bambini vogliono portare qualcosa e non possiamo fare un'eccezione."

"Quello l'avete lasciato passare," disse Volker indicando un bambino di tre anni che stringeva un orsacchiotto.

La ragazza, imbarazzata, cercò di spiegare al colonnello che stava solo obbedendo alle istruzioni. Il tempo stringeva, c'era una coda di bambini in attesa e si era formato un capannello. Alcuni si stavano spazientendo per il ritardo mentre altri sostenevano che non costava nulla lasciare che il bambino portasse con sé il suo violino, ma lei insisteva nel volere far rispettare il regolamento.

All'improvviso Samuel, che non aveva detto una parola da quando erano usciti di casa, posò la custodia malconcia per terra, tirò fuori lo strumento, se lo accomodò sulla spalla e cominciò a suonare. In meno di un minuto calò il silenzio intorno a quel bambino prodigio, che riempiva l'aria con le note di una serenata di Schubert. Il tempo si fermò e per alcuni brevi e magnifici minuti quella folla, angosciata per l'imminente separazione e per l'incertezza che incombeva sulle loro vite, trovò conforto. Samuel era piccolo per la sua età e il cappotto, troppo grande per lui, gli dava un'aria di tenera fragilità. Con gli occhi chiusi, mentre dondolava al ritmo della musica, era uno spettacolo magico.

Quando ebbe terminato il pezzo, accolse gli applausi con la consueta serietà e ripose con cura il violino nella custodia. In quel momento nella folla si creò un varco per lasciare passare una signora robusta, vestita completamente di nero, che si avvicinò, mentre il suo nome circolava in un sussurro: era l'olandese che organizzava il trasporto. Commossa, la donna si chinò davanti a Samuel, gli strinse la mano e gli augurò buon viaggio. "Puoi portare il tuo violino. Ti accompagno al tuo posto," disse.

Inginocchiata sul marciapiede, Rachel abbracciò

forte il figlio, senza riuscire a trattenere le lacrime, e mormorò istruzioni e promesse che non avrebbe potuto mantenere: "A presto, amore mio, non dimenticare di bere il latte e di lavarti i denti prima di andare a letto. Non mangiare troppi dolci. Comportati bene con le persone che ti accoglieranno, ricordati di dire grazie. Ci vedremo molto presto. Appena torna il papà ti raggiungeremo e porteremo con noi zia Leah, forse anche il nonno. L'Inghilterra è un paese bellissimo, ti divertirai molto. Ti voglio tanto, tanto bene...".

Le immagini più persistenti del suo passato, che sarebbero rimaste intatte nella memoria di Samuel Adler fino alla vecchiaia, sarebbero state quell'ultimo abbraccio disperato e sua madre in un bagno di lacrime, sorretta dal braccio fermo del vecchio colonnello Volker, che sventolava un fazzoletto alla stazione, mentre il treno si allontanava. Quel giorno la sua infanzia finì.

Samuel

Londra, 1938-1958

Il viaggio dall'Austria all'Inghilterra durò tre giorni, che al piccolo Samuel sembrarono un'eternità. All'inizio i bambini cantavano, intrattenuti dai volontari, ma con il passare delle ore la stanchezza, la fame, la sete e la paura li vinsero. I più piccoli piangevano chiamando i genitori. Il secondo giorno la maggior parte di loro dormiva, uno sopra l'altro, sui duri sedili di legno o per terra, ma Samuel rimase seduto, immobile, con il suo violino stretto al petto, a ripetere in silenzio il tutum tutum delle ruote di ferro sulle rotaie. Il treno fece numerose fermate in cui i soldati salivano per ispezionare con un atteggiamento minaccioso, scontrandosi tuttavia con la fredda autorità della signora Wijsmuller-Meijer. Finalmente, in un pomeriggio piovoso, arrivarono al desolato e gelido porto olandese, scesero dal treno e salirono, esausti e a testa bassa, su un traghetto. Il mare color petrolio era mosso e molti bambini, che non l'avevano mai visto, piangevano per la paura. Samuel soffrì di mal di mare e vomitò sporgendosi dalla battagliola, fra gli spruzzi delle onde salate.

Arrivati in Inghilterra, c'erano ad aspettarli le famiglie che si erano offerte di dare ospitalità ai piccoli rifugiati, ognuno identificato da un cartellino sul petto. Samuel fu accolto da due donne, madre e figlia, che avevano chiesto una bambina di età sufficiente per aiutarle nei lavori domestici, e che discussero a lungo con gli organizzatori, mentre lui aspettava in piedi contro il muro, con la sua piccola valigia, il violino e il cappotto sporco di vomito. Con questa famiglia trascorse solo un breve periodo. Le due donne lavoravano in una fabbrica di divise militari e, nonostante una differenza di età di almeno vent'anni, sembravano gemelle per il modo affettato di parlare, i ricci fitti, le scarpe maschili e l'alito cattivo. Vivevano in una casa alta e stretta, stipata di statuette di porcellana, orologi a cucù, fiori finti, tovaglie all'uncinetto e altri oggetti di dubbio gusto e utilità, tutti meticolosamente esposti in un ordine inalterabile. Samuel non doveva toccare nulla. Erano molto severe e sempre di malumore, in casa vigevano un'infinità di regole, dalla conta delle zollette di zucchero alla prescrizione di dove ognuno dovesse sedersi e a che ora. Non capivano mezza parola di tedesco e il bambino non parlava inglese, il che aumentava la loro esasperazione. Inoltre, Samuel rimaneva per ore in silenzio, rintanato negli angoli e faceva la pipì a letto. Quando i capelli cominciarono a cadergli a ciocche, decisero di raparlo.

Ben presto fu chiaro che quella non era la casa adatta

per Samuel Adler, che fu affidato a un'altra famiglia e poi a un'altra e a un'altra ancora; non resisteva in nessun posto perché era cagionevole e depresso. Nel giro di un anno, fu mandato in un orfanotrofio alla periferia di Londra, in una splendida zona rurale di prati e boschi. In quel paesaggio bucolico sorgeva come un affronto l'orrendo edificio in pietra, che era stato un ospedale durante la Prima guerra mondiale. Era un orfanotrofio per ragazzini più grandi ed era gestito con il rigore di una struttura militare. Gli interni dormivano su un letto di assi coperto da un materasso sottile; mangiavano riso e legumi, come quasi tutti in tempo di guerra; studiavano in aule gelide d'inverno e torride d'estate; praticavano molto sport, perché l'idea era di formare giovani forti nel corpo e nella mente. I litigi tra i ragazzi venivano risolti con i guantoni da boxe su un ring, le infrazioni venivano pagate con bacchettate sul sedere, la codardia era il peggior difetto. All'inizio Samuel fu esentato da alcune attività e punizioni perché era asmatico e molto più piccolo degli altri interni, ma questi privilegi ebbero breve durata.

Per tutto quel periodo, Samuel non si separò mai dal suo violino, ma dato che non gli era permesso suonarlo, componeva melodie in segreto e le eseguiva nella testa nel silenzio della notte. Non lasciò mai nemmeno la medaglia di guerra che il colonnello Volker gli aveva appuntato sul cappotto quando lo avevano accompagnato al treno. Per non perderla, l'attaccò all'interno della custodia dello strumento. Scoprì che era magica, proprio come gli aveva detto il colonnello: bastava strofinarla per vincere la paura. La custodiva gelosamente, consapevole che si trattava di un prestito e che doveva restituirla.

In Inghilterra la parola d'ordine era mantenere l'ottimismo: la vittoria era certa, si diceva, anche se lo sforzo bellico aveva un costo enorme in termini di sangue e risorse. I bombardamenti tedeschi, che avevano provocato la morte di oltre quarantamila civili e raso al suolo interi quartieri, erano cessati senza raggiungere l'obiettivo: terrorizzare la popolazione e ottenerne la resa. Pochi minuti dopo che gli aerei nemici si erano allontanati e le sirene annunciavano la fine dei bombardamenti, la gente usciva dai rifugi, risistemandosi i vestiti, fingendo la calma che nessuno provava, e aveva inizio l'opera di spegnimento degli incendi e la ricerca dei sopravvissuti tra le macerie. Tutto era razionato, il cibo scarseggiava, non c'era carburante per i trasporti e nemmeno per il riscaldamento, gli ospedali erano sempre pieni e per le strade vagavano soldati amputati e bambini denutriti. La gente cercava di vivere con dignità e senza fare tragedie. La flemma britannica, tanto decantata, serviva per affrontare i pericoli e gli innumerevoli inconvenienti con una certa ironia, come se stesse tutto accadendo in un'altra dimensione. *Keep calm and carry on* era lo slogan diffuso ovunque.

Nel 1942 Samuel si ammalò di polmonite. Nel suo letto di ferro d'ospedale, tra una dozzina di pazienti allineati in corsia, lottava per respirare, oscillando tra le vampate febbrili e le folate gelide che lo facevano rabbrividire. A un certo punto presentì che stava per morire e decise che doveva avvisare i suoi genitori. Aveva scritto diverse lettere senza ottenere risposta a eccezione di due brevi missive di sua madre, che gli erano arrivate il primo anno del suo esilio. In un momento di lucidità, redasse con grande fatica una lettera per i genitori su un foglio di quaderno. Nessuno poteva aiutarlo, perché scriveva in tedesco.

> Cari mamma e papà,
> sono ammalato. Vi avviso, se magari venite a cercarmi a scuola e non mi trovate. L'ospedale è molto grande e tutti qui lo conoscono. A volte inizio a fluttuare e mi vedo dall'alto sdraiato sul letto. Non si sa se morirò, ma per sicurezza voglio lasciarvi il mio violino come ricordo. E voglio anche chiedervi di restituire la medaglia al signore del secondo piano. La medaglia è dentro la custodia del violino. Per favore, scusatemi per gli errori, ma non riesco bene a ricordare come si scrive in tedesco. Vostro figlio Samuel.

Indirizzò la busta a "Herr Rudolf Adler und Frau Rachel Adler, Vienna, Austria," e chiese a un'infermiera di imbucarla. Sapendo che non sarebbe mai arrivata ai destinatari, la brava donna la consegnò a Luke Evans, perché lui e sua moglie erano gli unici a far visita al ragazzino.

Luke e Lidia Evans erano una coppia quacchera che da anni si occupava di salvare i bambini nelle zone di guerra. Avevano lavorato in Spagna durante la Guerra civile e poi in Europa collaborando con le organizzazioni ebraiche. A Samuel sembravano molto vecchi, ma non avevano più di quarant'anni. L'intenso amore che li univa li aveva resi sempre più somiglianti; sembravano due gemelli, piccoli e magri, con i capelli giallo paglierino e gli occhiali tondi.

Lidia era affetta dal morbo di Parkinson, che col tempo l'avrebbe condannata alla semimmobilità, ma quando Samuel la conobbe non si notava ancora. La malattia aveva costretto i coniugi ad abbandonare il lavoro sul fronte di guerra e a tornare in Inghilterra, dove aiutavano bambini come Samuel. Gli Evans non avevano figli e si affezionarono a quel ragazzino di grande intelligenza e dolorosa sensibilità. Dall'ospedale, dove trascorse diverse settimane, lo portarono a casa con loro. Samuel non ritornò più all'orfanotrofio: aveva trovato la casa di cui tanto aveva bisogno.

Gli Evans diventarono la sua famiglia. Lo iscrissero come interno in una scuola quacchera, ma trascorrevano con lui i fine settimana e le vacanze. Consapevoli delle sue origini, cercarono di dargli una formazione religiosa e per un certo periodo lo mandarono a studiare alla sinagoga, ma lo sforzo durò solo qualche mese. Samuel non si sentiva parte di quella comunità e nonostante gli sforzi del rabbino la religione non lo interessava. Nemmeno il cristianesimo lo attraeva, ma la sua scuola era di mentalità aperta al riguardo e nessuno pretese che si convertisse. Condivideva i valori quaccheri: semplicità, pace, verità, tolleranza, potere del silenzio. Si adattavano perfettamente al suo carattere.

Gli Evans e la scuola gli diedero stabilità; gli attacchi d'asma e gli incubi si diradarono e l'alopecia, che lo tormentava da anni, guarì. Le chiazze scomparvero e spuntarono delle ciocche ricce che, in seguito, sarebbero diventate la sua caratteristica più evidente. Gli piaceva studiare e giocare a rugby, attività che lo aiutò a integrarsi, anche se non si fece degli amici. Quello sarebbe stato l'unico sport di squadra che avrebbe praticato in vita sua, perché era obbligatorio e perché gli permetteva di sfogare le frustrazioni a suon di sgambetti, spintoni e ruzzoloni nella polvere. Durante l'adolescenza si distinse perché finalmente poté riprendere a suonare il violino ed entrò nell'orchestra della scuola. Aveva trascorso molto tempo senza esercitarsi e, sebbene il suo amore per la musica fosse rimasto immutato, non era più il prodigio di una volta.

Samuel aveva dodici anni quando nel maggio del 1945 la guerra finì. Avrebbe sempre ricordato le campane a festa, l'esultanza nelle strade, nelle case, a scuola, ovunque, gli abbracci, le grida, le risate. Quando si calmarono gli animi, l'Europa poté tirare le somme di quella sanguinosa vittoria: le città distrutte, le terre devastate, i campi di concentramento in cui i nazisti avevano sterminato dodici milioni di persone, metà delle quali ebree, i massacri, le innumerevoli vittime, le masse di rifugiati in cerca di un luogo dove sedersi a riposare. Samuel pensava che tra loro forse c'erano i suoi genitori, che forse lo stavano cercando, forse sarebbero presto arrivati alla sua scuola a chiedere di lui e vedendolo non lo avrebbero riconosciuto, ma lui sì, li avrebbe riconosciuti, perché aveva la loro fotografia incollata all'interno della custodia del violino, accanto alla medaglia del colonnello Volker. Lo strumento della sua infanzia era stato sostituito, ma quelle reliquie lo accompagnavano ancora ovunque. Era convinto che i suoi genitori non potessero essere cambiati molto in quei sei anni di separazione. Nella fotografia, suo padre aveva gli occhiali, i baffi e un'espressione seria, assai diversa dal sorriso aperto della madre, una bella donna dagli occhi neri e i capelli ondulati. Lui indossava un abito scuro con il panciotto, un po' antiquato, e un cravattino; lei una camicetta bianca, una giacca scura con una spilla sul bavero e un cappello civettuolo.

Tuttavia, dovettero passare ancora diversi anni prima che Samuel avesse notizie della sua famiglia. Nel 1942 i gerarchi nazisti avevano stabilito di dare corso alla Soluzione finale, come venne chiamato lo sterminio degli ebrei, ma i dettagli dell'Olocausto vennero alla luce solo molto più tardi. Gli Evans si unirono a una delle organizzazioni che si occupavano di aiutare i milioni di sfollati della guerra, ma i loro sforzi per rintracciare gli Adler non ebbero esito. Cercarono di evitare che Samuel vedesse i documentari sui campi di concentramento, ma un sabato il ragazzino scappò al cinema dove, prima del film, fu proiettato un notiziario che mostrava scene di orrore: mucchi di cadaveri, ossa, sopravvissuti scheletrici. Spaventato, si rifiutò di pensare che i suoi genitori potessero avere avuto quella sorte.

Terminato il liceo, Samuel avrebbe dovuto prestare il servizio militare obbligatorio, ma fu esonerato per via dell'asma e di una lesione alla schiena procuratasi giocando a rugby. Questo gli permise di iscriversi, grazie a una borsa di studio, alla Royal Academy of Music, il più antico conservatorio d'Inghilterra, fondato nel 1822, dove era difficile essere ammessi.

Per una di quelle misteriose coincidenze, la luminosa giornata in cui Samuel iniziò lo studio sistematico della musica fu anche uno dei giorni più bui della sua vita.

Tornò a casa degli Evans a piedi per schiarirsi le idee, perché era talmente euforico da sembrare ubriaco. Erano circa le sette di sera quando varcò la soglia, e in quel momento ebbe un duro presentimento, come un pugno nello stomaco. Lidia tentò di trattenerlo sulla porta per prepararlo. "Aspetta, Sam..." riuscì a dirgli, afferrandolo per il gilet, ma il ragazzo non le diede il tempo di continuare. Nella sala c'era una ragazza robusta e così bionda da sembrare albina.

"Samuel?... Sono Heidi Steiner. Ti ricordi di me?" disse in tedesco. "No, certo, come puoi ricordarti: eri molto piccolo quando ci siamo visti l'ultima volta. Sono la figlia di Peter Steiner."

Nemmeno questo nome suonò familiare a Samuel. Non parlava tedesco da anni, ma riusciva a capirla. Rimase in attesa che lei continuasse, mentre la stretta allo stomaco aumentava. Sentendo quella lingua intuì che c'entravano i suoi genitori.

"Sono riuscita a trovarti perché sapevo che eri stato portato in Inghilterra con il *Kindertransport* e gli organizzatori hanno tenuto una scheda per ogni bambino. Sul tuo rapporto sono elencate le famiglie e l'orfanotrofio in cui sei stato prima che gli Evans ti accogliessero, oltre alla scuola quacchera."

Aggiunse che non aveva potuto cercarlo prima, perché erano dovuti passare degli anni prima che gli sconfitti riuscissero a rifarsi una vita. La Germania era in rovina, umiliata, impoverita e l'Austria condivideva lo stesso destino.

"All'inizio cercavamo avanzi di cibo nella spazzatura," raccontò. "Eravamo così affamati che non rimasero cani o gatti vivi; mangiavamo anche i topi."

Sotto il regime nazista, Peter Steiner, il padre di Heidi, aveva temuto che la sua libertà fosse in pericolo; alcuni amici sistemati nei posti giusti lo avevano avvertito che era nel mirino della Gestapo, perché sospettato di simpatie comuniste. Aveva nascosto del denaro per proteggere la sua famiglia nel caso gli fosse successo qualcosa, senza immaginare che la sconfitta avrebbe trasformato quelle banconote in carta straccia. Insieme ai risparmi aveva messo l'atto di compravendita dell'ambulatorio e dell'appartamento di Rudolf Adler, nonché una lettera in cui spiegava che si era trattato di una vendita fittizia e che Adler era il legittimo proprietario.

"Mi dispiace, Samuel. L'edificio è andato distrutto durante un bombardamento," gli disse Heidi.

Samuel capì che la ragazza stava cercando di guadagnare tempo con quelle digressioni. Che importanza aveva una proprietà a Vienna? Non poteva essere venuta da così lontano per quello.

Heidi gli raccontò che due dei suoi fratelli, arruolati da adolescenti, non erano tornati dal campo di battaglia.

Una delle sorelle era morta di tifo e l'altra era scomparsa quando i russi avevano occupato l'Austria. Dei sei fratelli Steiner, solo lei e il più piccolo erano sopravvissuti, oltre alla madre, che si trovava in una casa di riposo.

"Mio padre fu arrestato nel 1943, con l'accusa di essere comunista. La farmacia e la nostra casa furono confiscate. È morto ad Auschwitz," gli disse.

"Mi dispiace molto per la tragedia della tua famiglia. È terribile... Ma dimmi, sai cosa è successo ai miei genitori?"

"È molto triste quello che devo dirti, Samuel, ma è per questo che sono venuta. Non puoi vivere nel dubbio, è peggio del lutto... Tuo padre fu arrestato quando era in ospedale, gravemente ferito, due o tre giorni dopo la *Kristallnacht*, la famigerata Notte dei cristalli..." A quel punto Heidi esitò, non sapendo come continuare.

"Per favore, devo sapere: cosa gli è successo?"

"L'ultima notizia che ricevemmo, da altri prigionieri, fu che morì poco dopo l'arrivo a Dachau per una commozione cerebrale."

"Quindi quando la mamma mi ha mandato in Inghilterra... non sapeva di essere già vedova," disse Samuel, con un singhiozzo strozzato nel petto.

"È così."

"E mia madre? Cosa le è successo?"

"Non ha avuto una sorte migliore. Aspettando tuo padre, perse l'occasione per emigrare. Il suo vicino di casa, un colonnello in pensione di nome Theobald Volker, e la mia famiglia la tennero nascosta. Prima visse con l'ex militare, che la protesse finché poté, ma quando lui si ammalò gravemente, mio padre le fece un nascondiglio nel retrobottega della farmacia. In realtà si trattava di uno scantinato, dove le toccò vivere per molto tempo. Quando le SS arrestarono mio padre e fecero irruzione nella farmacia, la scoprirono, perché non ci fu tempo per avvertirla."

"E poi cosa le è successo?"

"Perdonami se ti porto queste brutte notizie, Samuel... Fu deportata a Ravensbrück."

"Il campo di concentramento femminile?"

"Sì. Più di trentamila prigioniere sono morte lì, Samuel. Tra loro anche tua madre e tua zia Leah."

"Divertiti, Samuel, cerca di goderti la vita; devi vivere le vite che i tuoi genitori non hanno potuto vivere," gli aveva detto una volta Lidia Evans, ma lui era sempre stato molto serio e il tragico destino dei suoi genitori lo rese taciturno. Non era capace di divertirsi, come lo esortava a fare Lidia. Il suo primo lavoro fu con la London Philharmonic Orchestra, prestigiosa anche se fondata solo vent'anni prima, non molto per un'istituzione del genere. Sapeva che, in apparenza, un'orchestra è il miglior esempio di lavoro di squadra, ma in realtà ogni musicista è un'isola, condizione che si adattava bene al suo carattere solitario.

L'orchestra era il suo rifugio e la musica l'unica cosa che gli desse veramente piacere. Nulla poteva essere paragonato all'esperienza di immergersi nella musica come in un oceano, navigando senza sforzo tra le onde e le correnti, per unirsi con il suo violino allo straordinario coro degli altri strumenti, ognuno con la sua voce distinta. In quei momenti il passato si cancellava e lui aveva la sensazione di dissolversi; il corpo spariva e lo spirito, libero ed esultante, si librava a ogni nota. Alla fine, rimaneva sempre sorpreso dall'improvviso scroscio di applausi, che lo restituiva con uno strappo al teatro. Poi, mentre gli altri membri dell'orchestra si trasferivano in un bar a ristorarsi con un drink, lui si recava a piedi nell'appartamento che aveva affittato in un quartiere di immigrati dei Caraibi. Per proteggerla dalla nebbia e dalla pioggia, ricopriva la custodia del violino con un telo di plastica e se ne andava canticchiando i brani che aveva appena eseguito. Quell'ora e mezza di buon passo nelle strade buie era quanto di più simile al divertimento Samuel conoscesse.

Nei giorni in cui non suonava con l'orchestra, andava a fare qualche escursione o a remare sul Tamigi. In più di un'occasione si perse tra le colline o venne sorpreso sul fiume da una nebbia così fitta che impiegò diverse ore per tornare al punto di partenza. Per lui l'esercizio solitario all'aria aperta era come la musica: gli dava pace. Faceva spesso visita agli Evans. Non aveva amici della sua età e si prendeva gioco degli sforzi di Lidia per trovargli una ragazza. Anche Luke ci scherzava sopra: "Lascia perdere, Lidia, è ancora troppo giovane per sposarsi," diceva, ma Samuel sospettava che non avrebbe mai trovato una donna che lo potesse amare.

Tutto cambiò all'età di venticinque anni, quando decise di andare negli Stati Uniti per una vacanza con l'idea di studiare la cultura del jazz, che considerava quanto di più originale fosse accaduto nel campo della musica occidentale dopo l'Ottocento. Era affascinato dalla libertà e dall'energia del jazz; dall'audacia con cui integrava diversi stili e si reinventava a ogni esecuzione, dalla creatività scatenata dei musicisti che suonavano in uno stato di coscienza alterato, in estasi; dal genio di celebrità quali Miles Davis, Louis Armstrong, Ella Fitzgerald, Billie Holiday, Ray Charles e tanti altri, i cui dischi ascoltava di continuo, in modo ossessivo. Aveva bisogno di ascoltare il jazz dal vivo, di perdersi nel ritmo sincopato, nella malinconia del blues, nella forza irresistibile degli strumenti che conversavano tra loro, esercitando su di lui un forte richiamo. E per fare questo doveva andare nel luogo dove il jazz era nato, a New Orleans.

Leticia

El Mozote, Berkeley, 1981-2000

Leticia Cordero aveva la cittadinanza e il passaporto statunitensi, ma bastava guardarla per capire che aveva altre origini; pelle color *dulce de leche*, capelli neri, legati in una piccola coda di cavallo e lineamenti da india. A volte le chiedevano se apparteneva a qualche tribù nordamericana, perché parlava un inglese privo di accento. Non aveva radici in nessun'altra terra; le sue erano ben piantate in California. Suo padre le aveva detto che avevano dei lontani parenti nella Repubblica di El Salvador, ma Leticia non li conosceva. La sua famiglia erano lei e suo padre.

Era entrata negli Stati Uniti attraversando a nuoto il Río Grande, aggrappata a suo padre, Edgar Cordero. Era l'inizio di gennaio del 1982, ventiquattro giorni dopo il massacro di El Mozote. Ne parlava raramente. Non lo aveva mai fatto con suo padre perché lui teneva il suo dolore in una scatola sigillata della memoria, convinto che solo il silenzio lo avrebbe mantenuto intatto. Le parole diluiscono e deformano i ricordi e lui non voleva dimenticare nulla. Leticia non ne parlava nemmeno con gli americani, perché nel suo nuovo paese nessuno sapeva niente di El Mozote e se avesse raccontato cos'era successo non le avrebbero creduto. In effetti, a malapena sapevano situare El Salvador su una cartina geografica e le tragedie di quel paese così vicino apparivano loro come una storia antica di luoghi remoti. Gli immigrati che arrivavano dall'America Centrale sembravano tutti uguali, persone scure e povere, gente di un altro pianeta, che si presentavano spontaneamente alla frontiera con il loro carico di problemi.

Ricordava alcune cose della sua infanzia: l'odore di fumo della cucina a legna, la fitta vegetazione, il sapore del mais tenero, il coro degli uccelli, le tortillas per colazione, le preghiere della nonna, i pianti e le risate dei fratelli. Non aveva mai dimenticato sua madre, anche se di lei aveva solo una fotografia, scattata nella piazza del paese quando era incinta del primo figlio. La conservava come una reliquia in una scatola, il suo altare portatile, dove teneva anche un paio di foto di suo padre, il certificato del terzo matrimonio – l'unico importante per lei –, il primo dentino di sua figlia e altri oggetti sacri. Ciò che ricordava con maggior chiarezza di quel periodo era il massacro, anche se non era presente. Quelle immagini le aveva cercate e raccolte nel corso di una vita, nel perenne tentativo di capire. E dopo tanto cercare, era come se l'avesse vissuto.

La sua famiglia viveva da diverse generazioni nella frazione salvadoregna di El Mozote, una ventina di abitazioni, una piccola chiesa, la casa parrocchiale e una scuola. La sua capanna, come la maggior parte delle altre, era di assi, con il pavimento di terra battuta, ed era composta da due stanze per tutta la famiglia: i genitori, i bambini e la nonna. La radio era sempre accesa su una stazione che trasmetteva notiziari e musica popolare; c'era un ritratto colorato a mano dei suoi genitori il giorno delle nozze, rigidi e solenni, e una statuetta di gesso della Virgen de la Paz, la patrona del Salvador. I Cordero, come tutti in quel villaggio, erano evangelici, a differenza degli abitanti della regione, a maggioranza cattolica, ma ciò non impediva loro di essere devoti alla Virgen de la Paz. Leticia dormiva con due fratelli su una stuoia per terra, la nonna condivideva il letto con un nipote che non poteva camminare perché era nato con una malattia alle ossa, e i genitori stavano in un altro letto con i due figli più piccoli. Avevano galline, cani, gatti e un maiale. Gli animali giravano liberi, e così i bambini: nessuno li sorvegliava, giocavano nelle grotte in montagna, tra i cespugli e negli stagni. Fin da piccoli aiutavano nelle faccende domestiche e nei lavori nei campi. Leticia andava al fiume con la madre a lavare i panni: li strofinavano con il sapone e li sbattevano contro le pietre dopo averli tenuti a bagno per una notte nella liscivia di cenere. La bambina andava a scuola a piedi tenendo in mano, per non consumarli, l'unico paio di sandali che indossava solo una volta arrivata. In quella piccola scuola c'erano molti alunni che venivano da tutto il circondario e una sola maestra, che insegnava su testi ingialliti dagli anni e che si faceva rispettare premiando con le caramelle e punendo con bacchettate di righello sul palmo delle mani. Suo padre lavorava nei campi, come tutti gli uomini da quelle parti; aveva un pezzo di terra su cui, insieme ai vicini, coltivava mais, yucca e avocado. Diceva che erano poveri, ma meno poveri degli altri, perché non dovevano spaccarsi la schiena nelle piantagioni di caffè dei latifondisti e non pativano la fame. La funzione domenicale era l'evento della settimana, l'unico giorno di riposo in cui si indossava il vestito buono, si cantavano inni e si pregava perché il raccolto fosse abbondante, perché gli animali figliassero, perché i guerriglieri e i soldati li lasciassero in pace, e per avvicinarsi a Gesù. La famiglia Cordero pregava anche per Leticia, che da mesi soffriva di mal di stomaco e a nulla servivano gli infusi di anice, menta e prezzemolo. La ricorrenza più importante era il battesimo dei bambini di otto anni. Si festeggiava con una processione al mattino, la cerimonia di immersione nel fiume, e musica, danze e cibo la sera. La nonna stava cucendo già il vestito bianco di Leticia per l'anno successivo.

I dolori della bambina presero a peggiorare di settimana in settimana. Era gonfia, senza appetito, si addormentava in continuazione, camminava come una sonnambula. Aveva un'aria così debole che venne sollevata dal compito di lavare i panni con la madre o di aiutare la nonna in cucina, ma non le fu permesso di saltare le lezioni. Un giorno vomitò nel cortile della scuola. Quel pomeriggio, la maestra la riaccompagnò a casa per parlare con suo padre.

"Senta, don Edgar, sua figlia rimette sangue; è una cosa molto grave."

"Sì, a volte vomita. L'ha già visitata il medico del governo che è passato quattro o cinque settimane fa, se non ricordo male."

"E che cosa ha detto?"

"Che aveva fatto indigestione e che era anemica. Le ha dato delle gocce e ci ha detto di farle mangiare molta carne e fagioli, ma lei non ce la fa. Non c'è stato nessun miglioramento, anzi, è peggiorata, maestra."

"Bisogna portarla all'ospedale."

"Costa molto, maestra."

"Vediamo cosa si può fare."

La domenica, il pastore itinerante fece presente la situazione ai parrocchiani e, come sempre di fronte a un'emergenza, tutti contribuirono secondo le loro possibilità alla colletta che servì a pagare due biglietti per il pullman e a dare ai viaggiatori qualche spicciolo per le spese del viaggio. La nonna preparò una borsa con gli indumenti migliori della bambina, in modo che arrivasse nella capitale con un aspetto decoroso, e un cestino con pane, formaggio e mezzo pollo arrosto. La madre poté aiutare poco nei preparativi, perché era reduce da un parto lungo e difficile che l'aveva sfinita, ma accompagnò il marito e la figlia alla fermata del pullman. Anche alcuni vicini, il pastore e la maestra si presentarono in tempo per salutarli. Dopo aver pregato brevemente per loro, il pastore consegnò a Leticia una piccola croce di plastica e le spiegò che brillava di notte, proprio come l'amore di Gesù brilla nei momenti di oscurità.

Il viaggio sul pullman stipato di persone con bambini, galline e bagagli di ogni tipo su strade sterrate piene di curve e di buche avrebbe potuto essere duro per Leticia, ma la maestra le aveva dato un flaconcino di valeriana, che lei stessa usava per l'insonnia. Grazie a quelle gocce, la bambina dormì per diverse ore, appoggiata al padre, e un'altra dose le permise di continuare a dormire più tardi quando, arrivati in città, dovettero passare la notte su una panchina della piazza.

All'ospedale fu detto loro di prendere appuntamento due mesi dopo, ma proprio mentre Edgar Cordero stava compilando il modulo, il dondolio del pullman ebbe un effetto ritardato sulla bambina che cadde in ginocchio, vomitando sangue, ai piedi dell'infermiere. Leticia fu portata via di corsa su una barella e il padre la vide scomparire dietro una porta. Molte ore dopo venne a sapere che aveva un'ulcera perforata allo stomaco e che era stata operata d'urgenza. Gli spiegarono che aveva perso parecchio sangue, aveva bisogno di una trasfusione e sarebbe rimasta in ospedale finché non si fosse ristabilita. Era inutile aspettarla, gli dissero; poteva telefonare dopo qualche giorno per sapere quando andare a riprenderla. Gli fu permesso di vederla per qualche minuto, ma la bambina era ancora intontita dall'anestesia e riuscì solo a darle un bacio in fronte e a chiedere a Gesù di proteggerla.

Edgar Cordero tornò al villaggio chiedendo un passaggio a un camionista, per non usare il biglietto del pullman; doveva tenerlo da parte per il viaggio di ritorno con Leticia.

Due giorni dopo l'operazione, Leticia aveva una fasciatura intorno alla pancia e le braccia piene di lividi provocati dagli aghi ipodermici e dalle flebo, ma cominciava a mangiare delle pappine e camminava con un deambulatore per i corridoi più volte al giorno per rinforzare le gambe, come le era stato indicato di fare. All'inizio aveva le vertigini e le ginocchia sembravano di gelatina, ma non si scoraggiava perché era determinata a guarire in fretta per tornare a casa; non vedeva l'ora di stringere tra le braccia il fratellino appena nato.

L'ospedale serviva un'area vasta e popolata di famiglie povere, i pazienti erano troppi e le risorse poche, i medici erano sempre di fretta e le infermiere, stanche e sottopagate, non ce la facevano più. L'umidità scrostava la vernice dalle pareti, la ruggine macchiava i bagni, la spazzatura spesso traboccava dai contenitori e le lenzuola, quando c'erano, erano così lise da essere quasi trasparenti; alcuni letti avevano solo un telo di plastica sopra il materasso. I pazienti spesso aspettavano mesi per essere visitati, e se Leticia non avesse vomitato sangue quello sarebbe stato il suo destino. L'assistenza medica, tuttavia, era di qualità e compensava la povertà dell'ospedale.

Leticia era l'unica bambina in una camerata di adulti. Non c'era mai silenzio e il viavai del personale era continuo, come al mercato, ma lei si sentiva sola come nelle grotte dove giocava a nascondino con gli altri bambini. Era abituata a dormire con i fratelli, insieme a tutta la famiglia, e al perimetro della sua capanna e del suo villaggio; sentiva la mancanza della madre e temeva che qualcosa potesse impedire a suo padre di tornare a prenderla. Voleva vedere se era vero che la croce brillava nel buio, ma lì non calava mai la notte, le luci erano sempre accese. Piangeva in silenzio, per non disturbare.

Al quinto giorno fu dimessa. Aspettò suo padre con i vestiti nella borsa, lavata di fresco e pettinata con le solite trecce; al posto della grossa fasciatura sulla pancia aveva solo un cerotto. Aveva salutato il personale e i pazienti della camerata, era ansiosa di andarsene. Quando suo padre arrivò, lei lo riconobbe a stento. Sembrava un mendicante sporco e trasandato, con la barba sfatta e l'espressione terrorizzata di chi ha intravisto l'inferno. L'infermiera responsabile del piano interruppe il giro tra i pazienti per dare a Edgar Cordero le istruzioni necessarie. Gli disse che Leticia si era ripresa molto bene e che in un paio di settimane sarebbe stata come nuova, a patto che facesse attenzione al cibo e al riposo. Non doveva fare sforzi, per evitare che i punti di sutura si aprissero.

"Non mi fa male da nessuna parte, papà. Riesco a mangiare e non vomito," aggiunse la bambina.

Edgar la prese per mano, si mise la borsa in spalla e uscì nella luce incandescente del mezzogiorno.

"Torniamo con lo stesso pullman, papà?"

"Non torneremo mai più, Leti," rispose il padre, e un singhiozzo profondo gli tagliò la voce.

Molti anni dopo, Leticia si ripropose di scoprire tutto il possibile su quel terribile dicembre del 1981 che aveva cambiato il corso della sua vita. Ci sarebbe voluto più di un decennio perché la verità iniziasse lentamente a emergere, visto che né al governo del Salvador né a quello degli Stati Uniti conveniva che si conoscessero i dettagli di ciò che era accaduto a El Mozote e in altri villaggi della zona. Negarono il massacro, vietarono le indagini e garantirono l'impunità agli assassini. Si era trattato di un'orgia di sangue perpetrata durante un'operazione di militari addestrati dalla Cia nella famigerata Escuela de las Américas a Panama, per combattere i rivoltosi del Frente Farabundo Martí. L'ingerenza degli americani, in difesa dei loro interessi politici ed economici, agevolò la sanguinosa repressione che vi fu nel paese per anni. In realtà, era una guerra contro i poveri, come accadde in altri paesi al tempo della Guerra fredda. L'obiettivo era sradicare i movimenti di sinistra, soprattutto le organizzazioni guerrigliere.

A El Mozote non c'erano guerriglieri, ma solo i contadini del villaggio e molti altri che vi si erano rifugiati perché sapevano che i soldati erano in arrivo e lì erano convinti di essere al sicuro. Le cose andarono diversamente. Il 10 dicembre, i soldati del battaglione Atlácatl arrivarono in elicottero con la loro furia bellica e occuparono in pochi minuti diversi villaggi della zona; la missione era terrorizzare le popolazioni rurali affinché non dessero aiuto ai ribelli. Il giorno dopo separarono gli uomini dalle donne e chiusero i bambini nella casa parrocchiale, che chiamarono "il convento". A caccia di informazioni, torturarono tutti, perfino i bambini, violentarono le ragazze e poi assassinarono tutti, sparandogli o finendoli con coltelli o machete, o anche bruciandoli vivi. I bambini vennero trapassati dalle baionette o dalle raffiche di mitra e poi il convento fu dato alle fiamme.

I piccoli corpi carbonizzati erano irriconoscibili. Con il sangue di un bambino scrissero sul muro della scuola: "Un bambino morto, un guerrigliero in meno". Uccisero anche gli animali e incendiarono le case e i raccolti. Dietro a loro lasciarono solo cadaveri e roghi fumanti. Compirono la missione fino in fondo: annientarono più di ottocento persone, metà delle quali erano bambini con un'età media di sei anni. Cancellarono la vita.

Ci furono molte operazioni simili negli anni ottanta, durante la guerra civile che durò dodici anni e provocò settantacinquemila morti, la maggior parte assassinati dai militari.

Edgar Cordero era arrivato al villaggio due giorni dopo il massacro, compiuto mentre lui e la figlia si trovavano nella capitale. I soldati se n'erano già andati e non trovò che cadaveri a marcire al sole tra le mosche. Fu così che scoprì quello che era successo senza che nessuno glielo dicesse. Leticia non seppe mai se era riuscito a seppellire sua madre, i fratelli e la nonna, perché non le raccontò quello che aveva visto. "È meglio che tu non sappia," era la risposta quando lei domandava.

All'uscita dall'ospedale, l'unica spiegazione che Leticia ricevette dal padre fu che erano passati i militari e la loro famiglia non esisteva più. Dovevano andare lontano per iniziare una nuova vita. La bambina non comprese l'entità della tragedia, ma la sentì come un vuoto immenso in mezzo al petto. Non era ancora in condizione di intraprendere il viaggio che suo padre stava programmando. Dovettero rimanere in città per più di due settimane, senza soldi e senza conoscere nessuno. Trovarono rifugio in una chiesa evangelica, che offrì loro un riparo per le notti e una colazione a base di caffè e pane, ma non potevano rimanerci durante il giorno. Edgar lasciava la figlia in un parco, all'ombra degli alberi, e andava a cercare un lavoretto qualunque, per guadagnarsi il minimo necessario per sopravvivere. Seduta tra gli alberi, sola e affamata, Leticia recuperò l'energia sufficiente per intraprendere il viaggio verso il Nord.

Fecero gran parte del tragitto a piedi, o chiedendo passaggi ai camionisti o rimanendo aggrappati sul tetto dei treni merci, perché non potevano pagarsi nessun mezzo di trasporto. Mangiavano grazie alla carità di persone generose, delle chiese e dei centri di accoglienza che aiutavano i migranti. In alcuni casi potevano fermarsi per un giorno o due nel cortile di questi ricoveri, dove ricevevano un pasto caldo e potevano usufruire della canna dell'acqua per lavarsi; a volte, invece, passavano la notte rannicchiati in qualche spiazzo con altre persone che erano in viaggio come loro, proteggendosi a vicenda dagli aggressori, dalle bande e dalle incursioni della polizia. Non avendo una guida – un *coyote* – a fargli strada, seguivano il flusso dei migranti, uomini, donne e bambini, nella speranza di raggiungere il Nord. Procedevano più lentamente degli altri perché Leticia era ancora debole; in alcuni tratti, il padre se la caricava in spalla e proseguiva, spinto dal dolore e dall'ira. Uno dei ricordi più terrificanti di Leticia fu il guado del Río Grande di notte, legata con una corda al petto del padre, a sua volta aggrappato a uno pneumatico. In quel tragitto perse la croce che brillava al buio. A volte si svegliava urlando con la vivida sensazione della paura, del freddo, del buio, del silenzio, delle suppliche e della corrente vorticosa.

I primi tempi negli Stati Uniti furono difficili. Edgar Cordero riusciva a trovare qualche lavoro saltuario nella raccolta della frutta, nelle fabbriche di mattoni, trasportando sacchi, ma non duravano e si dovevano spostare spesso. Vivevano insieme ad altre famiglie di migranti o in squallide stanze in affitto, sempre pronti a spostarsi, ma la bambina cercò di non perdere troppi giorni di scuola. Le poche volte in cui il padre si arrabbiava con lei era quando prendeva brutti voti e l'unica occasione in cui le diede una sberla fu quando rubò un lucidalabbra in un supermercato.

Le chiese evangeliche della comunità latinoamericana li aiutavano. Erano chiese itineranti, come la loro congregazione, composte da immigrati, molti dei quali senza documenti, che si spostavano da un luogo all'altro in cerca di lavoro. Il padre di Leticia trovò conforto tra quanti condividevano la sua fede; assisteva alle funzioni più volte alla settimana e leggeva, non senza difficoltà, la sua Bibbia in spagnolo. Le celebrazioni religiose erano l'unica occasione di vita sociale e li facevano sentire parte di una comunità: non erano soli. I fedeli si aiutavano a vicenda, organizzavano attività per i bambini, laboratori di cucito, tombole per gli anziani, colazioni domenicali con ciambelle e cioccolata calda, incontri di Alcolisti anonimi e molto altro. Il pastore li accoglieva sulla porta della chiesa, le persone si salutavano, qualcuno conosceva i loro nomi e si informava se avessero bisogno di qualcosa. Leticia ricordava gli inni, cantati con fervore, che le erano rimasti impressi nella memoria. Il pastore diceva che Dio amava tutti, indipendentemente dal colore della pelle, ma respingeva i peccatori. Alla fine della funzione, invitava coloro che dovevano perdonare oppure essere perdonati a farsi avanti. Metà della congregazione dava seguito alle sue parole; la gente si abbracciava e qualcuno cadeva in trance, sopraffatto dall'emozione. Edgar piangeva perché non riusciva a perdonare gli assassini della sua famiglia.

Il padre di Leticia trovava solo i lavori più malpagati perché era senza documenti e non parlava inglese; lei traduceva per lui. Edgar aveva fatto solo la seconda elementare, ma sperava che studiando sua figlia si facesse una professione e credeva che grazie all'intervento di Gesù avrebbe ottenuto una borsa di studio.

Nel periodo di massima povertà, conobbero Cruz Torres, un messicano che viveva negli Stati Uniti da molti anni; aveva una squadra di latinoamericani alle sue dipendenze e si occupava di edilizia. Cruz sapeva usare il cemento, i mattoni, il legno e la pietra, si intendeva di idraulica e di elettricità, poteva sostituire un tetto e costruire una piscina. Ebbe pietà di Edgar, quell'uomo silenzioso e triste che aveva perso tutto e si aggrappava a sua figlia come a un salvagente. Leticia era l'unica ragione di vita per lui. Sotto la sua protezione, la situazione di Cordero migliorò. Poiché la piccola impresa aveva sede nella California settentrionale, Cruz lo convinse a trasferirsi lì, promettendogli che il lavoro non sarebbe mancato. Gli procurò un bilocale a prezzo stracciato a Berkeley, dove gli affitti erano regolamentati e non potevano subire aumenti. La casa era un vero e proprio porcile, ma per Edgar e sua figlia era una reggia.

Invece di studiare, Leticia scappò con il primo amore prima di finire le superiori. Nonostante il trauma, lo sradicamento e la povertà, era una ragazza espansiva, chiacchierava con chiunque per strada ed era sempre pronta a divertirsi. Aveva il ritmo nel sangue. Si innamorò, con la passione assoluta dei sedici anni, di un ragazzo americano biondo e atletico, incline a far baldoria quanto lei. Infatti lo aveva incontrato in un bar, dove non avrebbe dovuto mettere piede, non solo perché era minorenne, ma anche perché se suo padre l'avesse saputo gli sarebbe preso un colpo. Era molto severo e applicava alla lettera i precetti morali della sua religione, che condannavano l'alcol, la musica popolare, i balli di ogni tipo, l'abbigliamento provocante e le piscine pubbliche.

"Una ragazzina vergine può rimanere incinta se fa il bagno con gli uomini," l'aveva avvertita.

"Ma papà, le piscine contengono così tanto cloro che nessuno di quegli animaletti può sopravvivere nell'acqua," aveva risposto Leticia, senza essere sicura che fosse vero.

Il fidanzato, idraulico di professione e alcolizzato per vocazione, procurò a Leticia un certificato di nascita da cui risultava che lei aveva due anni in più, in modo che potessero sposarsi. L'imbroglio fu provvidenziale, perché in seguito si poterono separare senza le complicazioni burocratiche di un divorzio. Il matrimonio non fu mai valido, ma Leticia lo scoprì parecchio tempo dopo, quando la sua pazienza ormai si era esaurita.

Scappando e lasciando la scuola, e anche la religione, la ragazza diede un grande dolore a suo padre. "Anche se ti allontani da Gesù, Lui non ti lascerà mai," le ripeteva e pregava in ginocchio per la salvezza di sua figlia. Ma la religione è questione di fede e lei non l'aveva, si poneva troppe domande. Tuttavia, credeva nel potere di San Judas, il santo delle cause perse, e in quello di San Cristóbal, patrono dei viaggiatori, di cui teneva un'immaginetta nel portafoglio per proteggersi dagli incidenti. Abbandonò la chiesa perché non sopportava che il pastore di turno le dicesse cosa pensare, come vivere e persino per chi votare. Uno cercò addirittura di costringerla a sopportare l'idraulico, che la picchiava, perché Dio non ama le donne capricciose e arroganti, che si credono allo stesso livello degli uomini, quando invece la Bibbia è molto chiara al riguardo: Eva è stata creata da una costola di Adamo e gli deve sottomissione. Con gli uomini il pastore era più tollerante.

L'ardente passione della coppia ben presto si trasformò in aggressività. Le cause di litigio erano la gelosia, il denaro, le ubriacature di lui, e Leticia si stufò di cuocere hamburger in un McDonald's, di essere sempre piena di debiti mentre lui dilapidava lo stipendio per fare bisboccia; insomma, ogni pretesto era buono per esplodere in insulti, urla e botte. L'idraulico, reduce da una brevissima carriera nel wrestling, conclusa con il naso rotto, aveva diversi macabri tatuaggi di diavoli e draghi e un'irresistibile tendenza alla violenza. La relazione durò poco perché lei si rese conto ben presto che viveva con due uomini diversi. Quello che tutti conoscevano era esuberante, disponibile, generoso e guadagnava bene con il suo lavoro, ma non metteva niente da parte perché tendeva a comprare cose superflue, a giocare d'azzardo o a prestare denaro agli amici. Si era innamorata di quella versione dell'uomo, l'anima della festa, ma scoprì che al suo interno c'era un mostro acquattato, che veniva fuori quando beveva. Reggeva bene l'alcol; a volte, anche se era ubriaco, riusciva a lavorare per qualche giorno, ma quando si perdeva in fondo alla bottiglia diventava pericoloso.

Bere accendeva in quell'uomo una rabbia incontrollabile, un tempo utile sul ring, ma che nella vita normale non trovava sfogo e si accumulava premendo nelle vene. Leticia lo teneva continuamente d'occhio per cogliere i segni dell'ebrezza nociva, perché se non riusciva a mettersi in salvo, erano botte. Lo sopportò per un paio d'anni nella speranza che cambiasse, come le prometteva a ogni riconciliazione, finché una sera, quando era sul punto di picchiarla, lei gli si scagliò addosso con l'impeto di un toro da combattimento e lo colpì al petto con una mirabile testata. Colto di sorpresa, l'uomo perse l'equilibrio e cadde all'indietro contro il bancone di granito della cucina. Batté la nuca e rimase inerte in una pozza di sangue mentre lei faceva di corsa ventidue isolati per raggiungere suo padre. Non le venne in mente di chiamare l'ambulanza. Il padre la vide arrivare con le scarpe sporche di sangue, e dichiarare molto calma che aveva ucciso il marito. Ma per fortuna non era morto, solo stordito. Da quel giorno l'uomo iniziò a portarle rispetto. Quando lei gli annunciò che lo avrebbe lasciato, lui non osò opporsi. Leticia non lo vide mai più e non permise mai più a nessuno di minacciarla.

L'idraulico fu sostituito da un altro uomo, che lei sposò senza bisogno di un certificato falso, e che sparì altrettanto in fretta dalla sua vita. Si erano conosciuti nel ristorante dove entrambi lavoravano come camerieri. Era un bravo ragazzo, ma pochi mesi dopo il matrimonio si mise con un'altra donna, una sgualdrina qualunque, come la definiva Leticia nelle rare occasioni in cui la nominava. In realtà, quel marito le lasciò così pochi ricordi che negli anni a venire ne dimenticò persino il nome.

Leticia sapeva pochissimo del Salvador, solo quello che le aveva insegnato la maestra della piccola scuola rurale di El Mozote, ma nella biblioteca pubblica imparò a conoscerlo. Grazie a Internet, ai libri e alle riviste, vide centinaia di fotografie, la vegetazione tropicale, acqua ovunque, frutti e fiori dai mille colori, montagne e vulcani, il mare blu del Pacifico. Consultò un libro di ornitologia che in copertina aveva un *torogoz*, l'uccello simbolo nazionale dal piumaggio policromo e dalla lunga coda. Ormai non c'era più nulla che la legasse alla sua terra, ma aveva stretto numerose amicizie nella comunità di immigrati salvadoregni della Bay Area; così poté conservare l'accento di quel paese, alcune tradizioni, la musica e il cibo, senza però condividerne la nostalgia. Molti di loro si recavano a trovare le famiglie ogni anno, ma lei ci andò solo una volta. "Cosa ci vado a fare?" diceva quando le chiedevano come mai non tornava. Non aveva parenti o conoscenti e aveva sentito dire che era pericoloso. Dopo gli accordi di pace tra il governo e i guerriglieri, nel 1992, la guerra civile ufficialmente terminò, ma non la violenza. I criminali e i narcos, tatuati dalla testa ai piedi e che riempivano le prigioni, erano membri delle famigerate *maras* che nessun governo era riuscito a smantellare.

A ventidue anni, dopo l'idraulico alcolizzato e prima del cameriere che se ne andò con la sgualdrina, Leticia fece un viaggio nel Salvador. Suo padre si rifiutò di andare con lei; aveva giurato che non avrebbe mai più messo piede su quella terra macchiata del sangue della sua famiglia. Leticia sperava di rintracciare qualche parente, perché sapeva che c'erano dei cugini lontani, ma non si trattenne abbastanza a lungo per cercarli. Andò direttamente a El Mozote per affrontare incubi e ricordi.

Trovò una guida disposta a portarla al villaggio dove aveva vissuto la sua famiglia, ma la avvertì che laggiù non era rimasto nulla. Per più di dieci anni, il governo aveva negato il massacro, eliminando prove e mettendo a tacere le timide denunce dei sopravvissuti, ma con la fine della guerra civile la carneficina era venuta alla luce. Nella regione nessuno aveva dimenticato. Leticia e la guida arrivarono in pullman nelle vicinanze e poi dovettero proseguire a piedi. Lei riconobbe il paesaggio, anche se la vegetazione era molto più rigogliosa e il clima più caldo di quanto ricordasse. Camminarono a lungo, aprendosi la strada in alcuni tratti perché il sentiero scompariva, ma la guida conosceva il percorso a memoria. Le raccontò che ai tempi del massacro lui aveva dieci anni ed era sopravvissuto nascondendosi sulle colline dove i contadini scappavano durante la guerra civile. Ogni due o tre mesi i soldati arrivavano per una delle loro sinistre azioni e allora la gente scappava nelle grotte. Era andata così per anni, le disse; era cresciuto sempre in fuga e non riusciva più a stare fermo. Anche a lui avevano ammazzato tutta la famiglia in quel dicembre del 1981. I soldati obbedivano agli ordini, ma siccome nessuno chiedeva conto del loro operato, infierivano.

"Perché uccisero i bambini? Nessuna belva commetterebbe simili atrocità. E a farlo furono uomini che erano come le vittime, gente del posto, gente povera," le disse.

Leticia non trovò alcuna traccia del suo passato, né di sua madre, né dei fratelli o di sua nonna. Nel luogo che prima ospitava un piccolo villaggio rimanevano solo ossa sottoterra o intrappolate nel sottobosco e i resti di qualche capanna. Non c'era in giro nessuno. Nell'aria, un ronzio di insetti e un fruscio di anime perdute. Si sentiva il pianto dei bambini, ma forse era la brezza tra i canneti.

Edgar Cordero morì quando Leticia era sposata con Bill Hahn, il terzo marito. Non fece in tempo a conoscere la nipotina, che aspettava con ansia; Leticia gli aveva detto che l'avrebbe chiamata Alicia, come sua madre. Lo trovarono seduto su una sedia, con la testa posata sulla Bibbia aperta sul tavolo. Non era malato o vecchio, semplicemente gli si spense la vita, un dolce trapasso. Il pastore disse che era volato in cielo tra le braccia di Gesù, Nostro Signore. Cruz Torres si occupò del funerale, pagando tutto, dalla bara ai fiori, e poi offrì da mangiare in un ristorante messicano.

Leticia, aggrappata alla mano del marito, con il pancione di sette mesi e il viso gonfio dal tanto piangere, partecipò per non offendere Cruz.

"Ora che don Edgar se ne è andato, ricordati che è come se fossi il tuo padrino, Leticia. Potrai sempre rivolgerti a me, per qualsiasi cosa."

"Grazie mille, don Cruz, ma è mia moglie e spetta a me prendermi cura di lei," intervenne Bill Hahn, in modo rispettoso.

"È vero, ma non si sa mai cosa può capitare. Spero che rimarremo sempre in contatto, Leticia."

Bill Hahn discendeva dai pionieri che nel 1849 avevano attraversato a piedi il continente nordamericano con l'ambizione di arricchirsi con l'oro. I suoi trisnonni avevano vissuto una vita di estrema povertà, inseguendo l'agognata fortuna senza mai raggiungerla. Alcuni dei loro discendenti avevano goduto di brevi periodi di prosperità, ma il karma della famiglia era fatto di grandi fatiche e scarse ricompense. Bill, orgoglioso del suo lignaggio, si era dedicato allo studio della corsa all'oro nella zona di San Francisco, e aveva persino recuperato lettere e documenti dei suoi antenati. Questa curiosità per la storia gli era valsa un impiego presso il Museo di Oakland, dove guadagnava uno stipendio modesto ma sufficiente a mantenere decorosamente la moglie. Non voleva che lavorasse mentre era incinta né dopo, quando avrebbe dovuto prendersi cura della nuova arrivata. Era un uomo introverso e dai sentimenti intensi, che si era innamorato di Leticia al primo sguardo all'ingresso del museo. Era rimasto folgorato dalla sua figura, dalla sua sicurezza e dal sorriso con cui lo aveva ringraziato per averle indicato la caffetteria. L'impressione era stata così forte che aveva abbandonato la sua postazione per seguirla e, vincendo l'atavica timidezza, le aveva chiesto se poteva sedersi al suo tavolo. Da quel momento aveva messo in atto una meticolosa strategia per conquistarla, e alla fine ci era riuscito. Erano sposati da poco più di due anni e Leticia non era mai stata così felice in vita sua. Quell'uomo dall'aspetto insignificante possedeva una riserva inesauribile di tenerezza e un sorprendente senso dell'umorismo.

Tuttavia, non si sa mai cosa può capitare, come aveva previsto Cruz Torres il giorno del funerale. Da diverse settimane Bill soffriva di un forte mal di testa, che teneva sotto controllo con gli antidolorifici; aveva la vista annebbiata e il collo rigido, ma continuava a rimandare l'appuntamento con il medico nella speranza che i sintomi se ne andassero da soli, come accade per quasi tutti i disturbi. Quel pomeriggio, all'ora di chiusura del museo, mentre controllava che tutto fosse in ordine prima che lo sostituissero le guardie notturne, un aneurisma fatale gli scoppiò nel cervello. Un lampo di dolore lo accecò e cadde a terra, dove fu ritrovato due ore dopo.

Leticia venne informata da un poliziotto, che le chiese di seguirlo per identificare il corpo. Fu come se un abisso le si spalancasse sotto i piedi. Si presentò in un mare di lacrime, con la bambina in braccio, nella gelida stanza dove avevano sistemato il marito. Baciandolo a lungo sulle labbra, ripeté la promessa che si erano fatti molte volte: sarebbero rimasti sempre insieme.

All'inizio, la giovane vedova rimase chiusa nel piccolo appartamento che aveva condiviso con il marito, aggrappandosi alla figlia, senza nessuna voglia di mettere il naso fuori di casa, disperata. Non voleva vedere nessuno, ma in molti iniziarono a bussare alla sua porta portando cibo e conforto. Bill era sempre stato disponibile e lei amichevole, allegra e pronta a dare; era arrivato per Leticia il momento di ricevere, ma passate alcune settimane amici e vicini tornarono alle loro vite e lei provò il tremendo peso della solitudine. Si era abituata a dipendere da Bill, alla sua costante attenzione, a dormire con lui, la figlia tra loro. Non lavorava da più di due anni, aveva pochissimi soldi in banca e doveva occuparsi della piccola Alicia. Non poteva permettersi il lusso di continuare a piangere.

Quell'anno, il 2000, aveva ventisette anni, una figlia di diciotto mesi e la vita a brandelli. Ma a quel punto riapparve Cruz Torres, come inviato dal cielo. Appena la vide, indifesa, triste e povera, le assicurò una rendita e affittò per lei una stanza decente in cui vivere per un anno, finché non fosse stata in grado di farcela da sola. Stava ristrutturando una vecchia casa sulle colline di Berkeley, un lavoro a lungo termine perché richiedeva molto tempo. Presentò Leticia alla proprietaria della casa, che aveva bisogno di un aiuto per le pulizie e altre faccende domestiche. La donna la assunse sulla fiducia, senza fare domande: la parola di Cruz era sufficiente.

Selena

San Francisco, Nogales, 2019

Il 23 dicembre, Selena Durán si presentò allo Studio legale Larson, Montaigne & Lambert, in un grattacielo di Montgomery Street nel centro del distretto finanziario di San Francisco. Lo studio, che occupava gli ultimi tre piani, aveva una vista spettacolare sulla città. Acciaio, cemento, ampie finestre, mobili in pelle e alluminio, piante vere, colori neutri, fotografie di dune e nuvole. Già dalla doppia porta a vetri, con i nomi dei soci maggioritari incisi in oro, si respirava un'aria di autorità, efficienza, fretta, gerarchia. L'addetta alla reception fece cenno a Selena di aspettare, senza indicarle dove sedersi, e chiamò un interno. La ragazza sorrise, divertita, immaginando che quella cortesia gelida, al limite dell'ostilità, servisse a far colpo sui visitatori. Lei, tuttavia, non si lasciava intimidire facilmente.

Aspettò una quindicina di minuti, in piedi, e mentre osservava le dune e le nuvole alle pareti vide entrare e scomparire in un corridoio diverse persone con vassoi coperti. Alla fine, una donna di mezza età, a disagio sui tacchi alti e in un completo gonna e giacca troppo aderente, la raggiunse.

"Selena Durán? Buongiorno. Sono l'assistente di Mister Lambert."

"Ho un appuntamento con lui," disse Selena.

"Sì, certo. Mi segua, per favore. Scusi la confusione. Oggi è l'ultimo giorno prima delle vacanze di Natale. Nel pomeriggio abbiamo la festa di fine anno."

Selena pensò ai vassoi che aveva visto passare, immaginando gamberi fritti, costine di maiale e spiedini di carne. Aveva fatto colazione con una tazza di caffè e un paio di fette di pane tostato alle cinque del mattino per prendere il primo volo da Tucson per San Francisco alle 7.15. Era quasi mezzogiorno e aveva fame.

L'assistente la guidò lungo un ampio corridoio fino alla doppia porta in fondo e bussò delicatamente con le nocche. Poco dopo, Ralph Lambert aprì la porta. Selena lo conosceva grazie alle foto sui giornali e alla sua reputazione; era il volto di uno studio legale noto per vincere casi celebri di clienti in grado di pagare esorbitanti parcelle. Era un uomo sulla sessantina, più basso e magro di quanto lei si fosse immaginata dalle fotografie.

"Benvenuta, la stavamo aspettando," disse.

Selena entrò in una grande sala riunioni con un'intera parete finestrata e un lungo tavolo, attorno al quale erano sedute una decina di persone. Un altro gruppetto stava in piedi, a un'estremità. Immaginò che fossero i soci più giovani.

"La signorina Selena Durán, del Progetto Magnolia," annunciò Lambert, indicando una sedia a Selena.

Lei lasciò cadere l'enorme borsa guatemalteca sul pavimento vicino alla porta, si sistemò una ciocca di capelli dietro l'orecchio, ignorò la sedia e si mise di fronte al gruppo in piedi.

Selena sapeva che in occasioni del genere era necessario curare l'aspetto. Sua nonna glielo aveva ripetuto spesso, ma nel lavoro che faceva la comodità era più importante della bella presenza e quindi la sua tenuta abituale erano jeans, maglietta e scarpe da ginnastica. Quella mattina aveva fatto uno sforzo per vestirsi come avrebbe voluto sua nonna; aveva raccolto i capelli in una coda di cavallo, si era messa il rossetto e indossava un abito nero, che lei chiamava "il vestito per mendicare" perché lo metteva solo quando doveva ottenere delle donazioni. Era convinta che le desse un'aria di serietà.

Seduto al tavolo, poco distante, c'era Frank Angileri, il giovane avvocato di punta dello studio, chiamato dai colleghi "il Preferito"; giravano dicerie invidiose che fosse il cocco di Ralph Lambert, il quale gli riservava i clienti più importanti, come il recente caso Alperstein. Esaminò la nuova arrivata senza riuscire a classificarla. Si riteneva un esperto nell'indovinare lo status di qualsiasi sconosciuto al primo sguardo, abilità che gli tornava molto utile nella sua professione. Dal nome, sicuramente era latina, tuttavia non corrispondeva allo stereotipo: era alta e bianca. La trovò molto attraente, anche se aveva qualche chilo di troppo rispetto ai suoi standard di gradimento. Che cosa diavolo era quel progetto?

"Buongiorno. Lavoro al Progetto Magnolia per rifugiati e migranti," si presentò la ragazza. "Come saprete, è in corso una grave crisi umanitaria al confine con il Messico. Il governo ha adottato una politica di tolleranza zero e ha decretato lo smembramento delle famiglie richiedenti asilo, pratica già in uso prima della delibera ufficiale. Migliaia di bambini sono stati separati dalle loro famiglie, compresi neonati strappati dalle braccia delle madri. Ho dovuto accompagnare davanti a un giudice un bambino di un anno senza i genitori. Era in passeggino, e dormiva."

La notizia era diventata di dominio pubblico a maggio dell'anno precedente, quando era uscito il primo servizio televisivo. L'indignazione nazionale aveva prodotto un forte clamore anche nel resto del mondo; nessuno era rimasto indifferente davanti alle immagini di bambini rinchiusi in gabbie, buttati per terra, sporchi e in lacrime. Alla fine il governo aveva ceduto alle pressioni e aveva dovuto revocare l'ordine, ma migliaia di minori erano già senza genitori. Selena spiegò che gli smembramenti delle famiglie erano ancora in corso con diversi pretesti e che nei centri di detenzione c'erano centinaia di bambini i cui genitori non potevano essere rintracciati perché i dati erano stati registrati in modo impreciso; nessuno aveva pensato al ricongiungimento. Inoltre, migliaia e migliaia di minori giunti da soli erano in stato di fermo e altri continuavano ad arrivare.

"Il Progetto Magnolia sta cercando di aiutarli," proseguì. "Non siamo gli unici, operano anche diverse organizzazioni simili. Sono quasi quarantamila gli avvocati e gli studenti di Legge che ci stanno lavorando pro bono. Un serial killer ha diritto a un avvocato, ma non gli immigrati e i rifugiati. Quasi senza eccezione, un bambino che compare davanti al giudice senza la necessaria tutela legale viene espulso. Se ha qualcuno a difenderlo, spesso ottiene asilo."

"La signorina Durán ha chiesto aiuto al nostro studio e noi, ovviamente, glielo daremo," aggiunse Ralph Lambert.

Frank intuì che l'iniziativa rientrava nella campagna di miglioramento dell'immagine aziendale. Lo studio aveva la reputazione di difendere con successo criminali palesemente colpevoli a fronte di parcelle stratosferiche. L'azienda ora cercava di oscurare ciò che prima era motivo di orgoglio, perché il vento sociale stava cambiando. L'impunità dei miliardari era sempre meno tollerata. Ciò spiegava le iniziative di improvvisa filantropia, l'inserimento di donne in posizioni chiave e l'assunzione di professionisti di colore. Non c'erano più soltanto uomini bianchi in quegli antichi uffici.

La questione dei migranti era decisamente politica e poteva portare più problemi che benefici, ma Frank immaginò che Lambert avesse fatto i suoi calcoli. Rimase colpito dalla tranquilla eloquenza della ragazza e si vergognò di non aver prestato maggiore attenzione alla tragedia sul confine.

Selena chiese a Lambert se poteva mostrare una presentazione in Power Point; le sarebbero bastati pochi minuti. Lui fece un breve cenno, la sua assistente premette un pulsante sulla parete e le tende si abbassarono silenziosamente. Un'altra persona mise un videoproiettore sul tavolo, regolò la messa a fuoco sullo schermo e in meno di un minuto lei collegò il suo computer. Aveva fatto molta pratica e sapeva che la cosa più importante era tenere viva l'attenzione degli ascoltatori. Le immagini apparvero in rapida successione: famiglie centroamericane nel pericoloso pellegrinaggio dai loro piccoli paesi fino alla frontiera; centinaia di persone sui tetti dei treni merci, altre a piedi nel deserto o mentre nuotavano in un fiume; le pattuglie di frontiera e i civili armati che si assumevano il compito di vigilare e far rispettare la legge a colpi di pistola; le celle di detenzione chiamate *hieleras*, come le borse portaghiaccio, dove persone provenienti da climi caldi venivano messe a temperature gelide; i momenti strazianti in cui gli agenti portavano via bambini urlanti mentre madri e padri imploravano disperati. Selena spiegò che la pratica era ancora in vigore, ma si procedeva in modo insidioso: ora tutto avveniva di notte.

Nessuno si mosse. Un silenzio denso prese il sopravvento nella stanza. Molti erano palesemente commossi; due donne si asciugavano le lacrime.

"Come possiamo aiutarvi?" chiese una di loro.

"Abbiamo bisogno di avvocati volontari per difendere i bambini e mettere fine per sempre a questa forma di tortura. *Nunca más, nunca más*," disse Selena.

"Non so nulla di diritto dell'immigrazione..."

"Non è un problema. Le offriremo la formazione necessaria."

"Conti su di me, allora."

"Come si chiama?"

"Rose Simmons. Però non so se potrò aiutarvi, non parlo spagnolo."

"Abbiamo degli interpreti. Grazie mille, Rose."

"Lo studio concede agevolazioni sull'orario e il suo stipendio resterà immutato, signorina Simmons, ma lei non può trascurare i suoi incarichi e il lavoro extra non verrà remunerato," chiarì Lambert.

"Naturalmente."

"Non se ne pentirà, Rose, glielo assicuro," aggiunse Selena.

Frank arrossì. Aveva l'impressione che Selena Durán lo stesse fissando, che lo stesse selezionando tra gli altri, che lo scegliesse e lo giudicasse.

"Non sono previsti né soldi né gloria; ecco perché a collaborare al progetto sono soprattutto donne. Anche l'accudimento dei bambini nei centri di detenzione e l'assistenza sociale e psicologica sono nelle mani delle donne," disse Selena.

Colto da un impulso incontenibile, Frank alzò la mano e annunciò che era disponibile. Un mormorio di sorpresa accolse il suo gesto. Nessuno se lo aspettava dal Preferito, il membro più ambizioso della squadra. Lambert gli fece cenno di seguirlo in corridoio e si chiuse la porta alle spalle.

"Quando pensa di poterlo fare, Angileri? Lei deve dedicarsi completamente ad Alperstein."

"Lo farò nel tempo libero."

"Lei non ha tempo libero. Non ha nemmeno le vacanze."

"Passerò il Natale dai miei a Brooklyn; mi fermerò solo un paio di giorni e mi porterò dietro il dossier Alperstein. Peraltro, le ricordo che non possiamo fare miracoli, qualsiasi giuria lo condannerà. Una delle sue vittime, drogata e violentata, aveva quattordici anni."

"Eviti in tutti i modi possibili di arrivare a processo, Angileri. Se commette un errore, può dire addio alla sua carriera."

"Non si preoccupi."

Conclusa la riunione, Selena Durán riprese il computer, mise via gli appunti e iniziò a trascrivere i dati di Rose Simmons e di Frank Angileri e a spiegare loro in cosa consisteva l'impegno nel Progetto Magnolia. Anzitutto avrebbero dovuto seguire un breve corso online sugli aspetti legali e poi si sarebbero occupati di un paio di casi, come parte della formazione: avrebbero incontrato i minori, sparsi in diversi centri di detenzione, preparato la memoria difensiva e li avrebbero accompagnati davanti al giudice. La cosa poteva trascinarsi a lungo, disse, perché i tribunali erano sommersi da migliaia e migliaia di casi arretrati.

"Vi avverto che una volta entrati in questo mondo, non ne uscirete più," aggiunse con una strizzatina d'occhio.

"Visto che ci ha preso in trappola, signorina Durán..." disse Frank.

"Chiamami Selena."

“Selena. Il minimo che puoi fare è venire a pranzo con noi,” propose Frank.

“Io non posso,” si scusò Rose. “I miei suoceri arrivano oggi dal Missouri per trascorrere il Natale con noi.”

“Io parto questo pomeriggio per Los Angeles,” disse Selena.

“Vivi lì?”

“Vivo in Arizona, ma i miei stanno a Los Angeles. Passo la Vigilia di Natale con loro e il giorno dopo torno al lavoro.”

Frank ringraziò il cielo che Rose li avesse lasciati soli, convinse Selena che aveva tutto il tempo per prendere il volo del pomeriggio e la portò a Le Boulevard, uno dei ristoranti chic dove i suoi capi pranzavano con Dom Perignon. La ragazza, con i suoi stivali sciupati, un cappotto che sembrava venire da un negozio di vestiti usati e quella borsa dai colori vivaci piena come una valigia, era l’opposto delle donne sofisticate che lui esibiva in pubblico. Voleva impressionarla salutando il maître per nome, ma lei era al cellulare e stava parlando in spagnolo. Sedettero a un tavolo in fondo, vicino alla finestra, e il cameriere, che aveva buona memoria per i clienti dalle mance generose, portò due bicchieri di prosecco prima del menù.

“È uno spumante del Veneto, una regione del Nord Italia,” spiegò Frank a Selena.

“Non male,” disse lei dopo esserselo scolato in un sorso.

Frank si rese conto che una bottiglia di qualità sarebbe stata uno spreco con lei, che non avrebbe saputo distinguere un Quintessa da un vino da cucina. Era stato un errore offrirsi come volontario senza sufficienti informazioni e un altro errore invitare quella donna a pranzo; si era fregato da solo con quelle due decisioni. Le aveva prese sull'onda dell'attrazione sessuale: la prima per dimostrare a Selena che era un uomo di valori e di buoni sentimenti, la seconda per creare le premesse di un incontro più intimo in un prossimo futuro, al ritorno da Brooklyn. "Sono un idiota," pensò, forse più imbarazzato che infastidito. Ma nel giro di pochi minuti di conversazione i suoi dubbi svanirono.

Finirono la bottiglia di Quintessa raccontandosi le loro vite, o meglio, parlò quasi solo Frank e Selena ascoltò più o meno distrattamente. La colpì quanto si dilungasse sulle difficoltà del suo lavoro, sull'esperienza in tribunale, buttando lì che si era laureato a Yale, senza chiedere informazioni sul compito che avrebbe svolto. Non voleva mettergli fretta; col tempo quel presuntuoso avrebbe volato più basso, pensò divertita.

Selena ordinò filet mignon con patate fritte. Frank stava per fare un commento a proposito delle calorie e del colesterolo, ma si trattenne in tempo. Lui scelse del rombo al vapore; ci teneva alla linea. Le sue conquiste in genere erano vegetariane e piluccavano i piatti con grande attenzione; non ne ricordava nessuna che mangiasse pane o dessert, mentre Selena Durán divorava il suo piatto e metteva abbondante condimento sull'insalata.

Il pranzo andò per le lunghe e Frank decise di saltare la dannata festa dell'ufficio per accompagnare Selena all'aeroporto, così da poter passare una mezz'ora in più con lei. Il fatto di dover tornare di nuovo in aeroporto per il proprio volo non lo scoraggiò.

Selena divorò i profiterole al cioccolato con il gusto di chi non mangia da molte ore, mentre lui le raccontava del Natale a Brooklyn, dove i suoi vivevano da quando i nonni erano immigrati dalla Sicilia. Era l'unico momento in cui la famiglia si riuniva al completo, nessuno mancava all'appello: i genitori, i due nonni, i fratelli con le rispettive mogli, i nipoti, qualche cugino, una vicina di casa solitaria che era stata cantante lirica e lo zio Luca, che era completamente matto.

"Gira armato con una pistola dei tempi di Garibaldi e si vanta di aver combattuto nelle brigate internazionali della Guerra civile spagnola. Se fosse vero avrebbe centotré anni, ma ne dimostra al massimo novanta," aggiunse.

"Dimmi dei tuoi genitori," gli chiese Selena, per non dover parlare e poter rimanere concentrata sul cibo.

"Hanno la migliore rosticceria italiana di Brooklyn. Non credo che mio padre abbia mai letto un libro, ma ha costretto noi figli a studiare. Mia madre è una forza della natura: è quasi sempre gentile, ma quando si arrabbia bisogna levarsi di torno. Ci picchiava con un cucchiaio di legno. Una volta mi colpì in testa con il coperchio della pentola degli spaghetti. Non mi fece male, ma ancora adesso evito di avvicinarmi a lei quando cucina. Non ha mai parlato inglese con noi. Nella mia famiglia litighiamo e facciamo pace in italiano."

"Da noi in spagnolo. L'italiano ti tornerà utile, assomiglia un po' allo spagnolo," disse Selena.

"Ho studiato spagnolo al liceo e all'università, ma mi sa che dovrò riprenderlo in mano."

"I bambini che saranno i tuoi clienti capiscono tutto con un sorriso o con un tono di voce amichevole, Frank, hanno bisogno di pochissime parole. Il mio spagnolo non è perfetto, ma con il lavoro l'ho migliorato," gli spiegò.

"Almeno lo parli."

"Sì, grazie alla mia bisnonna, che mi ha sempre parlato in spagnolo."

"Non sono molte le persone che possono vantare una bisnonna," commentò Frank.

"Nella mia famiglia ci sono diverse generazioni di donne immortali. Gli uomini vanno e vengono, o muoiono, da noi durano poco; è per questo che usiamo tutte il cognome Durán, quello della bisnonna, nata in Messico, come mia nonna, che è una veggente. Mia madre invece è nata qui, e pure io e mia sorella, e i suoi due figli."

"Veggente, hai detto?"

"Medium. È un dono che ha dalla nascita. Comunica con i morti. A volte li vede anche."

"Stai scherzando!"

"È molto famosa. Non hai mai sentito parlare di Dora Durán? Ci sono stati diversi servizi su di lei. È entrata in un programma di ricerca sui fenomeni paranormali della Chapman University. Vengono polizia e persone da tutto il mondo a consultarla."

"Su cosa?"

"Dipende."
"Dai, fammi un esempio."
"Uno degli ultimi casi riguardava la scomparsa di un bambino di nove anni. Mia nonna ha localizzato il corpo in un pozzo."
"Ed è riuscita anche a identificare l'assassino?" chiese Frank, dissimulando il sorriso.
"Non era stato ucciso, era caduto."
"E come faceva tua nonna a saperlo?"
"Grazie a un sogno, a volte attraverso una forte sensazione o una premonizione. Ogni tanto l'anima perduta le fa visita. Con il bambino è andata così. Lei era andata a prendere i figli di mia sorella a scuola e stava aspettando su una panchina del parco quando un bambino è comparso di fianco a lei. Mia nonna si è sentita gelare dalla testa ai piedi e il cuore ha preso a martellare. Il bambino le ha detto dove si trovava ed è sparito immediatamente."
"Deve essere inquietante crescere circondata dai morti," disse Frank, prendendola in giro.
"Io non li vedo e non li sento, non mi hanno mai dato fastidio," rispose, tirando su con un dito l'ultimo residuo di cioccolato.

Furono gli ultimi a lasciare il ristorante. Si avviarono verso l'auto e poi Frank l'accompagnò all'aeroporto. Rimasero d'accordo di rivedersi dopo Natale in Arizona; nel frattempo lei gli avrebbe inviato il corso che doveva studiare. Gli spiegò che i giudici non avevano tempo per troppe scartoffie, bisognava semplificare e agire rapidamente, il contenuto legale era fondamentale, ma più importante era suscitare emozioni. Tutto dipendeva dal giudice; alcuni erano comprensivi e altri erano dei bastardi. I nuovi erano tutti bastardi.

Frank la scortò all'interno dell'aeroporto fin dove era possibile e poi la seguì con lo sguardo mentre superava i controlli di sicurezza e scompariva. Si aspettava che lei si girasse e gli facesse un gesto di saluto, il minimo dopo tutte le ore che le aveva dedicato, ma lei lo deluse.

Selena Durán condivideva un appartamento con un'altra assistente sociale nella città di Nogales, in Arizona, a dieci minuti da Nogales nel Sonora, in Messico. Si trattava di una sistemazione temporanea che durava già da due anni e, come diceva Milosz Dudek, il suo eterno fidanzato, era ora di fare progetti definitivi. Sposarsi, per esempio, e tornare a Los Angeles, dove lei aveva la famiglia e lui la stava aspettando, sempre più frustrato e impaziente. Selena continuava a trovare scuse per rimandare il matrimonio e Milosz aveva perso il conto degli anni da cui stavano insieme. Era considerato un ottimo partito da tutta la famiglia Durán: era giovane, sano, apparentemente senza vizi e guadagnava più di un notaio guidando giganteschi camion per il trasporto pesante lungo il paese, lavoro che richiedeva stabilità emotiva e resistenza fisica. Offriva alla fidanzata una vita sicura e un amore collaudato negli anni. Desiderava dei figli, una casa accogliente, una moglie contenta che lo aspettasse a casa al ritorno dai suoi viaggi. I camion erano lenti e i viaggi molto lunghi. A detta delle donne Durán, Selena non capiva la sua fortuna: dove lo trovava un altro uomo che si poteva dominare con qualche moina e per giunta molto spesso assente? Nessuna donna ragionevole vuole un marito a tempo pieno. Milosz l'amava da quando lei era adolescente; per due volte erano stati sul punto di sposarsi, poi litigavano, si allontanavano, poi si ritrovavano e ricominciavano. Era stanco di questo. Non gli mancavano occasioni per stare con altre donne e di tanto in tanto le coglieva, ma poi non riusciva nemmeno a ricordare i loro nomi. Selena era il suo unico amore.

Prima del Progetto Magnolia, Selena aveva lavorato nel Servizio sanitario, dove aveva acquisito esperienza nell'amministrazione e nell'organizzazione. Ora guadagnava meno della metà rispetto a prima, ma aveva trovato il suo posto nel mondo. Quando aveva sentito la notizia delle famiglie separate sul confine, aveva deciso di usare le tre settimane di ferie accumulate per dare una mano. Era così venuta a conoscenza del Progetto Magnolia, che esisteva da quasi trent'anni, e nonostante le obiezioni del fidanzato e della famiglia, si era presentata come volontaria. Era una delle migliaia di persone indignate che avevano offerto il loro aiuto. Dopo una settimana con i bambini aveva deciso di licenziarsi. Non era tornata a Los Angeles e nel giro di poco tempo era entrata a far parte della squadra di Magnolia. Da quel momento lavorava durante il giorno e di sera seguiva corsi online di diritto e di psicologia. Il suo sogno era, una volta superata la crisi sul confine, di poter tornare all'università. Il suo debito studentesco sarebbe aumentato, ma ne valeva la pena.

Frank avvisò Selena che il 25 dicembre sarebbe andato a trovarla e desiderava incontrare la bambina che gli aveva assegnato. Quando prese l'aereo, non si era ancora ripreso dall'orgia culinaria. Sua madre iniziava a cucinare con una settimana di anticipo: cannelloni al forno, scampi, aragosta, anguilla fritta, insalata di polpo, filetto alla Wellington, il suo famoso timballo di riso e spinaci, e per finire i dolci, cannoli, torrone alle mandorle e un'interminabile varietà di biscotti fatti in casa. La cena di Natale iniziava verso le quattro del pomeriggio e durava fino all'ora in cui si andava alla Messa di mezzanotte. Era una tradizione rispettata da tutti, anche se metà della famiglia era agnostica. Se per caso a qualcuno era rimasta un po' di fame, c'erano sempre gli gnocchi al pomodoro e se avanzava qualcosa sua madre si offendeva. Frank era l'unico magro in quella tribù di buongustai. A volte gli occhi della madre si riempivano di lacrime al pensiero del suo povero ragazzo, solo e affamato a San Francisco, quella città depravata di atei, vagabondi, tossici e omosessuali. Ogni quindici giorni gli mandava delle polpette surgelate per posta celere.

Sul volo per l'Arizona, con scalo a Denver, Frank ebbe sette ore per studiare il caso Alperstein, un magnate vicino al presidente, accusato di traffico di minori, appropriazione indebita di fondi pubblici e riciclaggio di denaro. Frank era apparso in un servizio televisivo alle spalle di quel tipo e sua madre era quasi svenuta. Aveva cercato di spiegarle al telefono che tutti hanno diritto a un avvocato difensore e che il suo cliente era innocente fino a prova contraria, ma lei lo aveva interrotto gridando: “Mi hai spezzato il cuore! Che dolore! Un figlio che difende un pedofilo!” e aveva riattaccato. Aveva ragione, Alperstein era disgustoso. Frank le aveva scritto un biglietto di riconciliazione e lo aveva messo in una scatola di cioccolatini. Era intontito dal volo notturno da San Francisco a New York, dall’eccesso di cibo a casa dei suoi e dalla mancanza di sonno, ma voleva rivedere Selena; era lei la ragione fondamentale di quella maratona aerea, visto che avrebbero potuto parlarsi via Zoom. Aveva pensato a lei più di quanto fosse opportuno, anche se era ben lontana dal suo ideale femminile e, a giudicare dall’indifferenza del suo linguaggio del corpo, non sembrava particolarmente interessata a lui. Molto curioso. Forse si trattava di una forma insolita di civetteria, pensò. Le avrebbe dato un’altra possibilità.

All’aeroporto di Tucson noleggiò un’auto e poco dopo era a Nogales, città immersa in un paesaggio desertico di colline e montagne, separata dalla sua gemella in Messico dal lungo serpente scuro del muro di confine. Pensava di trovare caldo, ma il clima di quel periodo era comunque più gradevole del freddo di dicembre a New York. L’ufficio del Progetto Magnolia era chiuso e Selena lo stava aspettando nel suo appartamento, il che gli sembrò un ottimo segno. Era esausto, ma se lei gli avesse lasciato usare il bagno, poteva lavarsi, radersi e portarla fuori a cena. Erano tre ore indietro rispetto a New York.

L’edificio era un blocco di cemento uguale a molti altri nella via, senza il conforto di un solo albero. L’ascensore non funzionava. Salì una scala dalla pulizia discutibile e si ritrovò davanti a una porta verde. Gli aprì una donna che si presentò come la coinquilina di Selena, gli offrì un bicchiere d'acqua e spostò il gatto dal divano per farlo accomodare. Frank era allergico ai gatti.

La casa consisteva in un soggiorno separato con un bancone dalla piccola cucina, un corridoio con due porte, che Frank immaginò fossero le camere da letto, e un bagno in fondo. Ogni parete era dipinta di un colore diverso, cielo, terracotta, cannella, muschio, pietra, i colori del deserto, presumibilmente. L'effetto era opprimente e il divano di stoffa scozzese, di seconda o terza mano, non contribuiva a migliorare l'arredamento. Frank pensò malinconicamente al suo appartamento, bianco, minimalista, ordinato, semplice, maschile.

La donna gli disse che Selena sarebbe tornata presto e uscì, perché aveva un appuntamento. Mezz'ora dopo, quando Selena arrivò, Frank era crollato sul divano e russava dolcemente con il gatto sopra di lui. Gli mise un cuscino sotto la testa, lo avvolse in una coperta, perché di notte la temperatura si abbassava molto, e andò in camera sua con il gatto.

La luce impietosa delle sei del mattino e l'odore del caffè svegliarono Frank, che per un attimo non capì dove si trovava. Aveva la bocca secca, l'ombra della barba di due giorni e la sensazione di essere maleodorante e appiccicoso di sudore. Selena Durán, in jeans e con i capelli bagnati, gli mise davanti una tazza di caffè.

"Forza, ragazzo, abbiamo molto da fare e qui si inizia presto."

"Ho bisogno di una doccia. Nella valigia ho una camicia pulita."

Selena gli indicò il bagno, diede da mangiare al gatto e si mise a friggere la pancetta e a tagliare le verdure per una tortilla. La colazione era il suo unico pasto cucinato, dopo di che arrivava a sera con panini e bibite. Mezz'ora dopo Frank Angileri uscì dal bagno rinvigorito. Era meticoloso nel lavarsi, gli piacevano le docce lunghe e molto calde, in viaggio si portava tutta una serie di articoli da toilette in piccoli contenitori, non usava mai quelli degli alberghi. La fragranza del suo dopobarba e del profumo avevano una delicata nota di muschio; aveva letto che era afrodisiaco. La tortilla ormai era fredda e Selena stava parlando al cellulare in spagnolo. Frank pensò che si trattasse della telefonata quotidiana alla famiglia a cui lei aveva accennato. Dopo aver messo giù, Selena prese una cartelletta e ne stese il contenuto sul tavolo.

"La tua cliente è Anita Díaz, di sette anni," spiegò a Frank. "È stata separata dalla madre, Marisol Díaz, alla fine di ottobre. È in un centro di accoglienza da otto settimane. La madre è stata portata in un centro di detenzione in Texas, in realtà una prigione privata nota per maltrattamenti e abusi, un'enorme struttura recintata da filo spinato in un luogo isolato. Dopo poco è stata trasferita di nuovo, per problemi di salute, pare, perché debilitata da una precedente ferita d'arma da fuoco e dal viaggio faticoso, ma non ne siamo sicuri. Probabilmente è stata espulsa."

"E mandata dove?"

"Non lo sappiamo. La famiglia è salvadoregna, ma non ci sono prove che Marisol sia stata rispedita nel suo paese; di solito lasciano le persone dall'altra parte del confine, in Messico. Non siamo riusciti a rintracciare Marisol."

"Come ha fatto ad arrivare qui con la figlia?" domandò Frank.

"A metà ottobre si sono presentate per chiedere asilo al porto di ingresso, proprio qui a Nogales. Sono state respinte. Non le hanno fatte entrare. È in vigore un ordine presidenziale che non permette di lasciar passare nessuno. Dieci giorni dopo Marisol ha attraversato illegalmente il confine ed è arrivata negli Stati Uniti, nel deserto, dove è stata fermata con la bambina. Al posto di blocco della polizia di frontiera, la donna ha spiegato all'agente che temeva per lei e la figlia: stavano scappando da un uomo che le braccava. Sapeva che era un assassino; aveva cercato di ucciderla. Gli ha mostrato la cicatrice recente di un proiettile nel petto, che per poco non le era costato la vita. È tutto qui nel rapporto. Ma nel rapporto non è registrata la risposta dell'agente: 'Non ti credo, dite tutti la stessa cosa, non mi pagano per farti entrare negli Stati Uniti'."

"Il paese ha l'obbligo legale di offrire protezione ai richiedenti asilo," disse Frank.

"In teoria, ma in pratica sono trattati come criminali. Nessuno li vuole. La politica della tolleranza zero è stata adottata proprio per dissuaderli, e a questo scopo separano i bambini dai genitori."

"E la figlia di Marisol?"

"Come ti ho detto, è in un centro di accoglienza per minori. Sono riuscita a farla parlare al telefono con sua madre due volte. Poi abbiamo perso le tracce di Marisol."

"Ma non è possibile!"

"Confusione, cattiva volontà, negligenza, impunità. Nessuno pagherà per questo: gli ordini vengono dalla Casa Bianca," disse Selena.

"C'è già la data per l'udienza in tribunale della bambina?"

"Non ancora. È qui che entri in gioco tu, Frank. Devi impedire che il giudice decida di espellerla; anzi, devi ottenere che ci dia tempo per trovare la madre o un parente negli Stati Uniti che possa prendersi cura di lei. Hanno fatto pressioni su Anita perché chieda il rimpatrio volontario, ma a detta della madre la sua vita è a rischio laggiù."

"Ha sette anni!" esclamò Frank.

"Succede di continuo. Ho avuto un caso assurdo. Il giudice chiedeva al mio cliente se voleva scegliere il trasferimento volontario verso il suo paese. Cosa poteva rispondere il bambino? Aveva un anno e non parlava ancora. Anita è molto sveglia. Si rifiuta di tornare nel Salvador senza sua madre."

Dalle brevi conversazioni telefoniche con Marisol, Selena era venuta a sapere che avevano trascorso tre giorni nella cosiddetta *hielera*, insieme ad altre donne e bambini, alcuni di età inferiore ai due anni, tremando nel freddo gelido, ammucchiati sul pavimento di cemento, senza altro riparo che una coperta sintetica. In teoria la permanenza in quelle celle doveva durare solo qualche ora, ma spesso i detenuti vi trascorrevano tre o quattro giorni prima di essere interrogati e trasferiti. Un bambino di cinque anni era lì da solo, perché quando era stato fermato con il padre li avevano separati. Chiamava continuamente il papà, mentre le donne cercavano invano di consolarlo. Le condizioni erano terribili: scarsità di cibo, mancanza di servizi igienici di base, luci accese tutta la notte, abusi verbali. Anita si lamentava perché aveva sete e una guardia le aveva detto di andare a casa sua se voleva dell'acqua. Vedendo il bambino che cercava disperatamente il padre, Marisol aveva pensato che a sua figlia potesse accadere la stessa cosa e aveva cercato di prepararla, dicendole che probabilmente le avrebbero separate per qualche giorno, ma non doveva preoccuparsi, sarebbe stata ben accudita e presto si sarebbero riunite. Le aveva chiesto di avere pazienza e di essere coraggiosa; era una prova da superare, poi le attendeva una bella vita negli Stati Uniti.

"Marisol è stata portata via con mani e piedi legati per essere interrogata, ma quando è stata ricondotta in cella, Anita non c'era più. Non l'ha più vista. Come a tante altre madri, non le è stato permesso di salutare sua figlia," spiegò Selena. "Il personale non ha una formazione adeguata per questa emergenza ed è sotto pressione. Alcuni chiedono di essere trasferiti, non hanno lo stomaco per eseguire gli ordini."

Frank Angileri si prese la testa fra le mani. Nei suoi anni di pratica come avvocato aveva visto di tutto, ma niente di simile alla crudeltà istituzionalizzata raccontata da Selena.

"Ah, Selena! Sono abituato a rappresentare società e clienti come Alperstein, che pagano per eludere la giustizia. Non so se sarò in grado di fare ciò che serve per proteggere Anita."

"L'essenziale è che tu sia disposto a farlo e che il giudice non ti colga in fallo per un cavillo, perché può appigliarsi a cose del genere per respingere il caso."

"Non so nulla di diritto dell'immigrazione."

"Dovrai studiare un po', Frank. Ma ti aiuterò."

Il centro di accoglienza in cui Selena portò Frank era uno dei migliori tra i tanti sparsi in diversi punti del paese. Di solito ospitavano tra i cento e i quattrocento bambini, ma in questo ce n'erano solo novantadue. Ai bambini veniva assegnato un numero, perché spesso il personale non riusciva a pronunciare il nome o a ricordarlo, ma per lei era una questione d'onore chiamarli tutti per nome. "Hanno già perso tanto, è terribile che perdano anche la loro identità," disse a Frank. E aggiunse: "Un giornalista ha descritto uno di questi centri come un marasma di sporcizia e malattie, con bambini luridi, molti con l'influenza, senza disponibilità di indumenti puliti, letto, bagno, sapone o spazzolino da denti. Il fetore si sentiva già dall'esterno. Immagino che sia questo il motivo per cui ora non lasciano entrare la stampa. Ma non vedrai nulla di simile qui: questo è un posto decente," gli disse.

Era composto da dieci unità abitative con un cortile comune per i più piccoli; si andava da un bambino di undici mesi ad Anita, che era la più grande. Erano divisi in gruppi di una decina, e ogni gruppo era affidato a due assistenti.

"I bambini dovrebbero rimanere in queste strutture il meno possibile," spiegò Selena. "Se non c'è un parente stretto o un tutore che li accoglie, vengono dati in adozione. Ma a volte i parenti non si presentano perché non hanno i documenti e temono di essere arrestati ed espulsi. Il caso di Anita è strano: è qui da più tempo del solito per un pasticcio amministrativo."

Gli raccontò che alcuni centri per i ragazzi più grandi, che spesso arrivavano da soli, erano vere e proprie prigioni, come l'enorme magazzino di un supermercato in Texas o una base militare in Florida. Ce n'erano di gestiti da imprese private, interessate a tenervi il maggior numero di bambini il più a lungo possibile, dato che il profitto era enorme. Per il governo, il costo giornaliero di ogni bambino era molto alto. Lì le organizzazioni per i diritti umani e la stampa non avevano accesso, e neppure i deputati del Congresso.

"Il mio lavoro consiste nel gestire i casi che mi affidano. Noi assistenti sociali siamo sommersi di lavoro, ci sono troppi bambini."

Si doveva scoprire come era avvenuta la separazione, ottenere i servizi disponibili e la difesa legale, cercare di rintracciare i famigliari e, nei limiti del possibile, coordinare un supporto psicologico. Era difficile raccogliere le informazioni; a volte il bambino era molto piccolo e non ricordava o non parlava ancora, oppure era traumatizzato.

"Ci sono centinaia di minori che restano in questo

limbo, come Anita, perché non si trovano i genitori," gli disse Selena. "Probabilmente ci vorranno un paio d'anni per identificarli e ricongiungerli. In alcuni casi può risultare impossibile. È un incubo."

"Sapendo che possono separarli dai loro figli, non capisco come queste persone si arrischino ad attraversare la frontiera," disse Frank.

Lei gli descrisse le situazioni da cui stavano scappando. La maggior parte proveniva dal Guatemala, dal Salvador e dall'Honduras, il famigerato "triangolo del Nord", una delle aree più pericolose del mondo, dove la povertà uccide lentamente, la violenza domestica uccide le donne, le bande, i narcos e la criminalità organizzata uccidono con spietatezza e i governi corrotti uccidono impunemente. Non era strano che qualche rifugiato preferisse non rivedere più i propri figli piuttosto che riaverli indietro, perché se erano fuggiti c'era un motivo. Credevano che, per quanto impietosa fosse la burocrazia americana, era meglio del terrore dei loro paesi d'origine.

"Qual è la soluzione, Selena? Non si possono accogliere milioni di migranti e rifugiati."

"La soluzione non è costruire muri e prigioni, e meno che mai separare le famiglie, Frank. Dobbiamo ripensare il sistema di immigrazione e contribuire a migliorare le condizioni che spingono le persone a lasciare il loro paese d'origine. Nessuno sceglie di abbandonare tutto e fuggire: si fa per disperazione."

"Non tocca al governo degli Stati Uniti."

"Gli americani hanno causato gran parte del disastro di quei paesi. Per far fuori i movimenti di sinistra, hanno armato, indottrinato e addestrato i militari e finanziato la repressione. La giustificazione era esportare la democrazia, ma abbiamo fatto esattamente il contrario: abbiamo rovesciato democrazie e imposto dittature brutali per difendere gli interessi commerciali delle aziende americane."

"Sei comunista, Selena?"

"Ormai quasi nessuno è comunista, Frank, non semplificare. Forse ce n'è qualcuno in Cina o in Corea del Nord. Il punto non è essere di sinistra o di destra, ma trovare soluzioni pratiche."

Selena portò Frank in una delle cosiddette *casitas*, che era quanto di più simile ci fosse a una casa. Disponeva di una sala comune, tre camere con quattro letti a castello ciascuna, un bagno e un angolo cottura per preparare i biberon e riscaldare gli spuntini. In un angolo c'era un piccolo albero di Natale; le pareti erano decorate con disegni di bambini e ritagli di carta. Spiegò che il cibo non era male, ai vestiti provvedeva l'organizzazione, perché i bambini arrivavano solo con ciò che avevano indosso, c'erano le ore di ricreazione, si poteva guardare la televisione e giocare; la routine era fissa, molto strutturata. Altri centri erano stati accusati di abusi sui minori, persino di stupro, qualche bambino era morto per negligenza, ma lei non aveva visto casi di questo tipo. I bambini indossavano pantaloni e magliette, erano puliti, ma Frank notò immediatamente l'inquietante silenzio che regnava, in contrasto con le scene di pianto inconsolabile descritte da Selena. Stavano colorando con i pastelli e nessuno di loro alzò lo sguardo. Selena indicò l'unica bambina che non partecipava all'attività e che rimaneva seduta su un letto con una bambola di pezza.

"Anita! Sono io," le disse in spagnolo.

Immediatamente la bambina saltò giù dal letto e si avvicinò a Selena, che si era inginocchiata e ora la stringeva al petto. Era molto magra e piccola per la sua età, con la pelle dorata da meticcia, lineamenti delicati e capelli neri tagliati a sforbiciate. Selena aveva spiegato a Frank che raramente c'era il tempo per costruire un rapporto di fiducia con i bambini, perché non riuscivano a creare legami prima che fossero trasferiti e per giunta il personale cambiava di continuo; ma lei aveva seguito Anita fin dall'inizio.

"Questo è Frank, salutalo," le disse.

La bambina si irrigidì. Selena aveva avvertito Frank che Anita diffidava degli uomini in generale, anche dei pochi assistenti sociali maschi del centro, sicuramente per una brutta esperienza con qualche guardia di frontiera o forse con qualcuno del passato. Frank appoggiò un ginocchio a terra per essere alla sua altezza.

"Non aver paura, Frank è bravo. Ti aiuterà a ritrovare la mamma," aggiunse Selena.

Dopo una pausa che a Frank sembrò durare un'eternità, Anita allungò timidamente la mano e lui la strinse. Solo allora si rese conto che la bambina era cieca.

Il giorno successivo Frank Angileri prese l'aereo per San Francisco. Aveva trascorso molte ore al centro, prima giocando con Anita per metterla a proprio agio e poi interrogandola nel piccolo ufficio messo a disposizione da Selena. A mezzogiorno aveva condiviso con loro uno spuntino a base di burrito riscaldati e alle sei del pomeriggio, con un taccuino pieno di appunti e la mente in un vortice di emozioni per quanto aveva vissuto, si era sistemato nell'appartamento di Selena, che aveva improvvisato un letto per lui in soggiorno. Sarebbe dovuto andare a Tucson in un hotel vicino all'aeroporto, dove aveva prenotato, ma aveva accettato senza esitazione l'offerta di fermarsi a dormire. A quel punto aveva rimandato a tempo indeterminato i suoi progetti di seduzione, perché si era imbarcato in qualcosa di molto più serio dell'avventura vagheggiata e si era reso conto che qualsiasi avance da parte sua sarebbe risultata fuori luogo e offensiva. Era stata un'idea infelice. Aveva valutato anche l'ipotesi che Selena potesse ridere di lui. Non era riuscito a fare colpo.

Aveva a disposizione due ore e mezza di volo per prepararsi sul dossier che avrebbe discusso con Lambert, e invece studiò i suoi appunti su Anita. La bambina si era rivelata molto più matura di quanto ci si potesse aspettare, forse a causa dell'esperienza del viaggio e del trauma della separazione dalla madre. Le circostanze l'avevano costretta a cavarsela da sola. Compensava la cecità con la memoria e la capacità di concentrazione, nulla le sfuggiva, sembrava avere antenne con cui captare tutto ciò che la circondava. A parte il fatto che non si separava da Didi, la bambola a cui parlava sottovoce, si comportava come se avesse diversi anni di più, il che contrastava decisamente con il suo aspetto così fragile. Selena gli aveva fatto da interprete, ma Frank era stato contento di scoprire che capiva quasi tutto quello che la bambina diceva; il suo spagnolo scolastico non era svanito.

Anita aveva confermato il racconto di Selena, aggiungendo elementi della sua vita famigliare e del viaggio dal Salvador al Guatemala e poi attraverso il Messico fino al confine con gli Stati Uniti. Sentiva la mancanza di sua madre e si sforzava di non piangere quando parlava di lei.

"Mi hanno riferito che non sei nata cieca, Anita," aveva detto Frank.

"Da piccola ho avuto un incidente. Se c'è molta luce, riesco a vedere un po'. Sono andata a scuola e ho imparato a leggere, ma ora sto dimenticando tutto. Non era una scuola per ciechi," aveva specificato Anita.

Selena aveva spiegato che a quanto pareva c'era una cugina o una zia negli Stati Uniti, ma non erano riusciti a rintracciarla. Forse era parente del papà di Anita, Rutilio Díaz, che era morto quando lei aveva circa tre anni.

"Con chi vivevi prima, nel tuo paese, Anita?" aveva domandato Frank alla bambina.

"Con la Tita Edu. La mia *abuelita*, la nonna. E con il nonno, che però è malato e sta sempre a letto. La mamma veniva a trovarci il sabato e la domenica."

"Sappiamo che tu e la mamma avete fatto un viaggio molto difficile, lungo circa un mese, e che in alcuni tratti avete viaggiato sul tetto dei treni merci," le aveva detto Frank.

"Sì, con degli altri. Ero la più piccola."

"Sai perché avete fatto questo viaggio?"

"Perché un uomo voleva uccidere la mamma. Le ha

sparato. La Tita Edu mi ha portato a trovarla in ospedale e mi sono spaventata tanto, credevo che sarebbe morta, ma abbiamo pregato e acceso le candele in chiesa e non è morta. Quando si è ripresa, è venuta a prendermi e siamo partite. La Tita Edu e la mamma piangevano tanto, ma io no, perché avevo promesso alla mamma che sarei stata brava."

"Chi era l'uomo?"

"Lo zio Carlos. Aveva la divisa e la pistola."

"Sai il suo cognome?"

"Gómez. A volte veniva a casa della Tita Edu, ma lei non lo voleva. Nemmeno la mamma."

"Raccontami della nonna. Come si chiama?"

"Eduvigis," aveva risposto la bambina senza esitazione.

"Sappiamo che è la suocera di Marisol, la madre del marito, Rutilio Díaz," aveva spiegato Selena a Frank. "Il cognome da nubile di Marisol è Andrade. Il nome da sposata è Marisol Andrade de Díaz. Per semplificare, qui nel rapporto del servizio di immigrazione hanno messo Marisol Díaz."

"La Tita Edu è molto buona. Si occupava di me quando la mamma era al lavoro. Anche lei lavora," aveva aggiunto Anita.

"Cosa fa?"

"Lavora con l'indaco. Sa tutto sull'indaco e lo spiega ai visitatori e ai turisti."

La sera, a casa, Selena aveva aiutato Frank ad arricchire il quadro con tutti i dettagli che riusciva a ricordare dell'odissea di Anita e insieme avevano pianificato la strategia legale. Avevano mangiato una pizza ed erano rimasti svegli fino a tardi a chiacchierare e ad ascoltare musica latina. Si erano salutati dopo mezzanotte; lei era andata in camera sua e lui si era sdraiato sul divano pieno di peli di gatto. Selena si era addormentata non appena aveva posato la testa sul cuscino, con il gatto accoccolato accanto, senza immaginare che Frank si rigirava sul divano pensando a lei. Durante l'adolescenza, quando si era resa conto dell'attrazione che suscitava, aveva preso coscienza del suo potere e per un breve periodo ci aveva giocato, ma poi Milosz Dudek era entrato nella sua vita e lei non vi aveva più fatto ricorso, tranne quando doveva chiedere a un uomo un favore che riguardava i bambini che difendeva.

Separato da lei da una parete sottile, Frank si sentiva trascinato da una forza misteriosa contro la quale cercava di ragionare elencando le diversità e gli ostacoli che si interponevano tra lui e Selena: i suoi vestiti trasandati, la mancanza di civetteria e di raffinatezza, il cattivo gusto – bastava vedere l'arredamento della casa –, insomma, la lista era lunga, ma non riusciva a proseguire perché era assalito dalla visione del suo corpo generoso, dei suoi occhi gentili, della sua voce cadenzata e ferma, del suo modo disinteressato e gioioso di abbracciare la vita pur in mezzo a tanto dolore. Pensava anche alla piccola Díaz. Aveva la sensazione che quello sarebbe stato il caso più importante della sua vita, l'unico indimenticabile. Se avesse commesso qualche errore con Alperstein si sarebbe giocato la carriera, come Lambert lo aveva avvertito, ma se avesse commesso errori con Anita avrebbe perso la pace dell'anima.

Anita

Nogales, novembre-dicembre 2019

Al telefono la mamma non sembrava lontana, vero, Claudia? Si sentiva vicino, no? Non ho pianto, anche se mi veniva. Be', ho pianto un po', ma piano piano, lei non se n'è accorta. Senti, Claudia, se la mamma poteva venire a prenderci, lo faceva. Però ora non può. La mamma si è messa a piangere anche lei, così le ho detto che in questa casa con gli altri bambini stiamo benissimo, che non è come la *hielera*, c'è un cortile, dei giocattoli e a volte ci danno il gelato. Mica potevo dirle che non mangiamo perché non ci piace il cibo. Non è come quello della Tita Edu. Meglio che la mamma non lo sappia. La miss Selena mi ha detto che proverà a telefonarle di nuovo uno di questi giorni, ma è difficile, perché la mamma l'hanno spostata da un'altra parte. Se noi piangiamo è peggio, fa diventare triste la mamma. Se vogliamo piangere e non ci esce la voce per parlare con lei, passo il cellulare alla Didi, così ci parla lei.

Certo che mi ricordo che hanno portato via la mamma con le catene, fanno sempre così con le persone nella *hielera*, ma solo per un po', poi gliele tolgono. Non c'è bisogno di piangere per questo. Io non sono riuscita a vedere quasi niente, ma ho sentito le guardie e il rumore delle catene, e la mamma e le altre donne nella *hielera* che gridavano chiedendo perché ci trattate così, siamo persone perbene, madri con i loro figli, non siamo narcotrafficanti o criminali, ma quelli non le ascoltavano. Si sono portati via la mamma e l'unica cosa che è riuscita a dirmi è stata di non spaventarmi, che tornava presto. Non so se poi è tornata, Claudia, perché subito dopo che le hanno portate via hanno preso noi e ci hanno messo su quel pullman.

La miss Selena mi ha anche spiegato che staremo qui solo per un po', mentre sistemano i documenti della mamma, e poi ci portano da lei. Qui stiamo bene. Stiamo benissimo, ecco cosa dobbiamo dire alla mamma quando ci parliamo di nuovo. Hai capito, Claudia? Non dobbiamo farla preoccupare, non dobbiamo dirle che siamo tristi e spaventate, o chiederle perché ci ha portato qui al Nord. Lei sa cosa sta facendo. Nel Salvador stavamo bene, ma poi è arrivato quel Carlos e la mamma ha iniziato ad aver paura. Anch'io voglio tornare a casa dalla Tita Edu, voglio che sia tutto come prima, non voglio stare con persone che non conosciamo e che non parlano nemmeno come noi, ma non possiamo avere tutto quel che vogliamo, è così che va.

Quando ti viene da piangere, Claudia, devi fare come me, pensare alle cose belle, alla mamma quando era felice e dormivamo insieme, alla Tita Edu con i cani e gli uccelli, alla scuola dove dipingevi con le dita, a saltare con la corda e fare il girotondo, alle feste nella via, con tutti i vicini, i palloncini e i petardi, e ai picnic sulla spiaggia. Era così bello vivere là, nel nostro paese! Ti ricordi qualche canzone? Io sì. Cantiamo *Pin Pon*, ti va? Allora *Arroz con Leche*, che ti è sempre piaciuta. *Arroz con leche, me quiero casar con una niña de la capital*... Quando mi viene da piangere penso alle *pupusas* che la Tita Edu preparava il venerdì e mi lasciava aiutarla in cucina. Sono brava a impastare; per farlo non ho bisogno di vederci. Preparavamo la tavola con i rami e i fiori del giardino e aspettavamo la mamma, che arrivava tardi, con il pullman delle otto, ma arrivava sempre. La Tita Edu non le lasciava far niente in casa, perché tornava dal lavoro e si doveva riposare. Il venerdì sera massaggiavo i piedi della mamma mentre guardavamo la televisione. Si rilassava e si addormentava, e allora dovevamo raccontarle la telenovela. Il sabato non era più stanca e si alzava presto per aiutare la Tita Edu a fare il bagno al nonno e i lavori di casa. Poi uscivamo per una passeggiata. Non voglio che ti dimentichi niente, Claudia, per questo te lo racconto, anche se lo sai già.

Mi piace anche pensare ai libri di favole che avevamo a scuola e a quel libro con le fate e le creature magiche della Tita Edu. Ce lo leggeva, ti ricordi? Anch'io riuscivo a leggerlo, ma non in fretta, piano piano. La cosa più bella era iniziare una storia, leggerne solo un pezzetto, continuare con la pagina di un'altra e poi cambiare ancora, mescolandole, così la storia cambiava ogni volta e il libro non finiva mai. Era il mio modo preferito di leggere prima dell'incidente. Ora devo leggere solo con il pensiero, nella mia testa, finché non avrò una lente di ingrandimento molto grande, come quella che avevo dalla Tita Edu. Era perfetta a scuola. Uno di questi giorni parlerò con la miss Selena per vedere se può trovarmi una lente d'ingrandimento; spero che non costi troppo.

Ti ho già parlato di Azabahar, il regno incantato, dove io e te siamo le principesse, la mamma è la regina e la Tita Edu è la fata madrina. Non è il cielo, è meglio del cielo, perché non bisogna morire per andarci. Lì non ci sono santi o martiri, ma solo la Virgen de la Paz, che è l'unica a comandare. Ci sono persone vive su quella stella e visitatori da altri pianeti, e animali di ogni tipo; alcuni che conosciamo e altri che qui sulla Terra non ci sono. Naturalmente ci sono molti angeli custodi, sia maschi che femmine, perché è da lì che vengono, è il loro paese. Ci sono dei bambini morti, ma non molti, e non si notano, perché sono come vivi. Il regno di Azabahar è su una stella lassù. Questa notte, quando sarà buio e tutti dormono, usciremo nel cortile a cercare la stella più luminosa di tutte: lì c'è Azabahar.

Non dobbiamo piangere perché spaventiamo la Didi e poi qui non vogliono bambini che strillano. La mamma diventa triste se sa che piangiamo e non vogliamo mangiare. Le abbiamo promesso di essere coraggiose. Non avere paura, queste maestre sono brave, non ci picchiano o cose così; anche i bambini sono bravi, quasi tutti tranne Rony e Luisito, con loro non giocheremo, non sono bravi, ma io sono più grande e non lascerò che ci diano fastidio; al primo che cerca di prenderci la Didi gli do un bello schiaffo e pazienza se poi mi puniscono. Rony è più schifoso di Luisito. È un verme di cacca, ecco il suo nome, Verme di Cacca. Noi non lo provochiamo, ma se lui si avvicina, gli sputiamo. Il vero nome di quello scemo di Luisito è Vomito di Iguana.

Senti, Claudia, ieri notte, mentre dormivi, ho visto la mia angela protettrice. È piccolina. Io pensavo che gli angeli e le angele fossero persone molto alte in camicia da notte e con grosse ali di piume, come quelli che si vedono in chiesa, ma non è così. Sono più o meno grandi come un pappagallo. La mia angela ha le ali piccoline e trasparenti come il vetro, devi guardare bene per vederle, e non ha un'aureola dorata, ha un'antenna sulla testa che finisce con una piuma, come la coda del *torogoz*, e parla con quella, perché non ha la bocca. Sono riuscita a vederla, perché le angele e gli angeli non si vedono con gli occhi ma con la mente, e non importa che io sia un po' cieca, sono riuscita a vederla benissimo, era accanto al mio letto, tutta bianca, anche i capelli erano bianchi, come una nuvola. Me le ricordo le nuvole, non le ho dimenticate. All'inizio avevo paura, ma quando mi ha detto che era la mia angela, la paura è sparita. Mi ha parlato con parole senza rumore, parole nella mia testa, per questo nessuno le ha sentite, gli altri bambini continuavano a dormire e anche tu.

Mi ha detto che tutte le persone, proprio tutte tutte, hanno il loro custode. Anche tu hai la tua custode. Per questo dobbiamo pregare ogni sera, è come un saluto: *Angela custode, mia dolce signora, proteggimi sempre, ora dopo ora.* Se sei una bambina, avrai un'angela, se sei un maschio, ti tocca un angelo. Neanche gli angeli assomigliano a quelli della chiesa, non hanno le ali grandi e tutto quanto, sono come le angele ma azzurri, o verdi, dipende.

La mia angela ci porterà a visitare Azabahar. La mamma verrà a prenderci, ma se ci mette tanto possiamo incontrarci su Azabahar. La prossima volta che ci andiamo lei sarà lì ad aspettarci. Potrebbe essere invisibile, a volte succede, ma non importa, perché noi potremo comunque sentirla e parlarle. Sì, possiamo portare con noi la Didi. Ma questo è il nostro segreto, che non ti venga in mente di dirlo a nessuno, perché l'angela poi si arrabbia e non ci porta da nessuna parte. No, non è che se ne va via per sempre, Claudia, non essere sciocca, l'angela custode deve stare con la bambina che le è toccata, è il suo lavoro, non può andarsene quando le gira. La tua angela rimane sempre con te anche se è arrabbiata, ma tu mantieni il segreto, e lei sarà felice.

Questa cosa della pipì a letto capita a quasi tutti i bambini, vedi che sono in tanti a farla, anche Verme di Cacca, per questo c'è il telo di plastica sotto il lenzuolo, per non bagnare il materasso. Non so perché succede qui al Nord; dalla Tita Edu non lo faceva nessuno. Non ci puniranno. La miss Selena dice che non possono punirci per questo, sono cose che capitano, non è come litigare o fare i capricci. A me non interessa se ti capita nel mio letto, per niente. È così che va.

La festa di Natale è stata super, per la musica e i regali che ci hanno fatto. A me sono toccati i pastelli, ma siccome per me non vanno bene, li hanno cambiati con la plastilina. Ci farò dei topolini per fare compagnia alla Didi, li vuoi? Tutti i bambini erano felici, nessuno si è messo a piangere o a litigare. Tu ci sei rimasta male che non c'era il presepe, ma qui non si fa. Anche a me è dispiaciuto, anche se le statuine di quello che avevamo nel Salvador erano così piccole che bisognava indovinare quale era San Giuseppe e quali i pastori. È il primo Natale senza la mamma e la Tita Edu. Ti ricordi che a Natale e a Capodanno la mamma non lavorava? Erano le sue vacanze. Andavamo in spiaggia a trovare zio Genaro. Quando torniamo nel Salvador chiedo a zio Genaro di insegnarmi a fare surf. Non credo che cambi molto se sono cieca. Passare il Natale senza la mamma e la Tita Edu mi aveva fatto sentire triste, ma poi un po' mi è passata quando quel Frank è venuto a dirmi che voleva riunirci con la mamma il prima possibile. Frank mi è piaciuto abbastanza, anche se parlava in modo strano. Non sa molto lo spagnolo. Credo che sia buono, perché è un amico della miss Selena. Spero che mantenga la promessa.

Samuel

New Orleans, London, Berkeley, 1958-1970

Per chi come Samuel Adler era cresciuto in Inghilterra e aveva un'esistenza strutturata, New Orleans non poteva che risultare un luogo affascinante. Quell'anno, il 1958, sarebbe stato memorabile per la città: a febbraio aveva nevicato per la prima volta dopo vent'anni e a marzo era arrivato Elvis Presley per girare un film. La folla entusiasta, ammassata davanti all'hotel, lo aveva costretto a usare la scala antincendio e a entrare dal tetto. Quando Samuel arrivò, qualche mese dopo, Elvis era ancora l'unico argomento di conversazione tra i giovani, mentre i critici lo facevano a pezzi e i vecchi ripetevano la severa stroncatura di Frank Sinatra: "Il rock and roll è l'espressione più brutale, orribile, disperata e viziosa che abbia mai avuto la sfortuna di ascoltare". Ma a Samuel dell'idolo del rock dal bacino fuori controllo non importava nulla; era andato a New Orleans per il jazz.

Se a Londra si fosse integrato nella comunità di immigrati caraibici, forse, l'impatto con New Orleans non sarebbe stato così forte, ma l'unica ragione per cui Samuel aveva affittato una casa nell'umile quartiere caraibico era il prezzo: non poteva permettersi nient'altro. Passava come un fantasma tra la folla colorata e rumorosa di quelle strade senza parlare con nessuno, si chiudeva in casa a esercitarsi con il violino senza sentire il suono dei tamburi di latta all'esterno o la radio dei vicini, e comprava ciò che gli serviva al mercato, limitandosi all'indispensabile, sempre le stesse cose, senza assaggiare la frutta e la verdura di altri luoghi, senza apprezzare gli uccelli che garrivano in gabbie fantasiose, i polli e i maiali in attesa della loro esecuzione, il pesce e i frutti di mare nei cesti, i fiori e i prodotti dell'artigianato. Sperimentò tutte queste cose insieme quando arrivò a New Orleans. All'inizio non capiva molto, perché per strada si parlava francese cajun e l'accento americano gli era ostico. La città gli diede un'enorme scossa, costringendolo a mettere da parte timidezza e titubanza. Se voleva imparare qualcosa del jazz, doveva tuffarsi a capofitto nella follia del Quartiere francese di notte.

Aveva dieci giorni a disposizione e si ripropose di sfruttarli al massimo per la musica, non voleva perdere tempo nelle mete turistiche o gastronomiche, e ci sarebbe riuscito se la fortuna non gli avesse messo davanti Nadine LeBlanc nel primo bar in cui entrò. Il locale, uno dei tanti in Bourbon Street, aveva il tipico arredamento di inizio secolo, luci basse e molto jazz. Era pieno di gente, tanti in piedi, con i camerieri che si muovevano fra i tavoli, tutti occupati, tenendo in equilibrio vassoi pieni di bicchieri. L'odore di fumo, sudore e profumo fece tossire Samuel, che sentì come una mano guantata stringergli il collo. Diversi musicisti afroamericani suonavano euforici i loro strumenti, giocando con le note, improvvisando una jam-session senza mai perdere il filo. A volte un solista sembrava partire per un'altra galassia con il pianoforte o il sax, ma immancabilmente tornava nell'ensemble e poi un altro musicista lo sostituiva, mentre il basso teneva in modo inesorabile il ritmo, richiamandoli sulla terra. Come facevano? Samuel sapeva che usavano dei segnali per indicare l'entrata e l'uscita di ogni solista o la fine dell'assolo, ma non riuscì a coglierne nessuno.

Era assorto nella musica e seguiva il ritmo senza rendersi conto che ballava sulla sedia, quando una donna si sedette accanto a lui e gli soffiò in faccia il fumo della sigaretta. Samuel si ritrasse, infastidito dall'interruzione, ma quando il fumo si diradò, vide che non si trattava della prostituta che credeva, bensì di una ragazza molto giovane e bella.

"Ciao, Humphrey," gli gridò, per farsi sentire sopra la musica.

"Non mi chiamo Humphrey," specificò lui.

"Ti hanno già detto che assomigli a Humphrey Bogart? Sembri il suo gemello. Hai recitato in qualche film? Bogart è il mio idolo."

"Non è morto da poco?"

"Resta sempre il mio idolo. Qui non si riesce a chiacchierare. Vieni con me, Mister Bogart," e prendendolo per mano, lo fece alzare dalla sedia. Samuel riuscì a lasciare una banconota sul tavolo e la seguì.

Una volta fuori, lei lo trascinò verso un capannello di ragazzi che stavano bevendo per strada, in mezzo a una folla di ogni età, aspetto ed etnia, che andava e veniva in un clima di festa. La musica di bar e ristoranti si mescolava al baccano della folla e alle conversazioni gridate da un balcone all'altro.

"Ma è carnevale?" chiese Samuel.

"Martedì grasso è a febbraio. Questo è soltanto un normale venerdì sera. Domani ci sarà più gente," spiegò lei.

"Sono Samuel Adler, piacere."

"Mi chiamo Nadine," disse lei e, rivolgendosi al gruppo, lo presentò come il suo nuovo amico, Mister Bogart.

Nadine LeBlanc apparteneva a un'antica famiglia della città e in quel periodo stava facendo il suo debutto in società, dopo aver trascorso dodici anni in un severo collegio di suore dove, a suo dire, aveva imparato a parlare francese, a mentire, a fumare, a imprecare in due lingue e a calarsi dalla finestra del secondo piano per scappare. Come spiegò a Samuel, si stava godendo ogni minuto della libertà che aveva preso d'assalto, per il cruccio e l'impotenza dei suoi genitori. "Sono indipendente," specificò. In realtà non lo era, dipendeva completamente dalla famiglia, ma non chiedeva più il permesso per nulla. Dopo aver terminato la scuola, le ragazze della sua classe sociale si presentavano in pubblico – balli, concerti, picnic, passeggiate a cavallo e gite in barca – per essere viste e valutate sul mercato matrimoniale. Le famiglie facevano di tutto per mettere in mostra potere, conoscenze e averi, mentre le debuttanti sfoggiavano vestiti alla moda, esibendo virtù e modestia che non sempre possedevano. La gara per accaparrarsi un uomo era spietata: bisognava sposarsi prima dei venticinque anni per evitare il marchio di zitella.

Nadine era l'eccezione tra le signorine del suo ambiente. Dopo aver scandalizzato le suore e la famiglia, quell'anno si era riproposta di scandalizzare l'intera città. L'ultimo dei suoi desideri era coltivare la reputazione di vergine aristocratica per abbindolare un marito come suo padre o i suoi fratelli e accomodarsi nel ruolo di moglie e madre. Preferiva dare adito a pettegolezzi. Era di natura indomita, come lei stessa si descriveva, e si faceva sempre perdonare per la sua irresistibile simpatia. Frequentava i bar, fumava con il bocchino, beveva come un soldato e ballava in trance, a piedi nudi e con i capelli scompigliati come una pazza, senza curarsi del misto di ribrezzo e invidia che scatenava nelle ragazze e nei ragazzi della sua classe sociale. Con orrore della sua famiglia, si vantava di avere una bisnonna di colore. La notizia generò talmente tanto clamore in quella società razzista che venne riportata dalla stampa. Nulla di tutto ciò intimidì Samuel. Era stregato; quella ragazza era l'esatto opposto di lui, rompeva gli schemi di ciò che era considerato appropriato, lo sfidava e lo tentava. Anche la sua bellezza non era convenzionale: magra e piatta come un ragazzo, viso espressivo dai tratti irregolari, sopracciglia folte, capelli neri, crespi e disordinati, pelle abbronzata, sorriso spontaneo e leggermente piegato, bocca grande e labbra truccate di rosso. La sua caratteristica più indimenticabile erano gli occhi nocciola chiaro, che ricordavano a Samuel una pantera. Nadine possedeva il raro istinto della seduzione e, nonostante la giovane età, lo usava come un'esperta.

"Ti porterò a sentire il miglior jazz di New Orleans," si offrì quando seppe dei suoi interessi.

Non si limitò alla musica. Con il suo gruppo di amici, tutti più giovani di Samuel, ricchi, ignoranti e boriosi, gli fece fare la bella vita, lo portò a feste private, a navigare lungo il Mississippi su un piroscafo che era stato una bisca per cento anni, a fumare hashish e a bere whisky dozzinale su un isolotto del delta chiamato Il Tempio, dove una volta i pirati dei Caraibi mettevano all'asta gli schiavi africani e il bottino delle loro scorrerie, e a vagare di notte per il quartiere delle case stregate, degli zombie, degli spettri e dei vampiri, dove le altre ragazze urlavano di terrore, mentre Nadine si faceva fotografare abbracciata a uno scheletro. Lo portò da una strega di Haiti, una matrona imponente, agghindata con un turbante e molteplici collane colorate, in una baracca nel vecchio quartiere delle donne meticce libere, dove vendeva incantesimi, divinazioni, feticci di protezione, filtri d'amore e di morte. La strega lo spruzzò con il sangue di una gallina sacrificata, gli soffiò in faccia fumo di tabacco, gli predisse il futuro con delle conchiglie e per un prezzo ragionevole gli vendette un mazzetto di erbe e di ossicini avvolti in un panno per scacciare il malocchio.

"Puoi farmi una domanda, è compresa nel prezzo," disse, ma a Samuel, stordito dall'alcol, non venne in mente nulla.

"Dimmi se ci sposeremo," chiese Nadine, approfittando dell'offerta.

"Sì, naturalmente, bellezza."

Al quarto giorno di baldoria, Nadine si liberò del gruppo e si concentrò su Samuel. Voleva stare da sola con lui. Trovava quell'uomo, che assomigliava così tanto al suo attore preferito, molto attraente. Nessuno dei ragazzi che le facevano la corte reggeva il confronto; sembravano dei lattanti paragonati a lui. La sua cultura europea la abbagliò e l'indole silenziosa la intrigò; immaginava che quell'inglese avesse qualcosa da nascondere, forse era una spia e la passione per il jazz solo una copertura.

Dal canto suo, Samuel intuì subito che sotto la maschera da femme fatale d'ispirazione cinematografica si nascondeva una ragazza impulsiva, ingenua e viziata, ma soprattutto generosa e molto intelligente. Si innamorarono con la passione impellente del primo amore della giovinezza.

Dopo dieci giorni, Samuel dovette dirle addio e tornare in Inghilterra. Mentre si accomiatava, la pregò di sposarlo.

Samuel e Nadine rimasero separati per quasi due anni, perché lei doveva aspettare la maggiore età per sposarsi. I genitori di lei si rifiutarono di acconsentire al matrimonio, perché lui era privo di mezzi e di posizione – in effetti era un perfetto sconosciuto – e lei non aveva ancora la testa sulle spalle; e chissà se l'avrebbe mai avuta, dissero. Nadine continuò ad andare alle feste e a civettare con i suoi numerosi spasimanti, ma esattamente il giorno del suo compleanno annunciò che avrebbe raggiunto il suo innamorato in Inghilterra. I genitori andarono su tutte le furie: come poteva vivere con un uomo senza essere sposata? Lei li salutò allegramente e partì con un tailleur e un cappello color giacinto, che metteva in risalto la sua carnagione, e con solo una piccola valigia come bagaglio.

Si sposarono a Londra con una cerimonia civile privata, gli Evans come testimoni, che Samuel presentò come suoi genitori spirituali. Solo allora Nadine venne a sapere che il marito non aveva famiglia, era rimasto orfano nell'infanzia, e che la coppia di quaccheri era l'unico affetto stabile che avesse mai avuto. Scoprì anche che non era inglese, ma austriaco ed ebreo e pensò, divertita, alla reazione che avrebbe avuto la sua famiglia, razzista e antisemita.

Prendendo la decisione di sposarsi, Nadine LeBlanc diede prova di una maturità superiore a quella che chiunque la conoscesse avrebbe immaginato. Il marito si guadagnava da vivere suonando in un'orchestra e facendo l'insegnante di musica; i due lavori insieme assicuravano loro quanto bastava per una vita senza lussi. Il corredo della futura sposa, che era stato preparato fin dai suoi quindici anni, come era uso nelle famiglie benestanti, non aveva mai lasciato New Orleans: lenzuola e asciugamani, tovaglie ricamate, biancheria di seta e pizzo, cristalleria di Baccarat, posate Christofle, porcellane di Limoges e tutto il necessario per allestire una casa raffinata. Potevano usarlo le sue sorelle, a lei non interessava. Abbandonò il suo passato senza rimpianti e, a dispetto delle previsioni pessimistiche della famiglia, non sentì la mancanza di niente e nessuno. Si preparò a essere felice con Samuel Adler e ci riuscì.

Da un giorno all'altro, la pazza di casa, come la chiamavano i fratelli e come lei stessa si definiva un po' per gioco e un po' sul serio, si trasformò in un'altra persona. A New Orleans faceva parte di un grande clan, di una rete di contatti famigliari e sociali che le garantivano benessere e protezione. Non pensava ai soldi, perché li aveva sempre avuti, ed era irriverente e maleducata, perché abituata ai privilegi della sua classe sociale e all'impunità che ne derivava. Sposandosi atterrò nella realtà degli immigrati, insieme ai quali viveva, e la affrontò senza guardarsi indietro e senza pensare a ciò che aveva perso.

Si stabilì nello sgangherato appartamento di Samuel, un quarto piano senza ascensore, intenzionata a farne una casa accogliente. Rivestì i muri con carta da parati per coprire la vernice scrostata, comprò stoffe colorate da sistemare sull'unico divano malandato e per ravvivare il letto, fece lampade di carta e mise piante in vaso ovunque. Si integrò nel quartiere antillano come se venisse dalla Giamaica, imparò a cucinare con spezie che non conosceva e a ballare i ritmi caraibici nei bar e nei ristoranti sotto casa, dove la gente si riuniva la sera. Poco dopo il suo arrivo, partecipò a una protesta di strada contro un'aggressione a opera della polizia – che si rivelò razzista come quella americana –, e in quella circostanza ricevette una manganellata alla schiena che la fece cadere a terra, dove rimase tra i bidoni della spazzatura. La trovarono alcuni degli ultimi manifestanti che stavano tornando a casa dopo essersi sgolati e averle prese dagli agenti. La portarono in un bar, che di sera si trasformava in un locale da ballo, e chiamarono un vicino di casa che faceva il medico. L'uomo, di Trinidad, possedeva l'esperienza della professione e la saggezza di un guaritore. Stabilì che non c'erano ossa rotte e prescrisse riposo, ghiaccio e aspirina. "Questa ragazza è coraggiosa e per di più è incinta," annunciò agli astanti. Così Nadine entrò nelle grazie della comunità e si fece molti amici, mentre in tutti quegli anni Samuel, prima che lei gli aprisse le porte del quartiere, non aveva conosciuto nessuno.

In breve tempo, Nadine cambiò la vita di Samuel e ne addolcì il carattere. Lui si rese conto che non sarebbe mai riuscito ad afferrarla, gli scivolava tra le dita come sabbia, e cercò quanto meno di stare al suo passo, ma anche questo si rivelò impossibile. Alla fine rinunciò e si limitò a osservare ammirato il volo ellittico di quella vita, così diversa dalla sua. Lei era molto più rapida di lui, imprevedibile, esplosiva, appassionata, dotata di un'intelligenza intuitiva e precisa che le permetteva di arrivare a una conclusione in pochi secondi, cosa che invece a Samuel richiedeva settimane di riflessione e pianificazione. Era socievole, curiosa e audace, intavolava conversazioni con gli sconosciuti, adottava animali, spariva per misteriose missioni, che col tempo si rivelarono avventure di beneficenza. La sua allegria compensava l'indole malinconica del marito; il suo spirito libero sabotava la prudenza di lui. Samuel era sicuro di amare e di avere bisogno di Nadine molto più di quanto lei lo amasse o avesse bisogno di lui; e questo dava a lei un potere enorme.

Samuel l'avrebbe sempre ricordata com'era a Londra, sposata da poco, con il pancione da futura mamma, in abiti di cotone e infradito, un sacchetto di verdure al braccio e quell'andatura ribelle. Là, in quelle strade così colorate da non sembrare inglesi, tra quella gente bruna, con l'odore di caffè e il rumore dei clacson, delle voci e della musica, Nadine creò la versione definitiva di sé stessa. Decise di approfittare dell'arte e della cultura che Londra offriva e con l'aiuto del marito arrivò ad apprezzare la musica classica, visitò i musei e andò a teatro quando le loro finanze lo permettevano o quando riusciva a trovare un lavoro dietro le quinte.

Camille nacque nel 1961, in una maternità del quartiere antillano dove Nadine condivise l'esperienza del parto con un'immigrata dell'isola di Saint Thomas, discendente da schiavi. Mentre Nadine gemeva e imprecava a squarciagola come aveva imparato dalle suore, l'altra cantava inni cristiani tra una contrazione e l'altra. Poi, ognuna con la figlia appena nata in braccio, decisero di chiamarle entrambe Camille, in onore del pittore impressionista Camille Pissarro, che Nadine ammirava quasi quanto Van Gogh. L'altra aveva sentito quel nome sull'isola, ma pensava che fosse un rimedio per i vermi.

La piccola Camille crebbe come un'estensione di Nadine, che la portava ovunque grazie a un'imbragatura sulla schiena e poi trascinandosela dietro. Camille imparò fin da piccola a comportarsi come un animale domestico ben addestrato, poteva trascorrere ore tranquilla nell'angolo che la madre le aveva assegnato, a divertirsi con i suoi giochi e più tardi con la lettura. Come padre, a Samuel toccò un ruolo passivo. Non dovette mai preparare un biberon o cambiare un pannolino; dava per scontato, come tutti allora, che il marito sostenesse la famiglia e la moglie si occupasse dei figli. Quell'accomodamento era adatto al suo carattere solitario; faceva fatica a creare dei legami e sua figlia non faceva eccezione. Solo Nadine era in grado di penetrare le sue barriere emotive. Lui iniziò a relazionarsi con Camille tre o quattro anni dopo, quando la bambina già ragionava e rivelava senso dell'umorismo. Era la figlia perfetta per due genitori presi dai rispettivi interessi, non disturbava mai ed era praticamente autosufficiente.

L'ispirazione per l'arte, che avrebbe portato Nadine alla fama, si risvegliò in un umile centro comunitario vicino a casa, decorato con decine di tele haitiane. Passava ore a studiarle, fotografarle e copiarle, affascinata dai soggetti e dai colori. Voleva dipingere in quello stile, ma il risultato non era autentico, solo sgargiante. Bisognava essere di Haiti per dipingere in quel modo. Quando Camille andò all'asilo, Nadine si iscrisse a un laboratorio di artigianato dove vide per la prima volta un telaio. Non appena apprese le tecniche di base, si dedicò con entusiasmo a creare arazzi sempre più audaci con i colori di Haiti, che poi sarebbero diventati pregiate opere d'arte.

Samuel non aveva inclinazioni poetiche, ma pensò

sempre che l'attività del telaio fosse una bella metafora della personalità di sua moglie, che nella vita collezionava e tesseva storie e persone, proprio come collezionava e tesseva fili di lana di tutti i colori nei suoi arazzi.

Nel 1968, quando Camille aveva sette anni, a Samuel fu offerto un posto nell'Orchestra sinfonica di San Francisco. La coppia non ci pensò a lungo: lo stipendio era allettante e volevano cambiare aria. Arrivarono in California lo stesso giorno in cui Robert Kennedy fu ucciso a Los Angeles e due mesi dopo l'assassinio di Martin Luther King a Memphis, con il paese sconvolto da grandi cambiamenti. Si stabilirono temporaneamente in una pensione di Haight-Ashbury, il quartiere che era stato il paradiso degli hippie ma che si stava imborghesendo a mano a mano che si disperdevano gli ultimi figli dei fiori.

Una volta entrato nell'Orchestra sinfonica, a Samuel venne l'idea di offrire al pubblico, prima di ogni concerto, un incontro sui brani che avrebbero ascoltato nella convinzione che, conoscendo qualcosa del compositore e della sua musica, avrebbero potuto apprezzare meglio lo spettacolo. All'inizio si presentarono trenta o quaranta persone, la maggior parte delle quali con i capelli bianchi, ma poi la voce si sparse, il numero cominciò ad aumentare, e alla fine la sala si riempiva anche di molti giovani fino a metà della platea. Queste conferenze, informali ma molto istruttive, divennero così popolari che il suo nome acquistò prestigio. Gli venne offerto un programma settimanale in una radio di musica classica e poco dopo venne assunto dall'Università della California, a Berkeley. Le registrazioni delle sue conferenze e un paio di libri sullo sviluppo della musica classica in Occidente sarebbero diventati la fonte di introiti più costante negli anni a venire. All'università, tuttavia, non riuscì a realizzare il suo più grande desiderio. Il corso sulla storia del jazz che aveva proposto fu affidato a un musicista afroamericano della Louisiana. Come gli fu gentilmente spiegato, un inglese bianco non era l'insegnante più adatto per quella materia. Si consolava andando più volte alla settimana nei suoi club preferiti, dove capitava che lo lasciassero improvvisare al pianoforte. Quelli erano momenti di felicità assoluta. Qualche volta Nadine lo accompagnava, ma lei aveva altri interessi.

Mentre il marito, fedele alla sua natura razionale e solitaria, si concentrava sul lavoro senza fare caso più di tanto al clima in cui era approdato, Nadine andava in giro ad assorbire l'energia turbolenta del periodo, delle lotte per i diritti civili e contro il razzismo, contro la Guerra del Vietnam e il servizio di leva, che mandava centinaia di migliaia di giovani a combattere e a morire per una causa in cui non credevano; e poi c'erano gli echi della rivoluzione studentesca e la sua richiesta di libertà d'espressione, che scossero le fondamenta dell'università prima di diffondersi in altri ambiti. Berkeley era l'anima giovane e appassionata del paese. Nadine era affascinata dalla cultura progressista, ribelle, multirazziale e artistica della città, che le si adattava a meraviglia. Lasciava Camille a scuola e prendeva l'autobus per trascorrere la giornata nei dintorni del campus universitario, teatro di tutto quello che le interessava. Per pranzo, consumava in qualche piccolo ristorante indiano il cibo piccante che aveva imparato ad apprezzare tra gli amici caraibici di Londra. Assisteva a conferenze, partecipava con gli studenti alle manifestazioni e alle proteste, ai concerti rock e alle improvvisazioni teatrali, si intrufolava in qualche lezione, dipingeva cartelloni per le più diverse cause, da quella dei contadini di César Chavez alle Pantere Nere, frequentava gli artigiani, i mendicanti e i tossicodipendenti di Telegraph Avenue.

Proprio in quel periodo morì suo padre a New Orleans e lei ricevette un'eredità inaspettata. Si scoprì che quel ramo della famiglia era più facoltoso di quanto lei avesse immaginato. Senza interpellare il marito, iniziò a cercare una casa a Berkeley. Ne trovò una che le sembrò ideale e insistette con Samuel perché la comprassero, con l'argomento che aveva un passato ricco di storia: era stata un bordello ed era abitata dalle anime in pena delle antiche professioniste dell'amore. A lui non parve un attestato particolarmente eccezionale, ma apprezzò la posizione della casa, vicino all'università, e il prezzo. Era un affare, perché si trovava in pessime condizioni ma era una vera magione d'epoca. Inerpicata su una collina, aveva un grande giardino e probabilmente anche una vista spettacolare sulla baia, ma gli alberi erano cresciuti così fitti che la nascondevano.

La casa degli Adler, eretta a inizio secolo, era in scandole di legno rosso, come altre ville della città, in stile

Queen Anne, con due torrette, colonne, balaustre e fregi intagliati, finestre d'epoca con vetri bisellati e dalle quali entrava l'acqua quando pioveva, e cinque gradini molto consumati che conducevano alla porta d'ingresso. Lo splendore del passato era evidente nei dettagli, dal marmo con venature dei bagni e dal parquet di quercia a scacchiera, ai lampadari originali del primo piano ricoperti di polvere, che grondavano lacrime di vetro assai difficili da pulire. Esternamente sembrava il set di un film dell'orrore. Nadine la battezzò "la casa stregata".

"Come faremo ad arredare e a riscaldare questa casa enorme?" fu la prima cosa che Samuel domandò quando la vide.

"Lo faremo un po' alla volta. Per il momento, terremo chiuso il piano di sopra," decise Nadine.

Chiusero anche la sala da pranzo e uno dei saloni. Nadine setacciò i mercati delle pulci della Bay Area e acquistò di seconda mano i mobili per arredare il resto. Desiderosa di tornare ai suoi arazzi, che aveva trascurato da quando si erano trasferiti in California, scelse per sé la stanza più luminosa del pianterreno e vi mise i suoi telai.

Le stanze vuote però iniziarono a riempirsi nel modo più imprevedibile per Samuel. Una domenica mattina si alzò molto presto per andare a correre, come faceva quasi tutti i giorni, e andò in cucina a preparare il caffè per Nadine, che non riusciva a mettersi in moto senza caffeina. Si prese uno spavento colossale quando vide un uomo enorme davanti al frigorifero. L'urlo gli uscì dal profondo, un ruggito animale. L'uomo si voltò con calma con il cartone del latte in mano.

"La pace sia con te," disse, portandosi il cartone alla bocca.

"E tu chi diavolo sei?" riuscì a dire Samuel, con una voce che gli uscì incrinata e tremante.

"Fetu," rispose l'altro, con i baffi di latte.

"Feto?"

"Fetu, fratello. Questo è il mio nome. Namasté."

"Che cosa ci fai in casa mia? Adesso chiamo la polizia!"

Fetu veniva da Samoa. Era alto quasi un metro e ottanta, pesava centotrenta chili, e aveva capelli neri fino a metà schiena e baffi lunghi e sottili da mandarino cinese. Indossava una felpa con il viso di Malcolm X che evidenziava i suoi rotoli di grasso, sandali francescani e un pareo. Samuel pensò che fosse una gonna. Il suo aspetto minaccioso era in contrasto con la sua natura pacifica e rilassata. Nadine lo aveva conosciuto in Telegraph Avenue, dove Fetu era uno dei tanti hippie e vagabondi che vivevano di espedienti, mescolati a qualche artigiano che cercava di tirare avanti con i prodotti del suo lavoro. Fetu apparteneva alla prima categoria; si vantava di non aver mai lavorato, perché non era disposto a contribuire al capitalismo, ma spacciava su piccola scala hashish e marijuana. Dormiva con altri simili in un edificio fatiscente, un rifugio di poveri senza speranza e di tossicodipendenti, ma a un certo punto aveva dovuto abbandonarlo perché era stato infestato dai topi e il servizio sanitario lo aveva chiuso. Nadine, che lo considerava un amico, lo aveva invitato a casa per qualche giorno, visto che era inverno e pioveva.

Fetu non dava troppo fastidio; stava in strada o rimaneva sdraiato a sonnecchiare. Non aveva nessuna urgenza di trovarsi un altro tetto sotto cui dormire, perché la casa stregata degli Adler era comodissima. Talmente comoda, in effetti, che ci invitò una delle sue fidanzate, una donna piccola ed eterea, madre di una bambina dell'età di Camille. La donna, convinta che la figlia fosse la reincarnazione di una dea celtica, le metteva tuniche bianche e corone di fiori sul capo. La bambina, tuttavia, sembrava piuttosto normale.

"Quanto tempo si fermeranno qui?" chiese Samuel a Nadine.

"Perché?"

"Questo non è un albergo. Non mi piace che stiano accampati in sala e divorino tutto quel che c'è nel frigorifero."

"Ma quanto sei borghese, Mister Bogart! Se non vuoi che dormano giù, possiamo aprire una delle stanze al piano di sopra, cosa ne dici?" suggerì lei.

Iniziò così l'invasione degli ospiti di Nadine. Non erano tutti di Telegraph Avenue, qualcuno arrivò da San Francisco per stabilirsi lì. Cambiavano in continuazione; alcuni rimanevano più a lungo di altri, ma non erano mai meno di dieci, senza contare i bambini. Era una comune momentanea, senza regole di alcun tipo, formata da bohémien, artisti frustrati, aspiranti rockstar e semplici vagabondi, quasi tutti giovani e indigenti. Siccome nessuno di loro contribuiva alle spese e Nadine riusciva a vendere solo di tanto in tanto qualche arazzo, era Samuel che si faceva carico del loro mantenimento.

La situazione si protrasse per mesi. Ben presto Samuel e Nadine iniziarono a litigare con tale ferocia che lui preferiva stare a casa il meno possibile. Tutto lo irritava: il viavai costante di estranei, la sporcizia e il disordine, l'odore di incenso e di marijuana, le chitarre e i tamburelli, la statua di Ganesh. Il giorno in cui vide un trio che faceva l'amore in sala, la sua pazienza si esaurì.

"Ma che bell'esempio per Camille! Sbatti subito fuori tutti questi depravati!" esplose.

"Non posso, Mister Bogart! Non hanno un posto dove andare. Devo almeno dare loro un preavviso."

"Domani non ne voglio vedere neanche uno o li faccio sloggiare dalla polizia!"

"Questa è casa mia. L'ho comprata io. O l'hai dimenticato?"

"Allora me ne vado io."

"Fai quello che vuoi. Tanto il nostro matrimonio non funziona, non ci sopportiamo e nessuno dei due è felice."

"Che cosa intendi?"

"Vai via e non tornare."

Samuel si sistemò in una pensione in attesa che gli animi si raffreddassero, certo che Nadine sarebbe tornata in sé. Un paio di settimane dopo ricevette la notifica che lei aveva avviato le pratiche per il divorzio, un'eventualità che non gli era neanche passata per la testa. Mise da parte l'orgoglio e la rabbia e tornò alla casa stregata, disposto a negoziare una soluzione dignitosa. La casa era chiusa. Sulla mensola del telefono c'era un biglietto di Nadine: “Sono andata in Bolivia con Camille. Puoi tenerti la casa”.

Il sogno di Samuel era sempre stato di avere un rapporto come quello di Luke e Lidia Evans, i suoi genitori spirituali. Erano una coppia straordinaria. Si erano conosciuti giovanissimi nella comunità quacchera di Londra e per anni si erano dedicati a servire il prossimo, soprattutto i bambini dei paesi in guerra. Finché Lidia era stata in grado di farlo, ovunque ci fosse un conflitto armato, andavano a fare del bene senza clamore, sostenuti dalla fede e dal loro amore. Camminavano mano nella mano; Samuel non vide mai l’uno senza l’altra. Quando la malattia di Lidia si aggravò, Luke si occupò di lei con devozione; negli ultimi anni era lui a farle il bagno, a vestirla, a darle da mangiare, a spingere la sedia a rotelle. Entrambi erano morti solo un paio di anni prima: lei di Parkinson e lui si era tolto la vita il giorno dopo aver seppellito la moglie. Samuel avrebbe desiderato condividere con Nadine un amore così, ma nessuno dei due aveva il talento necessario.

L’esempio degli Evans era impossibile da emulare. L’improvvisa scomparsa di Nadine e il divorzio furono colpi fatali al sogno di un amore perfetto e cementarono quel senso di solitudine che Samuel aveva sempre provato. Cercò di frequentare altre donne, ma non era in grado di intavolare una conversazione che non lo portasse in pochi minuti a parlare di Nadine. All’università le opportunità non mancavano, ma una delle regole non scritte era quella di non stabilire rapporti con le studentesse. Dovevano passare ancora un po' di anni prima che questa norma diventasse legge. Spesso le ragazze si offrivano sfacciatamente ai professori, chi per ottenere favori, chi per dimostrare il proprio potere, e solo una minoranza per infatuazione. Samuel lo sapeva, lo aveva sperimentato, ma non era caduto nella trappola; temeva più il senso del ridicolo che lo scandalo. Aveva visto alcuni dei colleghi soccombere alla propria vanità, nella convinzione di meritare l'amore di ragazze con la metà dei loro anni. Per prudenza, riceveva le studentesse con la porta dello studio spalancata ed evitava le confidenze, il che accentuava la sua nomea di britannico distaccato e poco simpatico. La sua vita sociale si ridusse praticamente a zero, senza Nadine, perché era lei a coltivare le amicizie mentre lui si limitava ad accompagnarla, con il suo bell'aspetto, le maniere impeccabili, l'aria distinta e il talento nell'ascoltare.

Ebbe un paio di brevi avventure puramente sessuali, che si rivelarono insoddisfacenti e durarono troppo solo perché non sapeva come interromperle senza offendere l'altra persona. Questo confermò la sua convinzione di essere un amante assai mediocre; il piacere sperimentato con Nadine era solo merito di lei.

Qualche tempo dopo, ricevette le prime notizie da Nadine, che dalla Bolivia si era trasferita in Guatemala, paese con una meravigliosa tradizione di tessitura. Oltre alla lettera, nella busta erano accluse diverse fotografie di Camille, abbronzata, magra, scalza, trasandata e felice. Non aveva bisogno di andare a scuola, perché imparava molto a contatto con la natura e con gli indigeni del

Lago di Atitlán, aggiungeva Nadine. C'era anche una sua foto insieme a diverse donne in abiti tradizionali e un'altra in cui teneva per mano un uomo in pantaloncini. Dietro alla foto, aveva scritto il suo nome: Orlando, antropologo argentino.

Samuel chiese un'aspettativa non retribuita all'università e all'Orchestra sinfonica, fece una valigia, chiuse la casa stregata, salutò le anime in pena e partì per il Guatemala.

Anita

Nogales, febbraio 2020

Non sei riuscita a vedere la tua angela perché sei sempre addormentata quando arriva. Io mi sveglio per il rumore delle ali, che sembra quello di quando si puliscono i vetri. La mia angela la vedo quasi tutte le notti; stiamo diventando amiche.

Te l'ho detto che è bianca come una nuvola? La cosa che mi ricordo delle nuvole è che cambiavano forma nel cielo, certe volte sembravano un animale, o un treno o zucchero filato, come quello che si vende al circo. Secondo me non ti ricordi del circo, Claudia, perché eri molto piccola quando ci siamo andate. È stato prima dell'incidente. C'erano i clown che si prendevano a schiaffoni e si sparavano con le pistole ad acqua, i trapezisti che volavano in alto come uccelli e sei cagnolini che ballavano su due zampe. La mamma ha detto che i circhi più belli sono qui, al Nord. Un giorno ci porterà al più grande di tutti, dove ci sono anche gli elefanti. Forse il giorno che ci porterà al circo riuscirò a vedere un po' di più. Le angele cambiano forma come le nuvole; certe volte sembrano donnine minuscole, altre volte galline o vele di una barca, ma io le riconosco lo stesso per la voce nella mia testa.

A me sembra una buona idea portare la miss Selena quando andremo su Azabahar, ma per ora non le dico nulla, devo aspettare che la mia angela ottiene il permesso. Frank non penso di invitarlo; deve prima fare quello che ha detto, deve ricongiungerci alla mamma. Azabahar è molto lontana, ma le angele e gli angeli chiudono gli occhi, dicono delle parole magiche e quando li riaprono sono là. Porteranno anche noi in questo modo. Ora dobbiamo mangiare, Claudia. Non ne abbiamo voglia, ma c'è la pizza. La miss Selena ha detto che non c'è nessun ragazzino al mondo a cui non piace la pizza. Qui non ci sono le *pupusas*, ma se ci danno cose messicane magari le mangio. Le *quesadillas* sono abbastanza buone. Chiederò se su Azabahar ci sono le *pupusas*; sono sicura di sì.

Spero che su Azabahar ci siano alberi e piante, questo mi interessa più delle *pupusas*. Mi ricordo del verde. È il colore migliore, perché collega tutto; me l'ha insegnato la mamma. Qui ci sono solo cactus, che non fanno nemmeno ombra, sono pieni di spine e pungono come api; è meglio non avvicinarsi. La miss Selena mi ha raccontato che ci sono montagne fantastiche, rosse come le fragole, viola come la barbabietola, arancioni come il mango. Mi piacerebbe vederle. Mi porterà la lente per ingrandire le cose e non la dovremo pagare, e poi mi presterà un libro di paesaggi dell'Arizona e del Grand

Canyon, che è una delle meraviglie del mondo. Con la lente potrò vedere un po' di queste cose. La miss Selena è buona con noi, è buona anche con la Didi, vuole farle i capelli, perché non ne ha quasi più, e un vestito nuovo, ma tu non ti stacchi mai da lei. Almeno dobbiamo lavarla, Claudia, ha un cattivo odore. Non possiamo portarla su Azabahar così com'è, se no penseranno che siamo delle mendicanti.

Hai visto cos'è successo, Claudia? Il Verme di Cacca ha iniziato per primo e io mi sono difesa, non potevo stare lì a prenderle. È un rompiscatole, un manesco, ci picchia sempre quando nessuno guarda, ma io non ho paura di lui. Non è stata colpa mia se gli è venuto il sangue dal naso. Io volevo dargli un calcio in pancia, ma lui si è spostato e, siccome ci vedo poco, la mia scarpa gli è finita in faccia. Mamma mia, quanto sangue! Non è giusto, hanno punito solo me, a lui hanno messo il ghiaccio e poi gli hanno dato dei gelati per farlo smettere di piangere. Poi è arrivata la miss Selena e mi ha tolto la punizione.

Non ti ho lasciata da sola perché mi andava, Claudia; mi hanno portato nell'ufficio e mi hanno messo nell'angolo con la faccia al muro, ma tanto per me è lo stesso perché se guardo di qua o di là non cambia niente. Ho spiegato che era stato il Verme a iniziare la rissa e mi hanno detto di stare zitta, che non potevo parlare, che ero in castigo perché sono aggressiva. E il Verme di Cacca? Quello lì sì che è aggressivo. Tu lo sai che non strillo mai, ma ho fatto una scenata tale che stavo per affogare e se la miss Selena non fosse venuta a sistemare le cose, sarei morta. Di solito si affoga nell'acqua, ma si può affogare anche mandando giù l'aria. Ci è voluto un po' perché mi calmassi. Se avessi fatto questi capricci con la Tita Edu mi avrebbe messo la testa in un secchio d'acqua fredda e fine, funziona eh, ma per fortuna qui è vietato: se uno fa una cosa del genere a un bambino lo portano in prigione. Perché poi? È molto peggio mettere un bambino nella *hielera* e lasciarlo lì senza la mamma, non credi, Claudia?

Mentre ero nell'ufficio, ho sentito una delle maestre dire a un'altra che ci spostavano in una casa-famiglia, perché siamo qui da più tempo del normale. Non ho avuto il coraggio di chiedere cos'era, se no capivano che stavo ascoltando e mi beccavo un altro castigo per aver fatto la ficcanaso. Ho l'orecchio fino, ce l'avevo anche prima dell'incidente, e serve molto per sentire le chiacchiere della gente, anche se a volte non capisco bene l'inglese. Ma quelle due maestre parlavano spagnolo. Non mi è piaciuta questa storia della casa-famiglia. Non voglio finire adottata. Non sono orfana.

La cosa che mi preoccupa di più è che tu a volte dimentichi la mamma; capita ai bambini piccoli. Comunque ti parlo io della mamma e se chiudi gli occhi e ascolti bene quel che ti dico è come se la vedessi. È bella, la mamma. Prima aveva i capelli lunghi con dei fili biondi, molto belli, e io glieli spazzolavo e a lei piaceva molto, ma per il viaggio se li è dovuti tagliare molto, molto corti. Ha dovuto farlo, e ha tagliato anche i miei, perché così non si fanno i nodi. Immaginati a stare sopra il treno con i capelli lunghi, o a camminare nel deserto, con quel caldo terribile. Non importa, i capelli crescono. I miei sono già quasi alle orecchie, ma sono tutti storti. La miss Selena mi porterà dal suo parrucchiere uno di questi giorni, se mi danno il permesso di uscire. Le ho spiegato che la mamma ci ha tagliato i capelli a tutte e due. È stato in Messico, quando dovevamo arrampicarci sul treno, perché così gli uomini non l'avrebbero notata e non ci avrebbero dato fastidio. Mi aveva spiegato che mi avrebbe chiamato "figlio" e che io dovevo chiamarla "papà", ma io mi dimenticavo e dicevo mamma. Sono sicura che quando arriverà non sarà più così pelata. È allegra, la mamma, ride tanto, e quando ride si vede che ha i denti davanti un po' separati, be', rideva prima della cosa di Carlos. Le piace giocare e le piace la musica, te lo ricordi che ballavamo di tutto con lei, anche la swish dance, e a volte anche la Tita Edu si toglieva le infradito e si metteva a ballare, lei solo la salsa, però.

Selena

Los Angeles, El Salvador, febbraio 2020

Le Durán erano una famiglia di donne sole, a partire dalla prima della stirpe, che a ottantaquattro anni, deformata dall'artrite e un po' svanita, era ancora la matriarca della sua piccola tribù. La vecchietta si vantava di essere stata una delle agguerrite *adelitas*, le combattenti dell'esercito di Pancho Villa, ma all'epoca della Rivoluzione messicana non era ancora nata. Da giovane era alta un metro e quarantacinque, ma nel corso degli anni si era rimpicciolita; era instancabile, autoritaria e linguacciuta. La storia vera è che era arrivata negli Stati Uniti nel 1954, attraversando il deserto dell'Arizona a piedi, con una neonata in braccio, povera in canna, semianalfabeta, senza documenti e senza sapere una parola di inglese. Aveva diciotto anni. Aveva iniziato raccogliendo arance e lattuga nel Sud della California, con la bambina legata sulla schiena. Guadagnava meno di un dollaro all'ora e, come la maggior parte dei migranti che lavoravano la terra per mettere il cibo sulle altre tavole, pativa la fame. Dieci anni dopo, con il mal di schiena cronico per la fatica e la pelle cotta come cuoio al sole, aveva trovato un posto in una fabbrica di conserve, dove aveva lavorato fino a quando figlia e nipote non l'avevano costretta ad andare in pensione. Con l'età, le si era scatenata l'immaginazione e quando Frank Angileri la conobbe sembrava una bambina di otto anni, piena di fantasia e denutrita. Accanto a lei, Selena, la sua pronipote, era un gigante.

Frank andò a trovarla con un mazzo di fiori e una bottiglia del miglior porto che era riuscito a trovare, perché Selena gli aveva detto che la bisnonna terminava ogni giornata con un rosario recitato a tutta velocità e un bicchierino di quel vino.

"Come si chiama quel tuo amichetto?" chiese a Selena per la terza volta.

"Mamagrande, lei non è rimbambita, perché continua a farmi le stesse domande?"

"Per romperti le scatole, ragazzina," rise lei, masticando l'aria con i pochi denti che le erano rimasti.

"Sì, lo immaginavo. Lui è Frank Angileri, l'avvocato che rappresenta la bambina cieca separata dalla madre."

"Ah, Anita Díaz, povera bambina..."

"Proprio lei, mamagrande. Vede che la sua memoria funziona perfettamente?"

"Mi ricordo quello che voglio ricordare e non quello che gli altri vogliono che io ricordi. Che cosa ne pensa di questa famiglia, giovanotto?" chiese all'avvocato.

"Sono senza parole. Quattro generazioni di..."

"Sono cinque. Mancano i miei pronipoti," lo interruppe la matriarca. "Sono i primi maschi che nascono in questa famiglia. Io ho avuto Dora quando avevo diciotto anni. Noi donne Durán rimaniamo incinte presto."

"Perché non vi prendete il tempo per pensarci," ironizzò Selena.

"E tu, a furia di pensarci, arriverai alla menopausa senza figli," la rimproverò la bisnonna.

"Non si preoccupi. Uno di questi giorni mi sposerò," replicò Selena.

"Ma non c'è mica bisogno di sposarsi. Ero vergine quando ho avuto Dora."

"Vergine, ha detto, mamagrande?"

"Sì, come la Virgen de Guadalupe e tutte le altre vergini del calendario."

"Lo sa che il mio fidanzato ci tiene alle tradizioni e non avrà figli fuori dal matrimonio," chiarì Selena.

"E tu, giovanotto, cosa ne pensi dei figli?" chiese la vecchina a Frank all'improvviso.

"Smettila, mamma, lascia in pace l'avvocato," la interruppe sua figlia Dora dalla cucina, dove stava preparando il pranzo con la madre di Selena.

Quella domenica, Frank era partito al mattino da San Francisco per incontrare Selena e sarebbe rientrato con l'aereo delle sei del pomeriggio. Negli ultimi mesi andare in giornata a Los Angeles era diventata una routine, anche se di solito lo faceva con il jet di Alperstein. Una limousine passava a prenderlo per portarlo all'aeroporto e un'altra lo aspettava a Los Angeles per accompagnarlo alla villa del magnate a Paradise Cove

Bluffs, una magione di mille metri quadrati in mezzo a un parco degno di Versailles, con una spiaggia privata. Il caso Alperstein era stato risolto la settimana precedente con dei soldi. Molti soldi. L'imputato non aveva dovuto affrontare una giuria o finire i suoi giorni dietro le sbarre, ma non era stato possibile salvare la sua reputazione: la stampa aveva banchettato con i dettagli dello scandalo. Per Frank era una piccola consolazione rispetto all'immenso disgusto provato per aver dovuto difendere quell'uomo, che ancora una volta si era comprato l'impunità. Lo studio legale si era congratulato con lui, gli aveva corrisposto la sua percentuale e gli aveva annunciato che presto avrebbe avuto un ufficio d'angolo con due finestre al piano superiore. Sua madre, invece, gli aveva di nuovo rimproverato al telefono la mancanza di scrupoli con cui aveva difeso un criminale.

Selena avrebbe trascorso qualche giorno con la famiglia a Los Angeles e, visto che San Francisco distava solo un'ora di aereo, gli aveva proposto di incontrarsi e, con l'occasione, di fare visita alla nonna veggente che lui tanto desiderava conoscere. Si erano visti l'ultima volta a fine dicembre, al centro di accoglienza di Nogales dove si trovava Anita, ma si sentivano spesso. Da quell'incontro era nata una buona amicizia, all'inizio basata sul comune impegno per ottenere l'asilo, ma che presto si era estesa a tutti gli ambiti delle loro vite. Frank andava d'accordo con le donne, sapeva come trattarle, lo aveva imparato dalle sorelle durante l'infanzia. Gli risultava difficile definire ciò che provava per Selena. Ci teneva alla loro amicizia e non voleva metterla in pericolo con un passo falso, ma doveva ammettere che il suo desiderio di rimanere costantemente in contatto con lei assomigliava davvero molto all'innamoramento.

Per Selena, che era cresciuta e aveva lavorato in un ambiente quasi solo femminile, il rapporto con Frank era una novità. L'unico uomo che conosceva a fondo era il suo fidanzato, con cui aveva deciso di sposarsi in aprile. O meglio, l'avevano deciso Milosz e le donne Durán, mentre lei aspettava aprile con un nodo allo stomaco. Stava con Milosz da otto anni, anche se avevano poco in comune e c'erano aspetti della loro vita che non condividevano e argomenti che evitavano, come la politica, su cui avevano posizioni opposte, o l'immigrazione, su cui non riuscivano a trovarsi d'accordo. Mentre lei lavorava con i rifugiati, lui sosteneva che attraversare illegalmente il confine era un reato che andava punito applicando rigorosamente la legge, e che completare la costruzione del muro al confine con il Messico, come era nelle intenzioni del presidente, era essenziale per la sicurezza nazionale; che senso aveva condurre guerre in paesi lontani mentre orde di clandestini invadevano il loro? Milosz non approvava il lavoro di Selena e lei non era affatto interessata al suo. Non approvava nemmeno che lei vivesse in Arizona, ma pensava che fosse una situazione temporanea, fino al matrimonio. Era assolutamente sicuro del suo amore per Selena ed era convinto che lei lo ricambiasse in egual misura. Non dava importanza al fatto che ogni volta che si parlava del loro matrimonio lei cambiasse discorso.

L'occupazione scelta da Milosz era adatta al suo temperamento. Richiedeva attenzione, disciplina, pazienza, resistenza fisica, rispetto dei propri limiti, prudenza, conoscenza approfondita del veicolo e delle strade, capacità di sopportazione della solitudine e della noia. Un autista senza vizi poteva garantire alla sua famiglia un buon tenore di vita, risparmiare, investire e andare in pensione relativamente presto, per poi intraprendere una seconda carriera. Questo era il suo progetto; non aveva intenzione di passare il resto della vita al volante di un camion. Per il momento, si intratteneva con la radio, i podcast e gli audiolibri; stava studiando lo spagnolo in questo modo, su richiesta di Selena. Non beveva e non faceva uso di eccitanti per rimanere sveglio, come era frequente tra i camionisti. Aveva cura di sé. Guidava da diversi anni e aveva mantenuto lo stesso peso di quando aveva abbandonato l'esercito.

A Selena piacevano il suo corpo muscoloso, gli occhi chiari, gli zigomi pronunciati, la pelle abbronzata, le mani grandi e callose, il suo odore, il tono di voce. Lo desiderava. Era attratta soprattutto da quelle che sentiva come le migliori virtù maschili: forza, coraggio, responsabilità. La routine immutabile che condividevano le dava stabilità, si sentiva amata e protetta, ma niente di tutto ciò placava i suoi dubbi. Dubbi che erano aumentati da dicembre dell'anno precedente, quando aveva conosciuto Frank Angileri. Sapeva che per Milosz il futuro senza di lei era inconcepibile. Sapeva anche che per lei il futuro con lui era inquietante. Non era tentata dalla casa ideale, dai bambini e dalla confortevole vita domestica che lui sognava. Doveva prendere una decisione in fretta: Milosz non meritava di essere tenuto sulle spine. Mancava poco ad aprile.

Secondo le donne Durán, la coppia aveva raggiunto un equilibrio perfetto: tanto affetto, poca passione e ognuno con il proprio spazio. Selena temeva che quello spazio sarebbe scomparso quando si fossero sposati.

Dora Durán, la celebre nonna di Selena, aveva sessantasei anni ed era ancora fedele allo stile di quarant'anni prima. Per curiosità, Frank l'aveva cercata su Internet, dove aveva trovato un sito, varie interviste e i video dei suoi successi come veggente. Si tingeva i capelli di nero e si truccava troppo gli occhi; la madre di Selena, invece, di vent'anni più giovane, indossava jeans, un maglione comodo e non si truccava. L'ingombrante presenza di Dora rendeva talmente invisibile la figlia che Frank non riuscì a coglierne il nome e Selena dovette ripeterlo un paio di volte: Casandra. Il padre di Selena, che era molto più anziano della madre, era morto quando Selena e sua sorella Leila avevano rispettivamente quattro e sei anni. Casandra era rimasta in lutto per un paio di mesi e poi si era iscritta all'università, dove aveva conseguito il titolo di tecnico di laboratorio biomedico. Da quel momento in poi, era stata lei il sostegno della famiglia; pagava le bollette, ma aveva ben poco potere decisionale.

La famiglia Durán – la mamagrande, Dora, Casandra e Selena – ricordava a Frank la sua, solo che in questo caso erano tutte donne. Si trattavano con la stessa tenerezza brusca degli Angileri, la stessa lealtà incondizionata, fiducia assoluta e nessun sentimentalismo. Le Durán, pur essendo diverse dalle donne Angileri, avevano caratteristiche simili: erano forti, pratiche e dirette, come sua madre e le sue sorelle, e come loro erano generosamente ospitali. La casa delle Durán a Los Angeles sembrava quella dei suoi genitori a Brooklyn: piccola, stipata di mobili e oggetti da poco, calda, profumata di cibo e caffè. A tavola, davanti a uno spiegamento di pietanze preparate in casa, servite con birra e tequila, mentre tutte parlavano contemporaneamente, scherzando e ridendo, si sentì del tutto a suo agio. Conosceva i codici di convivenza di quelle donne.

L'idea di andare nel Salvador alla ricerca di Marisol Díaz era stata di Frank. Non l'avrebbe confessato a nessuno, ma gli era venuta in mente quando aveva saputo che Dora Durán non aveva ricevuto alcun messaggio da parte sua dall'aldilà. Nella speranza che la nonna potesse aiutarla a rintracciare Marisol, Selena le aveva mostrato la foto allegata al rapporto fornito dal funzionario per i richiedenti asilo e anche qualche foto di Anita, ma Dora aveva detto che voleva conoscere la bambina di persona. Selena aveva portato la nonna in Arizona e aveva fatto in modo che la lasciassero entrare nel centro di accoglienza, anche se le visite erano vietate, così da permetterle di trascorrere un po' di tempo con Anita. Ne era rimasta molto colpita.

"Credo che Anita abbia un dono, ma non è come il mio. Forse si manifesterà in futuro, quando sarà un po' più grande," aveva detto a Selena dopo l'incontro.

"Perché lo pensi, nonna?"

"Anita può vedere l'invisibile, può immaginare il futuro, può indovinare ciò che accadrà."

"Vive nel suo mondo, parla da sola, ha una grande immaginazione," le aveva spiegato Selena.

"Credo che riesca a viaggiare in un'altra dimensione. Ho sentito il suo potere. Quando le ho preso le mani, mi ha trasmesso la sua forza."

"Hai sentito qualche messaggio da parte di Marisol?"

"No. Spero che non debba mai mettersi in contatto con me, ma a ogni buon conto rimarrò in ascolto."

Dora Durán, la bambina di tre mesi arrivata negli Stati Uniti attraversando il deserto, avvolta nello scialle della madre, aveva iniziato ad acquistare la fama di veggente intorno ai tredici anni. Secondo la mamagrande, questo dono discendeva per linea materna fin dai tempi dei conquistadores spagnoli in Messico, ma poche donne della famiglia avevano avuto l'opportunità di svilupparlo. Nei suoi vaneggiamenti, diceva di vivere anche lei in costante dialogo con le anime dei morti, ma che nel suo caso non venivano a disturbarla con i loro problemi, come facevano con Dora, bensì a intrattenerla con le loro chiacchiere.

"Alla prima mestruazione, il cervello di Dorita si bloccò," disse la mamagrande a Frank. "Pensarono che si trattasse di meningite. Tornò in vita, ma la sua mente si era surriscaldata e da allora ha un piede qui e uno nell'aldilà."

Frank Angileri non capì bene, perché il suo spagnolo scolastico non gli consentiva di dominare questioni relative al paranormale, ma Selena gli fece una traduzione.

"La mamagrande ha diverse teorie al riguardo," aggiunse. "Per esempio, che alla nonna sia entrato uno scorpione nell'orecchio o che abbia mangiato funghi avvelenati in un cimitero."

"E qual è la sua teoria, signora?" chiese Frank a Dora.

"Non ne ho. E in realtà preferirei che i morti mi lasciassero in pace," rispose Dora.

"Ci sono persone che hanno delle questioni in sospeso in questo mondo e che si mettono in contatto con la Dorita per risolverle," intervenne la bisnonna. "Ecco perché i Kennedy sono sempre qui."

"Non sono mai venuti, mamagrande. Da dove esce questa storia?" esclamò Selena.

"Chi se ne va via tranquillo non viene a disturbare. I ragazzi che hanno ucciso i Kennedy erano solo gli esecutori; i veri assassini non hanno mai pagato la loro colpa. I Kennedy vogliono giustizia," insistette la bisnonna.

"È successo più di mezzo secolo fa, mamagrande. Ormai saranno tutti morti."

"Me ne rallegro. Staranno abbrustolendo all'inferno," rispose lei.

"Se Marisol Díaz avesse avuto un incidente o una morte violenta non se ne starebbe tranquilla, vero?" dedusse Frank, arrossendo, perché si sentiva come uno sciocco credulone; cosa avrebbero detto i suoi colleghi se lo avessero sentito?

"Proprio così, giovanotto," annuì la bisnonna.

"Non è detto, invece," ribatté Dora, che stava portando i piatti da portata dalla cucina. "Se tutti i morti inquieti mi parlassero, sarei diventata pazza."

Dora non era né pazza, né una ciarlatana, come i tanti presunti medium in circolazione. Avrebbe potuto arricchirsi confortando le persone in lutto con messaggi dall'aldilà – erano in molti a farlo –, ma aveva un enorme rispetto per il potere divino ricevuto e riteneva che dare un prezzo ai suoi servigi fosse un peccato, Dio glielo aveva dato per aiutare e servire, non per un beneficio personale. Si era guadagnata da vivere come maestra, ma da quando era andata in pensione arrotondava la magra pensione preparando torte per i compleanni, i matrimoni e le feste delle *quinceañeras*, vere e proprie opere d'arte che guarniva con figurine di zucchero a somiglianza dei festeggiati. Utilizzava le fotografie per riprodurre gli sposi o le ragazzine nei loro abiti da principessa. Anche in Cina lo facevano, ma le figure non venivano mai uguali, ed erano fatte di gesso. Le sue erano commestibili, come spiegò a Frank.

"Ieri ho preparato una collezione di cagnolini di marzapane per il compleanno di un barboncino a Beverly Hills. Lo festeggeranno con altri barboncini al Four Seasons. Ecco cosa fanno i ricchi con i loro soldi," disse.

Quel pomeriggio, dopo un esorbitante pranzo messicano che si depositò come un blocco di cemento nello stomaco, Frank salutò Selena nel cortile, dove la bisnonna allevava conigli da compagnia, dei piccoli animali rotondi e dalle orecchie lunghe. Frank si astenne dal menzionare la ricetta di sua madre per il coniglio al rosmarino e funghi.

"Mi prendo una settimana di vacanza. Me la merito

dopo aver lavorato come uno schiavo per il caso Alperstein. Che ne dici di andare nel Salvador a cercare Marisol?"

"Io e te?" gli domandò Selena, sorpresa.

"Non posso andarci da solo. Tu conosci il caso nei minimi particolari e parli spagnolo. Abbiamo già verificato che non si trova nei campi profughi al di là del confine. Non abbiamo niente da perdere a cercarla nel suo paese. Dai, Selena, è la cosa più sensata che possiamo fare."

"Non saprei, Frank..."

"Il viaggio non ti costerà nulla. Offro io."

"Perché?"

"Perché sono interessato quanto te ad aiutare Anita. Nel Salvador ho un amico all'ambasciata americana che può aiutarci. Dai, dimmi di sì..."

Selena pensò a come avrebbe reagito Milosz alla notizia che la sua fidanzata stava per fare un viaggio con un altro uomo. Forse era una situazione che rientrava nelle esigenze di lavoro, non era indispensabile dare spiegazioni. Gli avrebbe detto che il viaggio era necessario, senza menzionare Frank, e tantomeno che lui avrebbe pagato le spese. Non lo avrebbe detto neppure alla sua famiglia, che si sarebbe schierata dalla parte di Milosz; per una cosa del genere non poteva contare sulla solidarietà delle donne Durán.

Arrivarono a San Salvador con un volo Avianca il secondo lunedì di febbraio, con i biglietti di ritorno per il sabato successivo. Avevano un bagaglio minimo, una copia del rapporto di Marisol, che Selena aveva ottenuto da un funzionario per i richiedenti asilo che aveva un debole per lei, e quello che erano riusciti a sapere da Anita. Per Frank era un'avventura. Prima di conoscere Selena, sapeva ben poco dell'America Centrale, che per lui era solo un luogo sulla carta geografica lontano e misterioso. Le notizie da quella regione erano quasi sempre tragiche: rivoluzioni, guerriglie, dittature, eccidi, guerre civili, corruzione, traffico di esseri umani, di droga e negli ultimi anni bande criminali come la Mara Salvatrucha. Non riusciva a distinguere tra un paese e l'altro; gli sembravano tutti più o meno uguali, tranne il Costa Rica, dove era andato in vacanza a fare surf in acque cristalline e a fotografare pellicani e tartarughe. Quel paese aveva abolito le forze armate nel 1948 ed erano settant'anni che viveva in pace e nel benessere. Un paradiso che si stava riempiendo di americani, la maggior parte dei quali in pensione. Dopo che aveva assunto la difesa di Anita Díaz, Frank si era messo a studiare la storia e la politica della regione da cui provenivano i rifugiati e i migranti di cui Selena si occupava.

Oltre a Internet e alla stampa, era Selena la sua maggior fonte di informazioni. Capì i motivi per cui tante persone, tra cui bambini non accompagnati, intraprendevano il pericoloso viaggio verso il Nord per chiedere asilo negli Stati Uniti. I rischi durante il percorso e l'ostilità con cui venivano respinti non riuscivano a dissuaderli, perché la povertà assoluta e la violenza impunita da cui fuggivano erano peggio. "Nessuno è al sicuro in questo mondo, Frank. Chiunque di noi potrebbe trovarsi in una situazione del genere," gli aveva detto Selena, ma lui non riusciva a immaginare che qualcuno del suo ambiente potesse andare incontro a un simile destino. Quando ne parlò con sua madre, lei gli ricordò che suo padre e i suoi nonni erano emigrati dalla Sicilia per sfuggire alla mafia.

L'aeroporto di San Salvador era moderno ed esibiva una serie di negozi di lusso e di artigianato. C'era una tale coda ai controlli che impiegarono parecchio tempo per farsi vidimare il passaporto. Il volo era stato lungo quasi cinque ore ed erano stanchi, ma invece di andare subito in albergo decisero di placare la fame con le famose *pupusas de Olocuilta*, di cui Selena aveva sentito parlare. A Frank il nome di quel cibo suscitò un'immediata diffidenza, ma aveva deciso di dimenticare le precauzioni dietetiche per qualche giorno; non poteva fare la figura dell'imbranato davanti a Selena. Appena uscirono dall'aeroporto, accusarono l'impatto del clima torrido.

"Ma questo è un bagno turco!" esclamò Frank.

"Respira. Ci si abitua a tutto," rispose lei, ansimando.

Presero un taxi e venti minuti dopo erano di fronte a una piastra tonda di terracotta nera su un fuoco vivo, su cui due signore in grembiule azzurro preparavano a mano le tortilla di farina di riso e di mais. Presero un paio di *pupusas locas*, grandi come un piatto, ripiene di formaggio, fagioli e cotica di maiale fritta, che annaffiarono di birra. E questo fu il loro battesimo nel paese.

Frank aveva insistito perché alloggiassero in un buon albergo, a sue spese – così come aveva provveduto ai biglietti aerei in business class –, e Selena aveva accettato senza protestare, perché era evidente a entrambi che lui aveva molti più mezzi. Andarono a dormire molto tardi, ognuno nella propria stanza, e riposarono male, perché lui pensava alla vicinanza di Selena e lei al fatto che c'erano solo quattro giorni per trovare Marisol. Dopo le ore in cui erano rimasti all'aperto avevano un eritema da caldo e gonfiori alle mani e ai piedi. Nell'aria condizionata dell'albergo invece tremavano di freddo.

Anita aveva più ricordi della nonna, con cui aveva vissuto da quando era nata, che della madre, ma le indicazioni che aveva fornito erano comunque vaghe.

"Sappiamo il nome della nonna e che lavorava con l'indaco," riassunse Frank il giorno dopo, mentre facevano colazione sulla terrazza.

"Anita ha detto che la nonna ha a che fare con visitatori e turisti. Possiamo iniziare dal Parque Arqueológico Casa Blanca, dove si trovano un museo e negozi di indaco. È a Chalchuapa," suggerì Selena.

"Quanto dista da qui?"

"Ho chiesto alla reception e mi hanno detto che in pullman ci vorrà un'ora e venti, più o meno."

"Abbiamo bisogno di un mezzo per spostarci; noleggeremo un'auto," decise Frank.

"Il traffico è imprevedibile, Frank. È meglio noleggiare un taxi rosa che ci porti in giro tutto il giorno. Anche questo mi è stato consigliato alla reception."

"Taxi rosa?"

"Sono guidati da donne, per le donne. È un mezzo molto sicuro."

Dovettero mostrare i loro passaporti alla guidatrice, perché Frank non era il tipo di passeggero abituale. L'auto era rivestita di rosa e sul sedile posteriore c'erano uno specchio e articoli per il trucco. Lola, l'autista in divisa bianca, piccolina e di forme rotonde, era loquace e cordiale, e si rivelò una miniera di informazioni. Durante il viaggio tenne una vera e propria lezione sulla politica locale, sul nuovo presidente, sulla piaga delle locuste, sulle bande criminali, le *maras*, e le precauzioni essenziali da prendere.

"Si parla molto dei problemi di sicurezza, sono l'unica cosa di cui si occupa la stampa, come se fossimo nelle mani delle *maras* e dei narcos, ma è esagerato," disse Lola. "Qui viviamo tranquilli e ci divertiamo. Siamo gente allegra, ci piace ballare e cantare. Ci aiutiamo a vicenda e abbiamo cura delle nostre famiglie. Io, per esempio, di domenica cucino per la mia grande famiglia: siamo molto uniti. È un peccato che il mio paese all'estero abbia un'immagine così negativa. Qualsiasi salvadoregno sa come prendersi cura di sé, dove andare e in quali momenti, sa come evitare i luoghi pericolosi e le persone sospette. Con me siete al sicuro, conosco questo paese come il palmo della mia mano."

Quando seppe che erano interessati all'indaco, si lanciò in un'altra lezione sull'"oro blu"; noto fin dal XVI secolo, aveva perso il suo valore con l'invenzione dei coloranti sintetici, ma costituiva una delle tradizioni artistiche del paese. Da lì passò alle piramidi precolombiane, che insistette per mostrare loro, ma Frank e Selena non avevano tempo per le visite turistiche e andarono direttamente al museo, un edificio coloniale in mezzo a un parco.

Nel laboratorio dell'indaco, dove le donne preparavano la tintura naturale secondo i metodi tradizionali e vendevano articoli in tutte le tonalità del blu, conoscevano bene doña Eduvigis, che lavorava lì da trent'anni. Quella mattina non c'era, ma diedero loro l'indirizzo e Lola riuscì presto a localizzare la sua casa in un quartiere popolare di Chalchuapa.

La nonna di Anita rispose con diffidenza dal cortile, attraverso una rete metallica e circondata da diversi cani che abbaiavano, ma quando Selena le spiegò che conoscevano la nipote e le mostrò una fotografia aprì la porta e li invitò a entrare, profondamente commossa. I cani li seguirono, scodinzolando. La donna aveva l'agilità e l'energia della giovinezza, ma il viso invecchiato da un'espressione di sofferenza. La sua era stata una vita di lavoro e fatiche indefesse. Per molti anni aveva assistito un marito malato che vegetava a letto, aveva cresciuto cinque figli quasi da sola e ne aveva seppelliti due.

"La mia bambina… Non so niente di lei da mesi. Dov'è?" chiese, tremando.

"Sta bene, signora, è negli Stati Uniti, in Arizona," le disse Selena.

"L'ha vista?"

"Sì, poco tempo fa. Le ho portato un po' di foto."

"Quanto mi manca!"

"Anche ad Anita lei manca. Adora la sua Tita Edu."

Eduvigis li invitò a sedersi e offrì loro cola-champán, una gassosa color arancio, che versò in bicchieri di plastica. Lola li aveva avvertiti di non bere l'acqua, perché il quartiere era rifornito con un camion una volta alla settimana e non sempre era pulita. Vicino alla cucina c'erano due taniche d'acqua. La casa era fatta di pannelli di cemento, quadrata, molto semplice, ordinata e pulita, con il pavimento di linoleum e le zanzariere alle finestre, aperte per far circolare l'aria.

"Anita compirà otto anni senza sua madre, senza sua nonna, tutta sola... Questo grande dolore è un coltello affondato nel cuore," disse Eduvigis in lacrime.

"Le faremo una festa, non si preoccupi. Organizzeremo anche la gara della pentolaccia per il suo compleanno. Le ho domandato cosa volesse come regalo e le piacerebbe qualcosa per ascoltare la musica. Frank glielo comprerà."

"Sarà felice. Anita conosce tutte le canzoni alla moda. Ha un ottimo orecchio ed è intonata; era il suo passatempo dopo l'incidente, finché non è potuta tornare a scuola. Una maestra le stava insegnando a suonare la chitarra. L'avete sentita cantare?"

"Non ancora, signora, ma ora che me lo dice, farò in modo che non le manchi la musica. Canteremo e balleremo insieme," le assicurò Selena.

"Anita è una bambina molto speciale, lo è stata fin da piccola. A tre anni parlava già come una persona adulta. Le ho insegnato io a leggere quando aveva cinque anni. È sempre stata una brava scolara, studiava da sola, non dovevo sorvegliarla. E come si prendeva cura della sorellina! Diceva sempre che doveva far da mamma a Claudia quando la mamma non c'era, perché era la più grande. Dopo l'incidente è diventata seria, non ha più riso come prima."

"Che tipo di incidente ha avuto?" chiese Selena.

"Uno scontro frontale. Un camion ha investito il pulmino scolastico."

"Quanto mi dispiace..."

"Abbiamo avuto molta sfortuna per molto tempo. E ora Marisol che è sparita! Avete idea di dove sia? Mi ha chiamato più di tre mesi fa e da allora non l'ho più sentita."

"È per lei che siamo qui, signora," disse Frank.

La nonna si scusò per non avere altro da offrire e disse che se fossero rimasti a pranzo, sarebbe andata di corsa al mercato. Raccontò che suo figlio Rutilio, il maggiore, le era stato molto vicino, era il più responsabile, quello che aveva sostituito il padre malato; senza vizi, mai bevuto alcol, mai litigi o problemi con le donne, viveva solo per le figlie e per Marisol; si erano sposati dopo un breve fidanzamento, quando lei era rimasta incinta. Rutilio non aveva quasi conosciuto Claudia, perché era morto quando la figlia aveva solo tre settimane. Lavorava in un'azienda di materiali edili e, in uno di quegli incidenti inspiegabili, era rimasto sepolto sotto una colata di cemento fresco. Non erano riusciti a tirarlo fuori in tempo. Eduvigis sospettava che fosse stato ucciso, perché era stato minacciato; era molto attivo nel sindacato, faceva chiasso, organizzava i lavoratori.

"Chi lo aveva minacciato?" chiese Frank nel suo spagnolo incerto.

"Probabilmente dei sicari mandati dall'azienda, ma non è possibile dimostrarlo."

"Non potevano essere membri della *mara*?" suggerì Selena.

"Rutilio non aveva nulla a che fare con loro. E poi le bande uccidono le persone a viso aperto, perché sia di lezione agli altri; non si mettono a minacciare o a fingere incidenti."

Frank e Selena trascorsero diverse ore con Eduvigis, che insistette per andare a comprare una gallina india, cioè da cortile, non d'allevamento, perché loro erano ospiti molto speciali, spiegò. Un'abbondante zuppa di gallina con verdure fu messa sul fuoco mentre esaminavano alcune fotografie, i quaderni di scuola di Anita precedenti all'incidente che le aveva compromesso la vista, e due cartoline che Marisol aveva spedito nel corso del viaggio al Nord. Vennero a sapere che aveva chiamato Eduvigis poco prima di presentarsi al porto di ingresso alla frontiera e un'altra volta da un centro di detenzione in Texas, dove era riuscita a farsi prestare un cellulare. Nei due minuti in cui erano riuscite a parlarsi, le aveva detto che era stata separata da Anita.

"Mi ha assicurato che era normale, che Anita stava bene e che presto sarebbero state di nuovo insieme, ma so che me lo ha detto per tranquillizzarmi," raccontò la nonna. "Tutti qui sanno che al Nord separano le famiglie; lo si vede in televisione. Ieri, senza andare tanto lontano, abbiamo visto un bambinetto di tre anni aggrappato alle gambe del padre, che strillava, poverino, e abbiamo visto che l'hanno afferrato per le braccine e l'hanno strattonato via. E vediamo anche i bambini abbandonati nel deserto dai *coyotes*. Alcuni sono così piccoli!"

Frank e Selena vennero a sapere che Marisol lavorava come domestica dal lunedì al venerdì presso un politico della capitale. L'uomo abitava nel quartiere Antiguo Cuscatlán, in un complesso residenziale di quattro edifici, recintato, con controlli agli ingressi e vigilanza giorno e notte. Il venerdì Marisol finiva di lavorare alle sei del pomeriggio e prendeva il pullman per tornare a Chalchuapa e stare con la famiglia durante il fine settimana. Era la nonna, che aveva un orario flessibile al laboratorio di indaco, a occuparsi di Anita. Eduvigis era la *puntera*, la persona più importante nel complicato processo di trasformazione dei semi di indigofera in pasta colorante, perché era lei a stabilire il punto di ossidazione. Data la lunga esperienza si occupava anche di ricevere i visitatori e di spiegare loro ogni fase del lavoro, dal seme alla stoffa colorata.

Dalla morte del marito, avvenuta cinque anni prima, Marisol aveva avuto un paio di spasimanti, ma li aveva rifiutati: arrivava stanca dal lavoro e voleva solo trascorrere del tempo a casa. Non si era ancora ripresa dal lutto e pensava che non avrebbe mai trovato un altro compagno come Rutilio che potesse essere anche un buon patrigno. "Mia nuora è molto rispettosa; non ha mai portato nessun uomo a casa mia," spiegò Eduvigis, aggiungendo che l'unico era stato Carlos Gómez, una guardia di sicurezza del complesso in cui Marisol lavorava. Arrivava sempre senza essere stato invitato, con l'arroganza della divisa. La prima volta Marisol lo aveva ricevuto per strada, anche se lo conosceva, ma poi era stato impossibile chiudergli la porta in faccia. Gómez si presentava senza preavviso, a qualsiasi ora, e insisteva per vederla.

"Stando alle dichiarazioni di Marisol, è l'uomo che le ha sparato prima che lei fuggisse dal paese con Anita," disse Selena.

"Mia nuora probabilmente aveva scoperto qualcosa. Un segreto. Non me l'ha mai detto, ma la sentii parlare con Gómez. Non stavo origliando; è che i muri sono davvero sottili."

"Ha idea di cosa si trattasse?"

"No. Marisol gli giurò che non l'avrebbe detto a nessuno; non erano affari suoi, ma lui doveva lasciarla in pace. A volte la minacciava e altre volte voleva avere una relazione, provava a baciarla, la palpeggiava. Lei aveva paura."

Anche la nonna aveva paura di Gómez, che ogni tanto compariva a metà settimana, quando sapeva che Marisol era via, e pretendeva di vedere Anita. Si faceva chiamare zio Carlos e le portava piccoli regali, giocattoli o dolci. "Così la bambina inizia a conoscermi e a volermi bene," diceva. La cosa metteva Marisol in agitazione; aveva dato istruzioni alla suocera di non lasciarlo da solo con la bambina per nessun motivo.

"Ma un venerdì lui andò a prendere Anita all'uscita di scuola. Questo dopo l'incidente. La fece salire in macchina e lei non oppose resistenza, perché le disse che lo mandavo io. A un'insegnante, che aveva cercato di intervenire, spiegò che era lo zio e che la portava a una festa di compleanno. A quanto pare, dallo specchietto retrovisore vide che l'insegnante lo fotografava con il suo cellulare."

Quella sera, quando Marisol tornò a casa trovò la nonna disperata, perché Anita non era stata riportata a casa. Eduvigis era andata a prenderla a scuola, come sempre, e la maestra le aveva raccontato dello zio e del compleanno e le aveva mostrato la foto. Lei aveva riconosciuto il veicolo e aveva immediatamente capito che Anita era nelle mani di Carlos Gómez.

"Perché non è andata alla polizia?" le domandò Frank.

"Alla polizia? Come le viene in mente! Quel Carlos Gómez è stato poliziotto fino a quando non lo hanno licenziato ed è finito a fare la guardia di sicurezza, cioè il custode con uniforme e pistola."

Marisol aveva cominciato a telefonare a Gómez ogni due minuti, ma lui non rispondeva. Infine, verso mezzanotte, quando ormai tutta la via sapeva che la bambina era stata rapita e la madre e la nonna avevano i nervi a pezzi, l'uomo era arrivato, suonando allegramente il clacson. Mentre Anita correva tra le braccia della nonna, lui aveva spiegato che l'aveva portata in spiaggia. "La prossima volta devi venire con noi, Marisol, così tua figlia starà tranquilla e si divertirà. Non mi piacciono le bambine frignone," aveva aggiunto in tono minaccioso. Da quel giorno, contagiata dalla paura della madre e della nonna, ogni volta che Gómez compariva Anita si nascondeva.

"Credo che sia stata la foto della maestra a salvarla. Gómez sapeva che potevano identificarlo," disse Eduvigis. "Ma la cosa non lo scoraggiò nel suo intento di conquistare Marisol. Anche a me portava dei regali, uno spremiagrumi, del prosciutto, del buon caffè, oppure mi lasciava delle cose per Marisol. Se le rifiutavo, si infuriava. Andò avanti così per mesi. Diventò molto impaziente, rabbioso. Ci fu un crescendo di minacce; controllava Marisol, la spiava, le faceva scenate di gelosia come se stessero insieme."

"E lei?"

"Evitava come poteva quel disgraziato! Non voleva nemmeno vederlo!" esplose la nonna. "E andò avanti così fino a quando lui non le sparò e per poco non la uccise. Per questo è dovuta andarsene; cos'altro poteva fare? Io non volevo che portasse via la mia nipotina, ma Marisol non poteva lasciarla qui alla mercé di Gómez, no?"

Diede loro l'indirizzo di Genaro Andrade, il fratello di Marisol che lavorava nel turismo sulla Costa del Sol, la zona balneare più frequentata. Era l'unico parente di Marisol nel Salvador; il resto della famiglia era in Guatemala.

Quella sera Selena e Frank tornarono nella capitale. Il giorno dopo Lola li portò ad Antiguo Cuscatlán. Selena aveva preso un appuntamento con Carlos Gómez al numero di cellulare che le aveva dato Eduvigis, fingendo di essere una messicana di passaggio che voleva parlargli; disse che un'amica le aveva dato il suo numero. L'eritema da caldo di Selena era passato, ma Frank era pieno di bollicine. Non era il primo passeggero che Lola vedeva in quello stato. La donna tirò fuori dal vano portaoggetti un sacchetto di plastica non etichettato con delle pillole sfuse e gli ordinò di prenderne due ogni quattro ore. Frank si rassegnò a obbedire senza fare domande.

Grandi alberi ombreggiavano le strade signorili del quartiere. Dall'esterno si poteva vedere ben poco della proprietà in cui lavorava Carlos Gómez: era recintata con le sbarre e nascosta da un muro di vegetazione impenetrabile, come la maggior parte delle altre case. Frank rimase nel taxi rosa di Lola dietro l'angolo, mentre Selena suonava il campanello e si presentava al citofono. Gómez, che era in servizio, chiese a un collega di sostituirlo per un momento mentre parlava con la presunta turista messicana, e uscì in strada.

Selena dovette ammettere che l'uomo aveva un'aria imponente nella divisa color cachi piena di tasche e cinghie, pesanti stivali da campo, occhiali da aviatore e basco nero; riusciva a sembrare un militare di un'unità di combattimento. Da parte sua, non ebbe bisogno di sforzarsi per impressionarlo; l'esperienza le disse che nel momento stesso in cui l'aveva vista era rimasto disarmato. L'atteggiamento di Gómez, inizialmente sospettoso, si trasformò non appena lei gli si avvicinò esibendo sorriso, vestito scollato e andatura flessuosa.

"Cosa posso fare per lei, signorina?" la salutò, molto gentilmente.

"Possiamo sederci un momento, capitano? Fa un caldo infernale..."

Nessun visitatore entrava nella proprietà senza invito e uno dei compiti di Gómez, tra gli altri, era di impedirlo; doveva persino ispezionare ogni auto dentro e fuori prima di aprire il cancello, ma non poteva fare la parte del subalterno di fronte a quella donna, non scherziamo, con una sventola così... Gli piacevano ragazzine, prima che si sviluppassero, innocenti, ma quella donna era davvero un bel bocconcino. La fece passare da un ingresso accanto al cancello e la condusse con galanteria a una panchina seminascosta tra le piante tropicali del giardino. Si sedettero e Selena poté ammirare la piscina e intravedere qualche casa in lontananza. Non c'era nessuno in vista, solo un paio di pastori tedeschi che ringhiavano minacciosi a una certa distanza, e che Gómez fece allontanare.

"Dimmi cosa posso fare per te, tesoro," ripeté la guardia, dandole del tu.

"Come ti ho detto al telefono, capitano, un'amica mi ha dato il tuo numero."

"Chi?"

"Marisol Andrade, l'ho conosciuta in Messico."

"Quando è stato?" chiese l'uomo, in allerta e sulla difensiva.

"Diversi mesi fa, sarà stato l'inizio d'ottobre dell'anno scorso, non ricordo bene."

"Non ho nulla a che fare con questa Marisol."

"La conosci, vero?" insistette Selena.

"Lavorava in una di queste case. Qui ci sono decine di domestiche."

"Ma lei era speciale. Mi ha raccontato cosa è successo tra voi."

"Chi sei? Cosa vuoi da me?" esclamò Gómez, scattando in piedi.

"Dai, capitano, non fare così, lo so che è stato un incidente," disse Selena con un sorriso, scostandosi una ciocca di capelli dal viso, le gambe accavallate, il vestito leggero a metà coscia, la scollatura umida di sudore.

"Te ne devi andare, non puoi stare qui," le ordinò Gómez, afferrandola per un braccio.

Selena finse di inciampare, di essere sul punto di cadere, ma l'uomo la sostenne con fermezza. Si fissarono negli occhi, a pochi centimetri di distanza.

"Voglio solo parlare, capitano. Dove possiamo incontrarci? Marisol mi ha parlato di te e mi ha incuriosito. Mi piacciono gli uomini forti, che si fanno rispettare..." mormorò Selena con voce seducente.

Carlos Gómez le diede appuntamento per quella sera a La Flor de Izote, un locale buio e sporco, con il bar, la pista da ballo e musica latina. Non aveva abbastanza soldi per andare dove quel gran pezzo di ragazza meritava di essere portata, ma aveva calcolato che con due o tre drink e qualche ballo stretti stretti, perché lei potesse cogliere che macho era, l'avrebbe domata. Liscio come l'olio. La strategia funzionava sempre. Marisol era stata l'unica a resistergli nei suoi quarant'anni di esistenza e non certo perché lui avesse sbagliato qualcosa, ma perché era solo una selvaggia. Si chiedeva ancora perché diavolo gli fosse venuta quell'ossessione per lei, una magra e ossuta e per giunta con due figlie. Sarebbe stato meglio mollarla subito, prima che le cose si complicassero.

Frank e Lola, che avevano seguito Selena, si sistemarono a un altro tavolo, lei con una birra e lui con un'acqua minerale. Per l'occasione, Lola si era tolta il grembiule bianco e si era messa degli orecchini pendenti che la facevano sembrare addobbata come un albero di Natale. Frank le disse che stava molto bene e lei, con una risatina soffocata, lo avvertì di non farsi illusioni, perché purtroppo era sposata.

Mentre Selena accarezzava un Margarita disgustosamente caldo e dolce, Gómez era già alla terza birra, aveva abbassato la guardia ed era diventato loquace. La messicana non rappresentava alcun pericolo, era l'ennesima femmina focosa, ce l'aveva già in pugno, avrebbero finito la serata come si deve. La stringeva mentre ballavano, era appetitosa, con la pelle chiara, aveva ritmo, odorava di sudore e profumo, ma la cosa migliore erano quelle labbra e quelle gambe, quei sandali, le unghie dei piedi color corallo, aveva classe. Ordinò un whisky: si sentiva generoso, gentile, espansivo, fiducioso. La messicana lo ascoltava a bocca aperta, era affascinata; alle donne piace la violenza, vogliono essere dominate, anche se oppongono resistenza e strillano, lui lo sapeva benissimo, sui social le conquistava mostrandosi come un vero macho. Era un piacere parlare con la messicana, sapeva ascoltare.

"La storia del colpo di pistola è stata un incidente, io giro sempre armato, ho imparato a sparare da bambino, me l'ha insegnato mio padre, tengo la pistola proprio qui, non la tolgo nemmeno per ballare, te la faccio vedere, se vuoi, non la mollo perché il mio lavoro me lo impone, nemmeno per dormire la mollo, dobbiamo difendere i padroni, ci pagano per questo, perché a nessun figlio di puttana venga in mente di rapire uno dei ragazzini, i cani non bastano, li avvelenano, qui in giro ci sono un sacco di bastardi, ladri, malviventi delle *maras*, per questo ci siamo noi della sicurezza, siamo in sei, ci diamo il cambio ogni otto ore, due alla volta; quel giorno, il giorno dell'incidente, facevo il turno di notte, che inizia alle dieci e finisce alle sei del mattino, il tempo era nuvoloso, era la stagione delle piogge, diventava buio presto, il mio collega stava facendo il giro del perimetro e io ero di guardia all'ingresso, te l'ho già detto che era tardi? Non c'erano molte luci in giardino, dopo l'incidente di Marisol ne hanno aggiunte altre, ora abbiamo le luci con i sensori di movimento, si accendono in continuazione, se passa uno dei cani, o un uccello, e ancora di più se passa un intruso, ma quella notte non si vedeva un accidente. Vuoi un altro Margarita? Sentii dei passi sulla ghiaia, impugnai la pistola per sicurezza, non si sa mai cosa può succedere, chiesi chi era, nessuno rispose, gridai di nuovo, gridai almeno tre volte e niente, poi vidi qualcuno tra le felci, qualcuno che si era nascosto, una figura, mi preparai a difendermi, gli ordinai di uscire e mentre iniziava a correre gli sparai, un colpo in aria, per spaventare, non per uccidere, come facevo a sapere che era Marisol, a quell'ora non aveva niente da fare lì in giro, erano quasi le undici di sera, è stata colpa sua, perché si è nascosta, perché non mi ha risposto, e perché è scappata? Come dici? Che il colpo era al petto e non alla schiena? Be', non ricordo i dettagli, è tutto nel rapporto della polizia, grazie al cielo non è stato fatale, immaginati il casino se... Ehi, tu! Portami un altro whisky!" ordinò al cameriere.

"Secondo Marisol, le avevi dato appuntamento nel giardino, le avevi detto che dovevi parlarle di qualcosa a proposito di sua figlia," lo interruppe Selena, improvvisando.

"Balle. Ed era una balla anche che io andavo a trovarla a casa sua, come ha detto alla polizia. Non mi è mai piaciuta, non perdo tempo con le stronze come lei, ho tutte le belle donne che voglio, perché avrei dovuto fare caso a quella lì, brutta e magra? L'unica cosa bella che aveva erano i capelli e se li è rapati come una cagna rognosa. Era pazza da legare."

"Perché parli di lei al passato, come se fosse morta?

"Ma che ne so se è viva o morta! Non mi interessa niente. È uscita dall'ospedale ed è scomparsa, se n'è andata."

"Dove?"

"Affanculo, immagino. Tu non l'hai mica vista in Messico?"

"Andava verso il Nord; voleva chiedere asilo negli Stati Uniti."

"Ah! Come migliaia di altri sfigati. Tutti espulsi."

"È stata espulsa?"

"Secondo te, tesoro? Pensi che i gringos l'abbiano accolta a braccia aperte?"

"L'hai più vista da allora?" insistette Selena.

"No! Chissà dov'è. Se fosse tornata, lo saprei."

"Perché lo sapresti?"

"Ho i miei contatti."

"Se non è qui, forse è in Messico," suggerì Selena.

"Non è nemmeno là."

"Sembri molto sicuro."

"Ti ho detto che ho i miei contatti. Ma perché stiamo parlando di quella puttana? Cosa c'entri tu con lei?" le chiese Gómez in tono intimidatorio, stringendole il polso con dita di ferro.

"Niente. Non mi importa di lei, voglio sapere di te... Però lasciami..." replicò.

"Fai molta attenzione con me, non farmi arrabbiare!" la minacciò.

"Mi stai facendo male..."

Carlos Gómez la fissò con gli occhi arrossati e vetrosi d'alcol. Lei sostenne il suo sguardo per un minuto che sembrò interminabile, finché lui non le lasciò il polso e ricadde all'indietro con il bicchiere in mano.

"Sicura che non vuoi un altro Margarita? Balliamo, allora..."

Con la scusa di dover andare in bagno, Selena riuscì ad alzarsi mentre lui ciondolava la testa sul tavolo, mezzo stordito. Sgusciò fuori dal bar senza farsi vedere, seguita da Lola e Frank. I tre si ritrovarono nel taxi e andarono a mangiare in un piccolo ristorante francese nella Zona Rosa, dove Frank voleva omaggiarle di una cena con tovaglie bianche e buon vino; cominciava a risentire dell'eccesso di cibo locale. Propose a Lola di invitare anche il marito, ma lei dichiarò che per una volta nella vita si sarebbe divertita da sola. Si sistemò sulla sedia e prima di aprire il menu ordinò un Manhattan. "Non so cosa sia, l'ho visto in un film e ho sempre voluto provarlo," annunciò. Si era buttata anima e corpo nella missione dei gringos, come chiamava Frank e Selena, e aveva diverse teorie sulla sorte di Marisol. Raccontò loro che mentre erano a Chalchuapa dalla nonna Eduvigis, lei era andata in biblioteca, si era collegata a Internet e aveva ottenuto informazioni su Carlos Gómez e sullo scandalo che aveva messo fine alla sua carriera nella polizia. Era stato accusato di aver violentato e picchiato brutalmente una bambina di undici anni, ma poco prima del processo i genitori avevano ritirato l'accusa e la questione si era risolta in un nulla di fatto. Un articolo di giornale suggeriva la possibilità che la polizia avesse comprato il silenzio della famiglia per evitare l'ennesimo scandalo – ne avevano parecchi –, ma secondo Lola era più probabile che Gómez li avesse minacciati.

"Non c'è da stupirsi che Marisol temesse per Anita," commentò. "Quell'uomo ha una cattiva indole, è un demonio. D'altronde da qualcuno deve aver preso, no? Tale padre, tale figlio. Il suo era un militare, ormai vecchio e in pensione, ma tutti sanno che comandava gli squadroni di El Mozote. Lo sapete che hanno bruciato vive le persone? Anche i bambini, figuratevi. Quello psicopatico non ha mai dovuto pagare per quei crimini e nemmeno Carlos Gómez ha mai pagato per i suoi."

Il cibo si rivelò francese come il menu pubblicizzava. Lola osservò che i piatti erano miseri; per la metà del prezzo avrebbe potuto portarli a mangiare a più non posso altrove, per esempio sulla spiaggia, quando sarebbero andati a parlare con il fratello di Marisol. Verso mezzanotte, Lola, con due birre, due Manhattan, un bicchiere di vino e uno di champagne in corpo, li lasciò all'albergo e se ne andò canticchiando nel suo taxi rosa; il giorno dopo sarebbe passata a prenderli per andare a trovare il fratello di Marisol alla spiaggia.

Nel corso dei giorni passati insieme, il cameratismo di Frank e Selena aveva iniziato a volgere verso l'intimità. Frank le teneva il braccio o la mano, si toccavano, assaggiavano il cibo dal piatto dell'altro, bevevano dallo stesso bicchiere, insomma, cresceva sempre più quella complicità dissimulata di chi sa che fare l'amore sarà inevitabile. Invece di ritirarsi ognuno nella propria camera, come avevano fatto senza entusiasmo le sere precedenti, andarono in giardino, vuoto a quell'ora. Gli ombrelloni erano già stati tolti, ma c'erano ancora i lettini reclinabili, dove si accomodarono uno di fianco all'altro, un po' storditi dall'alcol della cena e presentendo il desiderio. Quel mercoledì sera il calore del giorno aveva lasciato il posto a una brezza tiepida, che diffondeva nell'aria la dolce fragranza dei gigli e dell'erba appena tagliata. L'acqua immobile della piscina rifletteva la luna. La musica e le voci dell'albergo si erano ormai spente da tempo e solo il frinire dei grilli rompeva la quiete del giardino.

Selena si sentì sciogliere sul lettino, languida, le ossa cotonose, le palpebre pesanti, il sudore sulle braccia, l'umidità tra le gambe e quel profumo dilagante di fiori tropicali. "Ho bevuto troppo," mormorò, pronta ad abbandonarsi al sonno. Passare la notte lì, così vicino a Frank, senza toccarlo, sentendo la sua energia come una vibrazione, aspettando, che delizia, pensò. Frank aveva tutti i sensi all'erta, in attesa di qualsiasi segnale, mentre misurava l'enorme distanza che lo separava da lei, un abisso di mezzo metro tra i due lettini.

Dal momento in cui si erano incontrati all'aeroporto di Los Angeles per salire sull'aereo, quando l'aveva vista con i suoi jeans sbiaditi, l'orrenda maglietta con Frida Kahlo e la stessa borsa guatemalteca sformata che già conosceva, aveva accettato con un sospiro di rassegnazione di essere innamorato. Lì, in quella notte di gigli e grilli, si rese conto che lo era da quando l'aveva incontrata a San Francisco. Non aveva mai smesso di pensare a lei da quella mattina di dicembre, quando Selena aveva fatto irruzione nella sua vita perfetta e lo aveva coinvolto in una missione disperata, assurda quasi come cercare di arginare la marea.

Per Frank, Anita Díaz era stato il primo caso; poco dopo aver appreso i fondamenti del diritto sull'immigrazione si era occupato di altri due bambini senza farne il minimo accenno in ufficio perché, come il suo capo aveva chiarito subito, non aveva né tempo libero né vacanze. Stava rubando tempo allo studio. Era diventato uno delle migliaia di avvocati volontari che rappresentavano i minori alla frontiera. Aveva accompagnato uno di quei bambini davanti al giudice e quando aveva ottenuto per lui l'asilo, più velocemente di quanto si aspettasse, perché il giudice era uno della vecchia guardia, non apparteneva alla nuova ondata di magistrati ultraconservatori e ostili agli immigrati nominati dal governo, aveva provato un tale sollievo che gli si era rotta la voce ed era finito in bagno a spruzzarsi acqua fredda sul viso. Da lì aveva chiamato sua madre che, emozionata quasi quanto lui, si era congratulata e gli aveva promesso di inviargli presto altre polpette.

Durante il loro primo incontro, Selena gli aveva detto che stava studiando legge online, ma intendeva tornare all'università non appena possibile per conseguire la laurea: voleva diventare un'avvocata specializzata in diritto dell'immigrazione. All'inizio gli era sembrata una cattiva idea, tutta quella fatica a studiare per poi dedicarsi a un ramo ingrato della legge, ma poi aveva cambiato idea. In quel momento proteggere Anita e gli altri bambini era diventato per lui molto più importante dell'ufficio al piano superiore con due finestre che lo studio gli aveva assegnato.

"Selena, credo che tu sappia che ti amo," balbettò infine.

Erano sei settimane che meditava su come fare quella dichiarazione perché suonasse il più convincente e poetica possibile, ma in quel momento si dimenticò di tutte le prove e finì per impappinarsi come un adolescente.

"Questo non è amore, Frank, è desiderio sommato all'opportunità," disse lei sorridendo dal lettino.

"Per te, forse. Per me è amore."

"Sei sicuro?"

"Sì, e credo che tu provi per me qualcosa di più dell'amicizia, a meno che l'innamoramento non mi dia le allucinazioni," rispose.

"Non posso parlare di amore, Frank, perché l'unico amore che conosco è quello che condivido con Milosz da sempre. Non ricordo la mia vita senza di lui."

"Vorresti che stasera ci fosse lui qui al posto mio?"

"No."

"Allora diamo al desiderio questa opportunità e vediamo cosa succede."

E così fecero e per Frank fu una notte indimenticabile.

Selena era sensuale e passionale, ma per lei il sesso, come quasi tutto nella sua vita, era una questione di cuore. La sua sessualità si era risvegliata con Milosz Dudek quando lei era ancora vergine ed era cresciuta solo con lui. Aveva avuto un paio di esperienze negli intervalli del loro lungo fidanzamento, quando si erano temporaneamente separati, ma non avevano lasciato nessun segno. A letto, Milosz era lineare. Sapeva esattamente cosa fare per appagarla, ed era molto importante per lui: considerava che fosse la base di una buona relazione di coppia. Conosceva il corpo di Selena quasi meglio di quanto conoscesse il proprio, faceva affidamento sulla loro attrazione reciproca e sulla sua virilità; era sicuro che lei non avesse nessuna rimostranza da fare, perché se l'avesse avuta, glielo avrebbe detto. Effettivamente le cose stavano così. Selena godeva con lui in modo talmente naturale che le era difficile immaginare che il sesso potesse anche essere diverso, come le aveva raccontato sua sorella Leila.

Frank si ritrovò con una ragazza dai gusti semplici e disposta a compiacerlo, che non chiedeva nulla per sé e si abbandonava al piacere con una certa innocenza che lui trovò sconcertante. Il primo passo del suo schema abituale consisteva nello svestire la compagna di turno, lentamente o in fretta, a seconda delle circostanze, mentre la ammorbidiva con una profusione di sapienti carezze, ma con Selena non si era ancora avvicinato che lei si era già tolta i vestiti in tre mosse. Nemmeno una parvenza di pudore, nessun tentativo di sedurlo o di creare l'illusione di essere sedotta. Nuda era uguale a quando era vestita: i fianchi larghi, il seno piccolo e le gambe forti che si intuivano sotto il vestito estivo, e poi curve, colline, un'allarmante mancanza di muscoli od ossa in evidenza. Se non sta un po' attenta finirà come una ninfa di Rubens, pensò Frank con piacere e rise, deliziato. Lei lo baciò sulla bocca e lo spinse verso l'ampio letto dell'albergo.

Frank non era abituato a ricevere tenerezze al primo incontro, o meglio, quasi mai, e anche questo lo disarmò. Dal canto suo, nemmeno Selena era abituata ai preliminari infiniti, alle acrobazie e al *dirty talking*. Le domande di Frank su ciò che le piaceva le sembrarono l'anamnesi di un ginecologo e, invece di eccitarla, le provocarono un attacco di riso. Fortunatamente lui ebbe il buonsenso di non offendersi e abbandonò rapidamente quella tattica, così utile in passato, non appena vide che

Selena non l'apprezzava. Con sua sorpresa, dedusse che le sue notevoli conoscenze e la sua vasta esperienza sortivano su Selena l'effetto opposto a quello desiderato e, una volta compreso che non doveva fare colpo, ma darsi a lei, riuscirono ad amarsi. Selena non era andata nella stanza di Frank per partecipare a un circo di prodezze erotiche, ma per fare l'amore. E questo fecero quella notte e le altre due che trascorsero insieme in quella città. Semplicemente si amarono.

Il giovedì mattina Lola si presentò all'albergo fresca e senza postumi evidenti della sbornia. Prima li accompagnò all'ambasciata americana, dove Frank aveva appuntamento con Phil Doherty, un alto funzionario che annoverava tra i suoi migliori amici; si conoscevano dai tempi del liceo e Frank era stato suo testimone di nozze. Non poteva passare in città senza salutarlo. Dall'esterno l'edificio sembrava un'area militare, circondata su quattro lati da un muro invalicabile che era stato dipinto con murales allegri per farlo sembrare più amichevole. Non furono sottoposti ai rigidi controlli di sicurezza, perché Phil li aspettava a una porta laterale per abbracciare l'amico e scortarli all'interno. Lola decise che avrebbe fatto dei giri nel quartiere e sarebbe andata a riprenderli alla loro chiamata, perché non poteva parcheggiare nelle vicinanze, tutta la zona era sorvegliata da auto di pattuglia. Frank e Selena trascorsero un'ora piacevole in uno dei saloni riservati a ricevere i visitatori importanti, bevendo succo d'ananas fresco. I due amici si aggiornarono sulle rispettive novità, sulla politica negli Stati

Uniti, sul nuovo presidente del Salvador, un giovane populista che si era già scontrato con gli americani, e sull'immancabile questione dell'emigrazione di massa dei salvadoregni.

"La gente se ne va per mancanza di opportunità, ma soprattutto per il problema della sicurezza. Il paese ha la cattiva reputazione di essere uno dei più violenti al mondo. Non sono stati in grado di controllare le bande, i trafficanti e i narcos," disse Doherty.

"È per questo che siamo qui, Phil. Rappresento una bambina che è arrivata con la madre in Arizona per chiedere asilo, a ottobre," disse Frank che proseguì riassumendo il caso e le indagini che stavano svolgendo per trovare la madre e procedere con il ricongiungimento.

"Perché siete così interessati a lei? Ci sono migliaia di minori nella stessa situazione," chiese Phil.

"A me è toccata Anita, quando è stata separata ed è arrivata al centro," rispose Selena. "Sono responsabile di molti bambini e voglio bene a tutti, ma lei è quella che ho in carico da più tempo e mi ha conquistato completamente."

"Perché è cieca?"

"Anche, ma pure se non lo fosse..."

"La madre è stata portata in un campo profughi?"

"Non lo sappiamo. Non è in quelli al confine con il Messico."

"Cosa succede se non la trovate?"

"Anita potrebbe essere dichiarata minore abbandonata e ottenere un visto speciale, ma come sai queste pratiche vanno molto per le lunghe."

"Contate su di me, se posso fare qualcosa per aiutarvi," si offrì Phil.

Selena aveva parlato poco, ma gli aveva fatto una tale impressione che Phil, mentre uscivano, trattenne di qualche passo Frank per sussurrargli all'orecchio che quella donna era una vera scoperta.

"Lo so," rispose Frank.

"Non lasciartela scappare, amico. Sposala."

Lola li accompagnò a El Tunco, la spiaggia dove il fratello di Marisol era istruttore di surf. Il tragitto di un'ora durò quasi il doppio a causa del traffico, ma quando raggiunsero la lunga spiaggia di sabbia grigia con il mare dalle onde forti si dimenticarono anche del caldo. Nonostante fosse un giorno feriale, era piena di gente – per metà turisti – ed era complicato farsi largo tra i ristorantini, i bar, i negozi di articoli sportivi e di artigianato. Lola spiegò che lì si allenavano le squadre internazionali di surf per le Olimpiadi.

Genaro Andrade li stava aspettando in un locale di quelli che servono birre ghiacciate e gamberi in salsa d'aglio e coriandolo. Era un uomo giovane, dalle spalle larghe, abbronzato e muscoloso, con metà del corpo tatuato, i capelli tinti e un sorriso dai denti irregolari. Era a conoscenza delle molestie subite da Marisol da parte di Carlos Gómez e in un'occasione era persino andato a parlargli per intimargli di lasciare in pace la sorella, con l'unico risultato che l'uomo aveva minacciato anche lui. Quel tizio era pericoloso, disse, era corrotto e invischiato fino al collo in affari loschi, proprio come lo era stato il padre. Genaro non aveva notizie di Marisol da mesi. L'ultima volta che l'aveva vista era stata durante la sua convalescenza: quando l'avevano dimessa dall'ospedale, era rimasta nascosta a casa di Genaro per un paio di mesi e non appena si era ripresa a sufficienza era andata a prendere Anita ed era partita per il Nord.

Disse loro tutto quello che sapeva su Gómez. Dopo essere stato licenziato dalla polizia, aveva trovato lavoro presso una delle tante agenzie di sicurezza private che proliferavano nel paese, e vi aveva lavorato per un paio d'anni, fino a quando l'agenzia non era stata indagata: era una copertura per traffico di persone e di armi. L'agenzia successiva era quella che forniva la vigilanza nel complesso residenziale in cui lavorava Marisol.

"Nessuno chiede delle referenze?" domandò Frank.

"I clienti fanno un contratto con l'agenzia, non chiedono referenze per le guardie che vengono mandate."

"Cosa intendi per traffico di persone, Genaro?"

"I migranti pagano i *coyotes* fino a diecimila dollari, a volte anche di più, per poter entrare illegalmente negli Stati Uniti. Ci sono *coyotes* affidabili, ma anche bande criminali che li abbandonano lungo la strada o che estorcono loro altro denaro. Se i migranti o le loro famiglie non pagano li fanno scomparire. Marisol non poteva pagare quella somma."

"È riuscita ad attraversare il Guatemala e il Messico senza aiuto," disse Selena.

"Le donne corrono parecchi rischi; vengono violentate, rapite, uccise. Non contano niente, e nessuno indaga. L'avevo avvertita, mia sorella."

"Intendeva chiedere asilo presso un porto d'ingresso, ma è stata fermata prima di mettere piede negli Stati Uniti. È quello che fanno con tutti, ormai. Per questo ha attraversato il deserto illegalmente," spiegò Selena.

"È stata una follia farlo con la bambina. Non so se rivedrò mai mia sorella o mia nipote."

"Ha idea di dove possa trovarsi sua sorella?"

"Non si è messa in contatto con me."

"È strano che Marisol non abbia cercato di capire cosa è successo a sua figlia," disse Selena.

"Sa perché Gómez le ha sparato?" domandò Frank.

"Non è stato un incidente. Mia sorella aveva scoperto per caso che Gómez è coinvolto in un traffico d'armi con dei militari: armi dell'esercito da vendere a una delle *maras*. Fino a questo punto arriva la corruzione. Doveva assicurarsi che lei non parlasse."

Visto che erano lì, Genaro insistette perché facessero un bagno e prestò un costume a Frank, che aveva fatto surf in molte spiagge, ma in poche come quella e mai con un istruttore audace come Genaro, che sfidava le onde da quando era bambino. Lola e Selena preferirono rimanere all'ombra a godersi un gelato al cocco.

"Le nostre volontarie del Progetto Magnolia non hanno trovato Marisol nei campi profughi al confine con il Messico. Ci passa un sacco di gente, regna il caos, le *maras* fanno quello che vogliono e la polizia non interviene. Ci sono migliaia e migliaia di persone che aspettano di chiedere asilo," disse Selena a Lola.

"Perché pensa che Marisol possa essere in uno di quei campi?"

"Perché in genere è così. Mandano i detenuti oltre il confine senza curarsi della loro provenienza. Se fosse stata espulsa con la procedura legale, il suo nome sarebbe registrato, ma non sono riuscita a farmi dare la conferma. Quelli dell'immigrazione non ci passano nessuna informazione."

"Ma perché non ci ho pensato prima!" esclamò Lola. "Se è stata espulsa, deve essere arrivata qui in aereo e il suo ingresso deve essere registrato. Mio marito lavora all'aeroporto; può verificarlo lui," aggiunse Lola e prese il cellulare per chiamarlo.

Alle sette di sera, dopo una cena a base di un intero dentice a testa, yucca fritta e insalata, si rimisero in viaggio per la capitale. Alle dieci, il marito di Lola li avvisò che Marisol Andrade de Díaz non era entrata nel paese negli ultimi sei mesi.

Anita

Tucson, marzo 2020

La miss Selena non si è vista per qualche giorno perché è andata nel Salvador. Ha portato le foto della mamma che ci ha mandato la Tita Edu e quelle che ha fatto lei alla nonna, ai cani e anche ai pappagallini; stanno tutti bene. La miss Selena mi ha descritto le foto e io le tengo nello zaino così tutti sanno che ho una famiglia e nessuno può adottarmi. È andata in aereo con Frank. Venire da là con la mamma è stato lunghissimo, mentre in aereo ci vuole un pomeriggio, è veloce come andare su Azabahar con le angele; si arriva in un batter d'occhio. Deve essere fantastico volare in aereo.

La Tita Edu era triste perché non ci eravamo mai sentite. Ora ha il numero di cellulare della miss Selena e potrò parlare con lei ogni settimana. La Tita Edu sa come si fa: deve comprare una scheda telefonica e con quella può chiamare. La miss Selena organizzerà tutto. Un giorno anch'io avrò un cellulare. Ma ti avverto, Claudia, se ci mettiamo a piangere quando parliamo con la Tita Edu, per lei è come un coltello nel cuore. Dobbiamo promettere che non piangiamo o dirò alla miss Selena che forse è meglio non chiamarla.

Frank è molto impegnato con i documenti da preparare per farci incontrare con la mamma, è per questo che non viene, ma almeno ci posso parlare con FaceTime. Credo di aver capito quasi tutto quello che mi ha detto sul giudice. Potrebbe essere un giudice donna. Se è donna, meglio. Frank dirà che il mio inglese è così così e sicuramente mi lasceranno parlare in spagnolo; hanno degli interpreti, che sono le persone che pensano velocemente in inglese e in spagnolo. Non bisogna fare i capricci; si può piangere, ma non strillare. So cosa devo dire, solo la verità, quello che Carlos ha fatto alla mamma, l'ospedale e tutto il viaggio, la parte a piedi, che è stata molto lunga e faticosa, i camion pieni di gente e poi il tetto del treno, che è stato quello che mi ha spaventato di più perché si muoveva tantissimo e se si cade da lassù si finisce sotto le ruote e si muore o si resta senza gambe. Frank sa che siamo dovute partire per colpa di Carlos. Mi ha detto che non devo chiamarlo zio Carlos, perché zio vuol dire che c'è affetto mentre lui è cattivo e ci ha fatto del male. Il giudice non sa il modo in cui noi diciamo zio, qui non si usa, si dice mister o miss.

Da quando ci hanno portato in questa casa-famiglia non sono più riuscita a vedere la mia angela perché c'è un sacco di chiasso e la televisione è sempre accesa; così ho troppi rumori nella testa. Ma lei è qui, è il suo lavoro: prendersi cura di me. Appena la vedo le chiedo di portarci via e di andare da qualche altra parte ad aspettare la mamma. Ma cosa dici, Claudia, figurati se le possiamo telefonare… Hai mai visto un angelo con il cellulare, in chiesa? Ecco, neanche le angele hanno il cellulare. Forse una lettera, ma la mia scrittura non si capisce. Avevo la calligrafia più bella della classe e ora non riesco nemmeno a leggere o a scrivere. È così che va.

La miss Selena mi ha detto di non preoccuparmi, che casa-famiglia è solo un nome, non significa che ci adotteranno. Abbiamo una famiglia, non siamo sole. Questa casa si chiama anche casa affidataria, o qualcosa del genere, ma tutti la chiamano *foster home*, si dice così in inglese. Non m'interessa come si chiama, tanto non mi piace. È come una famiglia, con un papà, una mamma e dei fratelli, ma io non voglio un'altra mamma, ne ho già una che si chiama Marisol, il papà è morto e non voglio fratelli. L'ho già detto tante volte, ma sembra che non devo dirlo più, perché se no si arrabbiano e ci buttano per la strada.

A quanto pare bisogna chiamare mamma la signora che comanda nella casa-famiglia, ma le ho spiegato che non chiamerò mai nessuno così, tranne la mia mamma. Se vuole posso chiamarla signora María, ma non le è piaciuto. Non le è piaciuto nemmeno quando le ho detto che non poteva adottarmi. Credo che si è un po' arrabbiata, perché ho sentito che diceva alla miss Selena che ero sciocca e sfacciata. Questo non è vero. Nessuno mi ha mai dato della sciocca o della sfacciata in tutta la vita, possono chiedere alla Tita Edu e alle mie maestre di scuola. Almeno questa signora María parla spagnolo, è messicana, credo, i bambini li chiama *chamacos* invece di *cipotes*. Dicevano così in Messico; ti ricordi quando abbiamo attraversato il Messico? L'unica cosa bella qui è che non dobbiamo sopportare il Verme di Cacca e il Vomito di Iguana. Gli altri bambini qui sono più piccoli e non ci danno fastidio.

So come mandare un messaggio alla mia angela. È facile. Ci vuole un buco in un albero, o in terra, ma va bene anche in una pietra. Nel buco infilo il messaggio e rimane lì finché l'angela non se lo prende. È la stessa cosa di quando si parla con le fate, gli gnomi, gli elfi, gli spiriti e tutti gli esseri magici della foresta e delle acque. È meglio lasciare un messaggio scritto in un buco, ma va bene anche a voce. Le dirò che sono già molto stanca di aspettare qui al Nord, ma che non possiamo tornare nel Salvador senza la mamma, questo mai, e che quella della casa-famiglia non è una buona idea. Non potrebbe trovarci un altro posto? Sarebbe bellissimo andare a vivere con la miss Selena a casa sua. So che anche a lei piacerebbe, me lo ha detto, però non si può. Devo pensare bene a cosa dire nel messaggio, non posso chiedere troppo. La cosa più importante è che torni la mamma.

Stasera andiamo a una festa su Azabahar, ma non posso consegnare il messaggio alla mia angela lì, lo farò dopo. Tutte le persone, gli animali e gli esseri magici che già conosciamo vanno alla festa travestiti, perché è come un carnevale. A noi i costumi ce li prestano: il tuo è da farfalla, così potrai volare, e il mio è da colibrì, per volare con te. Volevo un costume da sirena per nuotare nel mare con i delfini e le foche, ma devo venire con te. Fai attenzione Claudia, questa è la nostra prima festa lassù e dobbiamo essere simpatiche così ci invitano di nuovo. Ricordati di salutare e ringraziare.

Devo lavare la Didi, perché così non possiamo portarla da nessuna parte, su Azabahar non la lasceranno entrare. Magari la lascio a mollo nella vasca in cortile, così non sporco il bagno. Ho messo un po' di shampoo nel bicchiere dello spazzolino, vedrai che la Didi tornerà come nuova, lo shampoo è meglio del sapone. Poi la farò asciugare al sole. La Tita Edu lava così i vestiti e siccome la Didi è di stoffa, posso lavare così anche lei. Se non fa in tempo ad asciugarsi, ce la portiamo bagnata.

Quando tutti sono andati a letto e hanno spento la televisione e le luci, allora ti sveglio e usciamo zitte zitte nel cortile. Attenta a non fare rumore, hai capito, Claudia? La mia angela sarà lì ad aspettare, ma potrebbe essere invisibile. Non importa. Se ha detto che ci sarà, allora ci sarà. Le angele non possono dire bugie, è assolutamente proibito: se lo fanno, vengono licenziate e rimangono senza lavoro. Per loro è molto brutto.

Bisogna rannicchiarsi tra il muro e i cespugli e chiudere gli occhi. Non puoi aprirli, Claudia, perché poi ti spaventi e rovini tutto. È un viaggio molto complicato, bisogna seguire le regole. È come quando andavamo in autobus con la Tita Edu e lei ci dava le istruzioni; la prima che disobbediva si beccava un pizzicotto. Ti racconto altre cose su Azabahar. Su quella stella io vedo tutto benissimo, come prima dell'incidente. Ti avevo detto che lì eravamo principesse e la mamma era regina e la Tita Edu era la fata madrina, ma mi sbagliavo, penso di aver capito male la mia angela; là le persone, gli esseri magici e gli animali sono uguali. Bisogna salutare tutti con un inchino, come ti ho insegnato. Adesso ti racconto i paesaggi con le palme e le spiagge di quel paese, i colori brillanti, la città di vetro, le cascate di orzata e di carcadè; gli arcobaleni e il cielo, che non è azzurro ma rosa e a volte giallo; le vasche piene di gelati che possiamo mangiare senza pagare, perché là le cose sono gratis; gli animali di tutti i tipi ma che non sono pericolosi, perché nessuno li disturba e non hanno mai fame; la musica e l'enorme circo dove si può volare con i trapezi e montare sugli elefanti e nessuno ha paura, perché lì se si cade dal trapezio si galleggia in aria come fa un palloncino.

Nessuno ci porterà mai più via la Didi, Claudia. La signora María si è arrabbiata per niente, perché quando si bagna il letto non si ha colpa, lo diceva la miss Selena alla *casita* e qui in questa casa-famiglia è lo stesso. La signora María non aveva il diritto di portarci via la Didi, gliel'ho spiegato molto chiaramente, non è giusto, e le ho detto che se non me la ridava io chiamavo Frank, che è il mio avvocato. Mi stava per picchiare, era pronta a farlo, ma poi ci ha ripensato e mi ha chiuso nello sgabuzzino. È stato solo per poco tempo e non ho avuto paura. Lo sgabuzzino è tutto in disordine e puzza, perché ci sono anche delle scarpe schifose lì dentro. A parte la puzza e la mancanza d'aria, non me ne importava niente. Lo sai, Claudia, che io non ho paura del buio, per via degli occhi, ma mi scocciava che non mi ha ridato la Didi. Le ho detto che la prossima volta doveva punirci tutte e due.

Alla signora María questa cosa non è piaciuta proprio, ha detto che la stavo prendendo in giro.

La miss Selena ha parlato con la signora María della faccenda dello sgabuzzino e io ho sentito tutto, anche se c'era la porta chiusa e cercavano di parlare basso. La signora María ha detto che in tanti anni di questo mestiere non ha mai visto una bambina insolente come me, che oltre a essere cieca ho anche dei problemi mentali, che non sono normale. La miss Selena le ha risposto che non c'è niente di normale nella mia vita. Su questo ha ragione. Poi la miss Selena mi ha chiesto di sforzarmi di essere rispettosa con la signora María, che ha molto lavoro da fare con i bambini di cui si occupa. Poi, per colpa del virus che è nell'aria, non ha aiuti, non può mandare i bambini all'asilo o a scuola, neanche al parco li può portare, perché è chiuso. Per questo si arrabbia, ma non è cattiva. Ha detto così la miss Selena, ma non la conosce.

Ho anche sentito che mi porteranno da una psicologa. So cos'è, perché sono andata da una psicologa quando abbiamo avuto l'incidente. È più come una maestra, non una dottoressa, non visita e non fa le punture. Ci andrò con la miss Selena e posso portare la Didi; anche tu verrai con me, Claudia. Non c'è da piangere. Dobbiamo essere brave. Non siamo scomparse. Il vento conosce il mio nome e anche il tuo. Tutti sanno dove siamo. Io sono qui con te, so dove sei tu e tu sai dove sono io. Lo vedi? Non bisogna avere paura. La mamma ci può trovare, deve solo domandarlo alla miss Selena o alla Tita Edu per telefono. Non bisogna preoccuparsi nemmeno per l'angela. Lei sa sempre dove siamo e non si allontana mai.

Leticia

Berkeley, marzo-giugno, 2020

Come tutte le mattine, eccetto la domenica, Leticia passò dalla pasticceria Brunelli a comprare un cappuccino per sé e uno per Mister Bogart. Ricordò al barista che uno doveva essere decaffeinato; aveva preso quella decisione senza informare il signore, perché la caffeina gli faceva venire la tachicardia. Era convinta che, senza le sue premure, quell'uomo sarebbe già stato morto e sepolto. Quando era rimasto vedovo, si era lasciato andare al dolore, non voleva mangiare, a malapena mandava giù il passato di verdure e la zuppa di pollo che lei gli preparava, tutto biologico. Era il periodo in cui gli appariva Nadine, la moglie, sul pianerottolo della scala, insieme alle donne in abiti d'epoca, le dame dissipate che avevano esercitato la professione proprio in quella casa molti, moltissimi anni prima. Mister Bogart le descriveva a Leticia in modo talmente dettagliato e convincente che anche lei aveva cominciato a vederle, pur non credendo ai fantasmi. Se fossero esistiti davvero, sarebbe stato un intero paese a far loro visita.

Era facile immaginare che nella casa di Mister Bogart vagassero delle anime in pena; era grande, buia, aveva alcune stanze chiuse, molto legno e poca luce, gemeva perché le facevano male le articolazioni e a volte, quando la pressione dell'acqua variava, i tubi singhiozzavano. Leticia la puliva da vent'anni, la conosceva meglio di chiunque altro: la sua scopa e lo spolverino erano passati in ogni angolo, tranne che in soffitta. All'inizio quella casa le sembrava brutta, ma col tempo aveva iniziato ad amarla. Se fosse dipeso da lei, l'avrebbe dipinta di colori chiari, per darle una certa aria giovanile, e avrebbe buttato via metà dei mobili, decrepiti quanto la casa, soprattutto i tappeti lisi, anche se il signore diceva che erano antichi e molto preziosi. Li aveva acquistati durante un viaggio in Turchia. Era sicura che fosse stato truffato. Non si capacitava di come l'avessero convinto a comprare dei tappeti malandati quando ne vendevano di nuovi ovunque.

Nadine e le donnine allegre erano sparite quando Mister Bogart aveva iniziato a prendere gli antidepressivi che lo avevano riportato nel mondo dei vivi, ma non era comunque tornato alla normalità finché non era arrivato Paco a salvarlo. Leticia aveva trovato il cane che rovistava tra i rifiuti in un vicolo dietro casa, così magro, puzzolente e malridotto che era sopravvissuto per miracolo. Era un incrocio di una mezza dozzina di cani bastardi, con la faccia da iena, ma dal carattere pacifico, come un Gandhi, nulla lo turbava. Gli aveva fatto il bagno e, non appena le piaghe erano guarite, lo aveva portato al vedovo per aiutarlo a elaborare il lutto. Ben presto l'uomo e il cane erano diventati inseparabili.

Mister Bogart era stato sposato per più di cinquant'anni e la malattia della moglie era stata così rapida da impedirgli di prepararsi alla vedovanza. Era molto riservato circa i suoi sentimenti, ma Leticia aveva intuito che era stato innamorato, altrimenti non avrebbe continuato a vederla apparire. Sapeva che i fantasmi spesso girano intorno ai vecchi smemorati, ma il signore era assolutamente lucido. Leticia aveva lavorato per un certo periodo in una casa di riposo e aveva verificato che alla fine della vita, quando la solitudine si impadronisce delle persone, i morti vanno a trovarle. Immaginava che anche i morti si sentissero molto soli. Mister Bogart vedeva la moglie per amore più che per solitudine; l'amore capita a qualsiasi età, pensava Leticia, e lo aveva constatato nella casa di riposo, dove c'era una coppia innamorata di ultranovantenni. Trascorrevano la giornata insieme, guardandosi negli occhi, silenziosi e felici, ma non avevano potuto sposarsi perché i figli di lei non volevano problemi con l'eredità, dato che la signora era in possesso di un certo patrimonio. Alla luce di ciò, Leticia aveva organizzato una cerimonia per sposarli poeticamente: si era vestita di nero e si era fatta passare per un'ufficiale di stato civile. La solennità del suo discorso aveva fatto venire a tutti le lacrime agli occhi: i due vecchietti erano felici e i figli non erano nemmeno venuti a saperlo.

Non solo la caffeina, ma anche il telegiornale faceva venire la tachicardia a Mister Bogart, motivo per cui

Leticia gli dava sempre la sua medicina prima di accendere la televisione. Da quando c'era quel presidente alla Casa Bianca, il signore era sempre infuriato. Non era l'unico; a Berkeley quasi tutti avevano quello stato d'animo, tranne lei, che se ne fregava della politica perché indipendentemente da chi fosse ai vertici a comandare, non cambiava nulla per chi stava in basso a guadagnarsi da vivere con fatica. Come era successo a lei, che si era guadagnata da vivere lavando i piatti in ristoranti malfamati, accudendo bambini e anziani, facendo il bagno ai cani, vendendo uova e formaggio porta a porta, e con altri lavori più pesanti e peggio pagati di quello attuale, che le consentiva di scegliersi i datori di lavoro e di farsi retribuire a ore per i suoi servizi di pulizia.

Alle sette e mezzo del mattino, Mister Bogart aspettava Leticia in camera da letto, con Paco che russava ai suoi piedi. Al momento del suo arrivo, lui aveva già aperto la finestra, anche d'inverno, per arieggiare e togliere l'odore di cane, anche se lei sospettava che si trattasse di odore di vecchio, perché Paco non puzzava. La stanza era grande e lugubre, come il resto della casa, e sarebbe sembrata una caverna se Leticia non avesse investito in fiori da mettere nei vasi. Quando entrava, si sedeva su una poltrona, malandata come il resto dei mobili, e bevevano insieme il cappuccino guardando il telegiornale. Poi lui si faceva la doccia e si vestiva da solo, perché il pensiero che lei lo vedesse nudo lo spaventava. Leticia gli aveva suggerito più di una volta di rilassarsi, perché in futuro avrebbe dovuto pulirgli il deretano. "Puoi star certa che quando sarà arrivato quel giorno, mi suiciderò," era stata la risposta del signore. A parte la tachicardia e la pressione alta, l'uomo era sano e aveva un bell'aspetto per i suoi ottantasei anni, aveva persino i capelli. Era pulito e curava molto la sua persona, andava in giro rasato e ben vestito, come se avesse dovuto farsi fotografare; aveva le manie e i modi di un gentiluomo d'altri tempi. Frequentava una palestra, pagaiava in kayak nella baia e andava in bicicletta. Leticia temeva che prima o poi si sarebbe spaccato la colonna vertebrale in una caduta; lo aveva pregato di sistemare una cyclette in una delle stanze vuote, se era una questione di esercizio, ma lui non le aveva dato retta. Dopo il telegiornale, non si vedevano più fino al giorno successivo: lui faceva ginnastica, usciva o preparava le sue conferenze e il programma radiofonico, lei finiva le pulizie e poi andava a lavorare nelle altre case.

Una mattina Leticia vide sulla porta della pasticceria Brunelli il primo segnale di ciò che avrebbe cambiato la sua vita e quella del resto del mondo. "Da domani il negozio resterà chiuso fino a nuovo ordine a causa del Covid-19." Da parecchi giorni il virus era l'argomento principale sulla stampa, ma lei fino a quel momento non lo aveva preso sul serio.

"Questi sono gli ultimi cappuccini di Brunelli per un po', Mister Bogart," gli annunciò. "Dovremo ordinare una macchina per il caffè."

Accesero la televisione e appresero che in California era stata emanata l'ordinanza di chiudersi in casa a partire dalla mezzanotte del giorno successivo; nessuno poteva uscire tranne chi svolgeva un lavoro essenziale; tutti gli altri avrebbero dovuto lavorare da casa. L'epidemia aveva avuto inizio in Cina e si era rapidamente diffusa in tutto il pianeta, lasciando dietro di sé una scia di malati gravi e decessi. Quasi subito il cellulare di Leticia iniziò a squillare e uno dopo l'altro i suoi datori di lavoro le comunicarono che sospendevano la sua collaborazione. Calcolò che se lo stato d'emergenza si fosse protratto avrebbe dovuto attingere ai suoi magri risparmi. La chiamò anche Alicia, sua figlia, che viveva in una base militare nel Sud della California. Suo marito era tenente di Marina e lei era infermiera. "Qui si rispettano gli ordini, mamma, siamo più sicuri che da qualsiasi altra parte, stai tranquilla," le disse.

Il divieto di uscire fu un colpo durissimo per Mister Bogart, abituato com'era a una routine immutabile; non avrebbe potuto fare esercizio in palestra, tenere le sue conferenze o ritrovarsi con il suo quartetto, come faceva settimanalmente. E nemmeno sarebbe potuto andare la sera in uno dei club di San Francisco ad ascoltare e suonare il jazz. L'età non gli aveva tolto nemmeno un briciolo di energia quando si trattava di sedersi al pianoforte in una jam session. L'unica cosa che avrebbe potuto fare da casa era registrare il suo programma di musica classica per la radio.

"Spero che tu non mi lascerai," disse a Leticia.

"Non penso di dover continuare a venire, Mister Bogart. Immagini se le portassi il virus, alla sua età sarebbe fatale."

"Di qualcosa si deve morire."

"Gli altri hanno già disdetto le mie ore. Per precauzione. Questo virus non è uno scherzo, signore."

"Se dobbiamo rimanere in quarantena, dovresti restare qui con noi."

"In questa casa?"

"Sì, certo, in questa casa. Sarà solo per due o tre settimane, la situazione non può durare di più. Io e Paco moriremo di noia rinchiusi qui. E che cosa mangeremmo? Io non so cucinare nemmeno un uovo."

"Ma lei sa che io lavoro anche in altre case."

"Ma non mi hai appena detto che gli altri hanno annullato i tuoi servizi? Ti pagherò di più e avrai gran parte della giornata libera. Che ne dici?"

"Non le servono pulizie e cibo, ma compagnia, giusto?"

"Giusto. Qui starai bene. Pensa a come sarebbe rimanere da sola nella tua casa mobile: una specie di cella di isolamento."

"La mia casa è piccola, ma molto accogliente."

"Dimmi di sì, Leticia!"

"Dovrei portare Panchito, il mio pappagallo..."

"Nessun problema. Panchito è il benvenuto."

Leticia andò a prendere il necessario: Panchito, dei vestiti, il lavoro a maglia, le vitamine e il romanzo che stava leggendo per il suo club di lettura. Al ritorno passò dal supermercato e riempì il bagagliaio con una spesa per due settimane. Trovò Mister Bogart pronto a portar fuori il cane – era ancora permesso – ed entusiasta all'idea della convivenza. Le suggerì che poteva essere una soluzione continuativa, se l'esperimento funzionava. "Ovviamente saresti equamente stipendiata," le ripeté. "Neanche per sogno," rispose lei, pensando che non era conveniente lavorare a tempo pieno come domestica: significava sopportare gli svantaggi di essere sposata a un uomo anziano e non avere nessuno dei vantaggi, ammesso che ce ne fossero. Mister Bogart non si offese, ma si preparò a insistere per farla cedere e, per invogliarla, le offrì la stanza migliore, con accesso diretto al giardino e un bagno privato, quella dove sua moglie aveva il laboratorio. Il suo telaio preferito e alcuni degli arazzi erano ancora lì. Leticia si sistemò rapidamente, pronta a godersi lunghi bagni nella vasca e a guardare la televisione fino all'alba. Stava divorando una telenovela brasiliana di duecentoquaranta episodi doppiata in spagnolo.

Camille, la figlia di Mister Bogart, chiamò verso le quattro del pomeriggio, che per lei a New York erano le sette, per lamentarsi del fatto che a causa della pandemia nessuno poteva andare in ufficio – era la direttrice di una rivista di moda – e recitò l'intero rosario delle sue disgrazie: avrebbe dovuto preparare il numero successivo della rivista da casa, il galà di raccolta fondi per la compagnia di ballo era stato annullato, il parrucchiere era chiuso così come i ristoranti, dover comprare del cibo in contenitori di cartone le sembrava volgare, e come avrebbe fatto senza la filippina che puliva il suo attico? Non chiese a suo padre come stava. Il loro era un rapporto teso.

In un momento di particolare frustrazione, Mister Bogart aveva confessato a Leticia che Camille era interessata solo al denaro e alla posizione sociale, non sembrava né figlia sua né di Nadine LeBlanc. Non aveva una buona opinione nemmeno di Martin, il figlio di Camille, l'unico nipote. "È più fascista di Mussolini," le aveva detto, e lei aveva dovuto cercare quel nome su Internet. Neanche a Leticia piaceva Martin, ma pensava che fosse tutt'altro che stupido se così giovane era già consigliere del presidente, un altro motivo per non essere nelle grazie del nonno. Leticia lo conosceva da quando era bambino e lo aveva visto l'ultima volta al funerale di sua nonna Nadine: aveva circa ventotto anni ed era calvo, come Mussolini. Erano cinque anni che non veniva a trovare il nonno.

Il padre di Martin – secondo Mister Bogart un imbroglione – aveva fatto i soldi grazie a un gran fiuto per gli affari e poca onestà, e quando aveva divorziato da Camille l'aveva lasciata sistemata molto bene. Martin era cresciuto a Manhattan in un palazzo con tanto di portiere, aveva frequentato le migliori scuole e università private e si era distinto fin dall'adolescenza per il razzismo fanatico e per la sua posizione ultraconservatrice, al punto da suscitare fastidio nei coetanei e negli insegnanti. Lungi dal soffrirne, Martin si vantava dell'ostilità che generava nei più, poiché aveva sempre un seguito di fedelissimi. Si divertiva a umiliare gli avversari; era un gioco in cui vinceva sempre.

Mister Bogart cercava di ricordarlo da bambino, prima che si radicalizzasse: era intelligente e vivace, guardavano insieme i cartoni alla televisione e gli aveva insegnato a giocare a scacchi all'età di cinque anni. A sette anni Martin lo batteva già. Facevano insieme i puzzle e per ogni tessera che lui metteva suo nipote ne sistemava dieci. Durante le vacanze estive, quando Camille lo mandava a trascorrere un paio di settimane dai nonni in California, andavano in barca, a pescare rombi e storioni nella Baia di San Francisco e in bicicletta sulle colline. Cercava di stabilire con il nipote il rapporto che non era riuscito ad avere con la figlia. L'anziano signore raccontava a Leticia di quei tempi, chiedendosi cosa diavolo fosse successo per far cambiare così tanto il ragazzo.

Ricordava anche lei con nostalgia l'anno in cui aveva conosciuto Martin, quando era alle soglie dell'adolescenza. Per qualche mese era rimasto un ragazzino normale, che divorava i pancake che lei gli preparava. Appena iniziato il liceo, però, si era trasformato nel personaggio che suo nonno detestava. Leticia aveva inciso nella memoria il primo segnale dell'uomo che quel ragazzo sarebbe diventato. La nonna Nadine gli aveva detto di portare il suo piatto in cucina e lui, per tutta risposta, lo aveva buttato per terra aggiungendo altezzoso che era compito di Leticia: non era lei la cameriera?

La donna si rammaricava che Mister Bogart avesse una famiglia così piccola e scombinata. A parte il quartetto, Mister Bogart poteva contare su pochi amici, perché da quando era rimasto vedovo aveva trascurato le relazioni sociali. Quando la moglie era in vita, la loro era una casa aperta, avevano spesso ospiti e Leticia aveva imparato a cucinare ricette speziate di New Orleans per far fare bella figura alla signora. Senza Nadine, la casa aveva preso un'aria di desolazione, gli amici si erano allontanati e Mister Bogart non aveva fatto alcuno sforzo per trattenerli, perché non ne sentiva la mancanza. Si era chiuso in sé stesso. Forse era stato così tutta la vita, pensava Leticia.

Erano passati due mesi da quando era stata dichiarata la pandemia, e Leticia abitava ancora a casa del signore. Non avrebbe mai immaginato che la reclusione sarebbe durata così a lungo. La primavera arrivò con una festa di api e fiori, anche se in quel periodo i giardinieri non erano andati a lavorare, e il clima benevolo alleviò un po' la pesantezza dell'atmosfera. Il virus non accennava a mollare la presa, c'erano già più di novantamila morti nel paese e centinaia di migliaia nel resto del mondo e diversi laboratori gareggiavano in una corsa folle per la creazione di un vaccino. La pandemia divenne un'arma politica: alcuni la consideravano una bufala dell'opposizione e si rifiutavano di indossare le mascherine, mentre gli altri seguivano le istruzioni dello specialista in epidemie. A mano a mano che il numero di morti aumentava e gli ospedali si riempivano, il governo cercava di minimizzare la situazione o suggeriva cure improbabili, come i gargarismi con la candeggina. Leticia vedeva la figlia o la nipote solo su FaceTime, ogni due o tre giorni. Aveva perso gli altri lavori, ma con quello che guadagnava da Mister Bogart riusciva a pagare le bollette, a far fronte alle spese, che erano poche, e ad aiutare la figlia. Rispetto ad altre persone, si sentiva fortunata.

Durante quel periodo, stabilì con il signore una routine che andava bene a entrambi. Mister Bogart pretese fin dal primo giorno che lei si sedesse a tavola con lui e che non mangiasse in cucina.

"Quando mi chiamerai per nome, Leticia? Ci conosciamo da un secolo e mi chiami ancora Mister Bogart," le disse.

"Mai, signore, le gerarchie vanno rispettate; la confidenza tra padrone e domestica di solito finisce male," rispose lei.

Sapeva che Bogart non era il suo nome, ma il soprannome che gli aveva dato la moglie dal primo momento in cui si erano conosciuti, perché da giovane assomigliava a Humphrey Bogart – la stessa espressione disillusa e il cappello di sbieco –, un attore così vecchio che Leticia non lo aveva mai sentito nominare. Ben presto aveva scoperto chi era perché, su richiesta del signore, aveva visto *Casablanca* più volte in televisione. All'inizio non si aspettava granché da un film in bianco e nero, ma poi aveva sviluppato una dipendenza e chiedeva di vederlo almeno una volta alla settimana. Conosceva a memoria diverse battute che, per rallegrare il signore, recitava con un'enfasi esagerata. Cercava di immaginare come sarebbe stato Humphrey Bogart a ottant'anni, ma l'attore non li aveva raggiunti, era morto a cinquantasette da tanto fumava, molto prima che lei nascesse. Il signore si chiamava Samuel Adler, ma per lei sarebbe sempre stato Mister Bogart.

Nadine, sua moglie, non credeva di morire, anche se la diagnosi non aveva lasciato scampo, e non si era preparata. Leticia, ritrovandosi con molto tempo a disposizione, decise di sistemare il caos che lei si era lasciata alle spalle. Fino a quel momento il vedovo le aveva impedito di farlo. "Quando mi sentirò pronto, Leticia, te lo dirò e allora potrai fare ciò che vuoi con le cose di mia moglie," le aveva detto. Era stato irremovibile nel vietare alla figlia di toccare ciò che la madre aveva lasciato, ma a sua insaputa Camille si era presa quel che voleva.

"Il tedio di questa reclusione mi obbliga a riflettere. Devo mettere ordine nella mia vita e in questa casa prima di andarmene," disse a Leticia.

"Perché pensa a una cosa del genere, signore? Se ben assistito, vivrà fino a cent'anni."

"Ti occuperai di me?"

"Chi altri potrebbe farlo? Ma per mantenersi giovani di spirito ci vuole un po' di romanticismo, non è mai tardi per questo."

"Che sciocchezze che dici!" esclamò, scoppiando a ridere.

"Nessuna sciocchezza. La compagnia si trova online. Se vuole, posso aiutarla. Mi sa che sarà l'ottuagenario single più richiesto della California: pochi acciacchi, bella presenza, testa che funziona e denaro."

"Sai quanti soldi ho?" le chiese.

"No, ma so che non le mancano. Ci sono un mucchio di donne di una certa età in cerca di un compagno e pochissimi uomini anziani disponibili che riescano a mettere insieme due frasi e non girino con il pannolone. E quei pochi vogliono donne di trent'anni più giovani, ma non mi sembra il suo caso," disse Leticia.

"Non mi dispiacerebbe una ragazza giovane..."

"Non ci pensi nemmeno! Faremo molta attenzione nella selezione delle candidate, perché molte di loro sono a caccia di soldi. Vicino a casa mia viveva un veterinario di settantacinque anni con diverse proprietà in affitto che è caduto nelle grinfie di una sgualdrina cinquantenne e nel giro di un anno è morto. La vedova ha ereditato parecchio. Dicono che l'abbia avvelenato."

"Dovremo aspettare che la pandemia finisca per mettere in atto questo progetto, Leticia. Prima di pensare a un'ipotetica assassina, mettiamo in ordine questa casa."

"In altre parole, mi dà il permesso..."

"Sì, ma non buttare nulla nella spazzatura prima di avermelo chiesto."

"Glielo prometto," rispose senza la minima intenzione di mantenere la parola.

Si mise al lavoro e fu colpita dall'enorme traccia di sé che ognuno lascia nel mondo nel corso della propria vita. Nel guardaroba di Nadine trovò abiti anni settanta, scarpe con plateau e gonne indiane con specchietti; in quel periodo si vestiva da hippie, anche se aveva già avuto Camille e stava iniziando a farsi un nome con gli arazzi. Leticia riuscì a seguire tutte le sue fasi grazie ai vestiti, molti dei quali già tarmati. Negli anni ottanta non rimaneva più nulla del suo stile bohémien, quando ormai era un'artista famosa e si vestiva da uomo. Trovò foto di lei in completo, occhiali dalla montatura nera e stivali. Arrivata ai cinquant'anni aveva avuto una breve parentesi di gonne corte, maglioncini aderenti e tacchi alti, quasi volesse apparire sexy o compiacere l'amante del momento, ma a un certo punto doveva essersi stancata della moda e negli anni successivi, fino alla morte, aveva adottato jeans sbiaditi e camicie sportive, che accentuavano il suo aspetto efebico facendola risultare più attraente che con le scollature provocanti della menopausa.

Dagli armadi e dai cassetti, Leticia tirò fuori farmaci scaduti, vecchi cosmetici e gioielli etnici fatti a mano; quelli di valore se li era presi Camille il giorno stesso in cui sua madre era stata sepolta. Trovò anche diari e lettere che intendeva leggere. Non le sembrava di essere indiscreta, perché il vedovo dimostrava poca curiosità per quel materiale; forse non desiderava avere la conferma di quel che sospettava.

I giorni si fecero lunghi, tutti uguali, si fondevano l'uno nell'altro. "Oggi è come ieri e domani sarà come oggi," disse Leticia con un sospiro. Il signore aveva ordinato la macchina per il caffè e la giornata iniziava come sempre con la condivisione del primo cappuccino e del telegiornale. Poi lui si vestiva e portava a spasso Paco, indossando mascherina e guanti di gomma, mentre lei faceva le pulizie. Andavano insieme a fare la spesa; lui rimaneva nel furgoncino e lei entrava nel negozio, sempre con mascherina e guanti. La gente si lamentava perché mancavano alcuni prodotti: farina, disinfettante, latte in polvere, carta igienica. "Si vede che non si sono mai trovati nei guai," borbottava Leticia. Consumavano un pranzo leggero, di solito un'insalata, e nel pomeriggio ognuno si dedicava alle sue cose, lui alla musica, ai libri e alla cyclette, che alla fine aveva sistemato in una delle stanze, e lei alla telenovela brasiliana e a scavare nel passato di quella famiglia, in particolare in quello di Nadine, che era diventato un'ossessione perché presentiva che ci fosse un legame con il suo.

Mister Bogart aveva stabilito che avrebbero dovuto cenare in modo formale per evitare di trasformarsi in selvaggi. I coloni britannici avevano adottato quella consuetudine nei più remoti possedimenti dell'impero. Si vestivano con abiti di gala per mangiare lenticchie e stufato di tigre sotto un gazebo, serviti da indigeni in guanti bianchi. Ciò non aveva tuttavia impedito ai britannici, e con frequenza, di comportarsi da selvaggi. Lui si presentava in giacca e lei si toglieva il grembiule, si metteva gli orecchini e si truccava gli occhi. "Stai benissimo, Leticia," le diceva ogni sera, come esercizio di galanteria. "Anche lei, Mister Bogart." Lei apparecchiava la tavola con una tovaglia lunga, il servizio buono e i bicchieri di cristallo, lui metteva musica di facile ascolto, perché pensava che lei non apprezzasse quella classica. Prima di cena, bevevano un drink, vodka con ghiaccio per lui e diversi cocktail per lei: Piña Colada, Cuba libre, Bloody Mariachi, Margarita al mango, Martini al cocco e altri che improvvisava secondo l'ispirazione del momento. Nei tempi in cui in quella casa si riceveva, il bar era ben fornito e rimanevano ancora diverse bottiglie di alcol che lei decise di consumare un po' alla volta, per evitare che si guastassero. Quello era il momento in cui conversavano e si conoscevano. Leticia gli carpiva le informazioni con prudenza, perché se mostrava troppa curiosità lui si zittiva. Era un uomo di poche parole, ma dopo la seconda o la terza vodka diventava loquace e cominciava a raccontarle del passato e di sua moglie. Gli mancava.

"Non crede che a forza di pensare alla signora Nadine lei stia inventando una leggenda?" gli chiese Leticia.

"Tutti abbiamo il diritto di inventare la nostra leggenda."

"La mia non ho bisogno di inventarla, signore."

Leticia lavorava in quella casa da molti anni, ma non era mai salita in soffitta. Accedervi era complicato. C'era una botola sul soffitto del secondo piano, che si apriva agganciando una maniglia con un'asta di ferro. Una volta aperta, cadeva una scala telescopica. Siccome non aveva mai visto nessuno salire lassù, la prima volta tirò la maniglia senza fare attenzione e la scala, calando giù, quasi le ruppe la testa. Arrampicarsi lassù non era facile perché i gradini erano pioli fragili e traballanti. La soffitta era buia, a parte la scarsa luce esterna che filtrava da un paio di piccoli lucernari, e ci mise un po' a trovare l'interruttore e a cambiare le lampadine fulminate. Era uno spazio enorme e cavernoso, che si estendeva per il perimetro di tutta la casa, come un piano ulteriore. Nessuno l'aveva mai pulita, c'erano strati di polvere su ogni superficie e le ragnatele pendevano dalle travi come merletti. Non vide topi, ma ne intuì la presenza per via delle palline di escrementi. Era un universo a sé stante, pieno di tesori e misteri, dove si potevano impiegare mesi interi ad aprire scatole, valigie ammuffite per l'umidità, cassettiere e vecchi armadi. C'erano giocattoli di Camille e del nipote, alberi di Natale artificiali, una mezza dozzina di biciclette più o meno arrugginite, articoli sportivi, telai di Nadine, insomma, tutto ciò che si poteva immaginare. Scoprì dei vani nascosti tra le travi, che erano stati destinati a custodire cose di valore, dove trovò una collezione di oggetti d'argento nei loro astucci originali: un servizio da tè, diversi vassoi, candelabri, un servizio completo di posate, comprese le pinze per le aragoste e le forchettine per le lumache, posacenere, che nessuno usava più, e cornici di varie dimensioni. Mister Bogart le spiegò che aveva acquistato tutta quella mercanzia insieme alla moglie durante un viaggio in Messico, ma poi avevano litigato e si erano separati prima di ricevere la spedizione. Quando i pacchi erano arrivati viveva ormai da solo in quella casa; aveva messo le scatole in soffitta e se ne era dimenticato.

"Cosa ne facciamo di tutte queste cose? Non posso passare il resto della mia vita a lucidare forchette da pesce," disse Leticia.

"Lasciale dove sono. Camille le prenderà quando sarò morto."

Per Leticia le cose più interessanti erano i diari, le lettere e le fotografie nei bauli di Nadine. Aveva tempo e pazienza a volontà per decifrarli e conoscere la vita di quella donna che tanto la intrigava. Rimpiangeva di non aver osato farle delle domande quando era viva – a Nadine piaceva ricordare e raccontare –, ma riteneva che il suo ruolo si limitasse a pulire la casa, fare il bucato e cucinare e che non potesse perdere tempo o mancare di rispetto alla signora con le sue chiacchiere. Ora che lei non c'era più poteva frugare nella sua storia, visto che il marito non glielo aveva proibito. Era riuscita ad aprire solo un decimo delle scatole e dei bauli e aveva già scoperto molte cose.

LeBlanc era il cognome da nubile di Nadine, e l'unico che avesse usato. Secondo Leticia, l'amore che il marito nutriva per lei era doppiamente meritorio perché era una donna molto anticonvenzionale. Fare la moglie è un duro lavoro, pensava, ma se si è così sciocchi da sposarsi, bisogna attenersi a certe regole, o almeno mantenere le apparenze. Nadine, invece, se ne faceva un baffo delle apparenze. Per natura era infedele e non faceva molti sforzi per nasconderlo; lasciava una tale scia di tracce che chiunque avrebbe potuto scoprirla. Inoltre, le aveva fatto qualche confidenza in cui si era vantata di essere una donna passionale, cosa che a Leticia non era sembrata una virtù, bensì uno svantaggio. Gliene aveva parlato quando ormai la cosa non aveva più importanza, perché era abbastanza in là con gli anni. C'è un'età per ogni cosa, pensava Leticia, e quella per commettere sciocchezze dettate dagli appetiti è la giovinezza: farlo in età avanzata è un'indecenza, ma non spettava a lei giudicare, ognuno è padrone della propria coscienza.

Nadine le aveva raccontato che anche suo marito aveva avuto delle avventure, ma era successo molti anni prima, quando Leticia non era ancora entrata al loro servizio e non c'erano prove che fosse vero. Che Nadine, invece, avesse avuto diversi amanti, non c'erano dubbi. Leticia aveva conosciuto quello che sicuramente era stato l'ultimo, Bruno Brunelli, il proprietario italiano della pasticceria che portava il suo nome, con sedi a Berkeley, San Francisco e all'aeroporto. Prima della pandemia, Leticia vi prendeva il caffè tutti i giorni e avrebbe ripreso a farlo quando la vita fosse tornata alla normalità, perché non le pareva ci fosse alcun conflitto morale. Brunelli apparteneva al passato, era andato a vivere gli ultimi anni nella sua città natale in Italia e aveva lasciato l'attività nelle mani del figlio.

In uno dei diari, Nadine scriveva: "L'ho aspettato fino all'ora della chiusura. Mi ha fatto entrare in cucina. Mi ha fatto assaggiare la pasta di mandorle e la crema alla vaniglia dalla sua bocca, abbiamo fatto l'amore su un bancone, sono tornata a casa con i vestiti sporchi di zucchero a velo". "Oh, Maria Vergine!" aveva esclamato Leticia quando aveva letto queste righe: la signora aveva già i capelli bianchi quando amoreggiava tra le torte di Bruno Brunelli.

Nei diari della soffitta, Leticia scoprì altre "imprudenze", come le chiamava l'autrice. La maggior parte di quelle precedenti a Bruno erano state piuttosto insignificanti e infatti Nadine si limitava a indicare il fortunato con le iniziali e un paio di frasi sul luogo e le circostanze dell'incontro, per non dimenticarlo del tutto, e a giudicare dalla brevità della descrizione, ce n'erano state poche di interessanti come quella con il pasticcere. In uno di quegli appunti vide le lettere CT e la data coincideva con il periodo in cui Cruz Torres stava ristrutturando la casa. Era talmente ansiosa di trovare qualcosa su di sé o su suo padre in quei diari che temeva di saltare a conclusioni infondate, ma accanto alle iniziali CT, Nadine aveva annotato una breve descrizione che poteva corrispondere all'uomo che Leticia conosceva: "Forte, intenso, capelli neri e spessi, lunga cicatrice su una spalla, mani callose da operaio, mi sussurra in spagnolo, lo capisco poco, abbiamo in comune desiderio e amore". Queste iniziali comparivano più volte nei diari di Nadine. Poteva benissimo trattarsi di Cruz Torres, che tanto aveva aiutato lei e suo padre nei momenti di difficoltà e a cui doveva il suo lavoro presso gli Adler.

I lavori di ristrutturazione della vecchia casa di Berkeley si erano trascinati per mesi, perché continuavano a emergere problemi. Aprivano un buco qui e un tubo scoppiava là, sostituivano gli scarichi e si staccavano le piastrelle, cambiavano gli infissi delle finestre e cedevano gli stipiti delle porte. Nadine sovrintendeva ai lavori, mentre suo marito si dedicava alle lezioni e alla musica, disinteressandosi completamente delle attività di Cruz Torres e dei suoi operai; credeva, e non a torto, che quella grande casa non potesse essere risistemata, o la si prendeva com'era o andava demolita con un bulldozer.

In quel periodo Leticia si era resa conto che, malgrado le evidenti differenze, Cruz Torres e Nadine LeBlanc condividevano una curiosa amicizia. Lui era più giovane di almeno dieci anni, apparteneva a una classe sociale diversa, era immigrato e non aveva nulla della raffinatezza di lei. Li trovava spesso in cucina a prendere un caffè e a conversare sottovoce; davanti a lei si zittivano o cambiavano argomento. In un'occasione, un paio di anni dopo la ristrutturazione della casa, le era sembrato di vederli dietro la vetrata di un piccolo ristorante, con le mani intrecciate sul tavolo. Quando lui era stato espulso nel 2008, Nadine aveva iniziato a recarsi in Messico con una certa regolarità.

Leticia calcolò che se Nadine e Cruz Torres erano stati amanti, l'avventura con Bruno Brunelli doveva essere stata relativamente breve. Aveva sessantanove anni quando si era accomiatata dal messicano e settantadue quando Brunelli se n'era andato a vivere in Italia. L'età non le avrebbe impedito di attirare un sostituto, se si fosse ripromessa di farlo. Era una donna audace, impertinente, agile, spontanea, con i capelli bianchi arruffati, le rughe di gioia e una risata da trombetta in grado di scuotere un morto. Si vantava di avere sangue francese, spagnolo e africano, diceva di essere mulatta e che un ramo della sua famiglia anticamente era nero e ricco, ma che a furia di matrimoni con bianchi poveri aveva perso colore e fortuna. Leticia la ricordava con nostalgia, era generosa e divertente, l'opposto di suo marito, che camminava nella vita gravato da uno zaino carico di brutti ricordi e di dolori del passato. Con una pena infinita l'aveva vista declinare rapidamente e morire di un cancro inesorabile. Da allora gli anni erano passati a una velocità tale che la sua assenza riusciva ancora a stupirla.

Leticia e Mister Bogart si erano occupati di Nadine durante la sua agonia. Lui aveva rinunciato a tutto per stare con lei, si era ritirato dall'università e dall'Orchestra sinfonica, aveva abbandonato kayak e bicicletta; trascorreva giorno e notte con lei. Quando non riusciva più a sopportare l'angoscia, si rifugiava per qualche ora in un jazz club. Prima che Nadine si ammalasse, Leticia andava a fare le pulizie un paio di volte alla settimana, ma poi aveva iniziato a presentarsi tutti i giorni. Tutto era stato delegato a lei. Nadine non poteva fare nulla e il marito non interveniva nelle faccende domestiche; le poche volte in cui era andato in cucina per darle istruzioni, Leticia lo aveva bloccato. Si occupava inoltre di pagare le bollette, di gestire i rapporti con la banca, delle medicine, dei dottori e persino di discutere con Camille, che era sempre pronta a dare il suo parere ma non trovava il tempo di stare con i suoi genitori in quei tristi momenti. Mister Bogart aveva introdotto la prassi di affidare a Leticia i soldi del mese senza mai chiederle come li spendesse, ma lei teneva una contabilità meticolosa e conservava gli scontrini, in modo che nessuno potesse accusarla di avere sprecato nemmeno un centesimo.

A mano a mano che Leticia scopriva i segreti della soffitta, iniziò a interessarsi al resto della dimora; quelle mura erano state il palcoscenico di gran parte della vita di Nadine LeBlanc. Pensava di conoscere la casa meglio di chiunque altro, ma non sapeva nulla delle sue origini.

"Questa casa ha una storia," le raccontò Mister Bogart. "Fu costruita da un banchiere come residenza estiva quando qui si arrivava in traghetto da San Francisco. In seguito fu occupata dalla tenutaria di una bisca clandestina e sembra che al piano di sopra le stanze servissero da bordello per uomini importanti, che richiedevano discrezione."

Le raccontò che per un breve periodo era stata utilizzata anche come clinica psichiatrica per le stelle di Hollywood con dipendenze da alcol e droghe. Quando l'avevano comprata loro, era diventata un ricovero per i senzatetto invitati da Nadine, dato che di spazio ce n'era in abbondanza, ma a un certo punto lui si era stancato di mantenere la comune degli oziosi capelloni e avevano divorziato.

"Davvero avevate divorziato?" chiese Leticia, incredula.

"Sì."

"E Camille?"

"Quando i soldi finirono, gli hippie se ne andarono, e Nadine partì con la bambina per la Bolivia."

"Ma cosa andava a fare in Bolivia?"

"A studiare tessuti. All'epoca aveva già preso sul serio l'arte della tessitura. Rimase in Bolivia per un paio di mesi e poi andò in Guatemala. Lì i tessuti sono spettacolari."

Le raccontò che sua moglie si era innamorata di quel paese e aveva mantenuto i contatti con i villaggi dove aveva soggiornato, molti dei quali furono poi sterminati dal genocidio governativo e militare della popolazione maya che aveva provocato duecentomila vittime, un milione e mezzo di sfollati e più di seicento villaggi cancellati dalla carta geografica. La maggior parte delle donne che le avevano fatto da maestre erano state uccise insieme alle famiglie e alle comunità. Negli anni novanta, Nadine era tornata dal Guatemala e da allora si era occupata di promuovere i prodotti tessili guatemaltechi; li proponeva a negozi esclusivi e a gallerie d'arte e inviava l'intero ricavato alle tessitrici.

"Andai a cercarla in Guatemala. Ero sicuro che senza gli scansafatiche che vivevano a mie spese avremmo potuto ricominciare. Andò bene. Ci sposammo di nuovo. Non sarebbe stata l'ultima volta."

"Scusi, Mister, si spieghi meglio," gli chiese Leticia.

"Io e Nadine ci siamo sposati tre volte. Le prime due davanti a un ufficiale di stato civile e l'ultima semplicemente rinnovando i voti. Ogni volta abbiamo negoziato le nuove regole della relazione."

"Non vi siete mai innamorati di altre persone?" chiese Leticia.

"Sì, ma avevamo investito talmente tanto nella nostra coppia che valeva la pena tentare di salvarla. Sai, Leticia, le persone cambiano e le coppie anche. Io e Nadine abbiamo attraversato diverse fasi. Nella prima avevamo formato una famiglia e quel periodo si concluse con la storia degli hippie; nella seconda entrambi attraversavamo una crisi esistenziale e decidemmo di avere un matrimonio aperto: fu un disastro. Nella terza lei si dedicava alla sua arte e io al mio lavoro e trascurammo la relazione. Eravamo già piuttosto avanti con gli anni quando finalmente abbiamo trovato la stabilità."

"E anche l'amore, suppongo, no?"

"Moltissimo amore da parte mia. Nadine era una donna fantastica. Ti ricordi?..."

"Ma certo! Mi ricordo che avevate organizzato una festa e una cerimonia in giardino e poi eravate partiti per un viaggio in Argentina. Sarà stato quindici anni fa, vero?"

"Sì, quella è stata l'ultima volta in cui abbiamo rinnovato l'impegno a stare insieme."

"Se la signora Nadine non fosse morta, adesso vi toccherebbe sposarvi di nuovo."

"È così, Leticia. Ma dimmi di te, non ti ho mai chiesto se hai un innamorato..."

"Ho avuto tre matrimoni, due divorzi e un lutto. I primi due mariti non contano nulla. Il terzo è stato il vero amore della mia vita, il padre di mia figlia, ma il destino me lo ha strappato troppo presto. È morto improvvisamente, in un museo."

"Non sapevo che fossi vedova," commentò lui.

"Continuo ad amare quell'uomo e lo amerò fino alla morte."

Nelle settimane successive, addentrandosi nei diari di Nadine, Leticia acquisì maggiore familiarità con la sua scrittura e riuscì a decifrare meglio le annotazioni. Allora iniziò a sospettare che le iniziali degli ultimi quindici anni della sua vita non corrispondessero a qualche amante fugace, come aveva ipotizzato, ma fossero dei codici. Trasalì quando scoprì che anche le descrizioni del suo lavoro al telaio erano codici: i colori menzionati corrispondevano a qualcosa che non aveva nulla a che fare con il tessuto. Spesso le iniziali CT comparivano con il giallo. Nelle cartelle dov'erano raccolti centinaia di disegni e campioni di lana per i lavori, che inizialmente non avevano richiamato la sua attenzione, Leticia trovò ritagli di giornale e pagine strappate da libri sull'immigrazione clandestina. Sapeva che Nadine era interessata al problema, e che aveva sostenuto, attraverso donazioni e volontariato, l'East Bay Sanctuary, un gruppo di aiuto per le persone senza documenti che si trovava nel seminterrato di una chiesa. Pensò che i codici fossero collegati a questo.

Presa dalla curiosità, Leticia telefonò a Cruz Torres in Messico. Non si sentivano da un paio d'anni, ma lui la riconobbe alla prima parola che disse. Aveva settant'anni e da dodici viveva in Messico, a Puebla, dove con i soldi risparmiati in tutti gli anni di lavoro negli Stati Uniti aveva aperto un piccolo albergo per turisti spartani. Quando era emigrato al Nord, da giovane, aveva lasciato in Messico una moglie che aveva sempre mantenuto da lontano e i tre figli avuti da lei. Di tanto in tanto andava a trovarla, ma quando l'attraversamento illegale del confine era diventato più complicato, le visite si erano diradate. Quando era stato espulso ed era definitivamente tornato a casa, sua moglie era morta. Cruz viveva con una delle figlie, con la quale gestiva l'albergo.

Dopo essersi aggiornati sulle rispettive vite, Leticia gli disse che finalmente, cinque anni dopo la morte di Nadine LeBlanc, aveva iniziato a riordinare le cose che lei aveva lasciato.

"Mi scusi, don Cruz, spero di non offenderla, ma ho visto lettere e diari lasciati dalla signora Nadine in cui si parla di lei..."

"Sai che eravamo amici."

"Più che amici, giusto?"

"Queste cose non si chiedono. Cosa vuoi sapere?"

"La signora aiutava i migranti. Ho parlato al telefono con la suora della chiesa di Berkeley, mi ha raccontato qualcosa. Non sono potuta andare a trovarla di persona, ma lo farò non appena sarà finita questa faccenda del virus."

"Sono felice che suor Maureen sia ancora viva. Quella irlandese è indistruttibile. Cosa ti ha raccontato?"

"Che la signora Nadine portava delle persone da loro, che accompagnava i migranti dal confine, che quando c'erano delle retate nascondeva intere famiglie. Credo che annotasse sui suoi quaderni le iniziali di queste persone e che i colori indicassero le circostanze di ogni caso. Lei ne sa qualcosa?"

"Penso che tu abbia ragione, ma io non ho mai visto quei quaderni," rispose Cruz.

"Le sue iniziali sono collegate al giallo."

"Io facevo attraversare il confine illegalmente a delle persone e le affidavo a lei, vicino a San Diego. Forse quel colore indicava il tipo di trasporto."

"Non le sembra strano che usasse dei codici? È come se la signora Nadine giocasse a fare la spia."

"Doveva stare molto attenta, Leticia, perché aveva tra le mani l'identità e il destino di persone estremamente vulnerabili."

"Dove l'aveva conosciuta, don Cruz?"

"Al Museo messicano di San Francisco, in occasione di una mostra sui migranti. C'erano sacchi di plastica appesi al soffitto con oggetti raccolti nel fiume, dove tante persone, bambini compresi, erano annegate nel tentativo di raggiungere la riva statunitense. Nadine era rimasta molto colpita dalla scarpina di un neonato che galleggiava nell'acqua sporca all'interno di un sacco. Abbiamo iniziato a parlare... Succedeva almeno un anno prima della ristrutturazione della casa."

"Quindi è stato lei a coinvolgerla nell'attività con i migranti, giusto?"

"No. Lavorava già con suor Maureen e fu lei a reclutare me. Molti di questi migranti provenivano dal Guatemala. Nadine aveva legami emotivi e professionali con quel paese, per via dei telai. Ha protetto molte persone. I suoi proventi li destinava a questo."

"Lo ha fatto per anni e anni; non capisco come sia stato possibile che il marito non ne sapesse niente," disse Leticia.

"Lei preferiva così, per evitare di comprometterlo, visto che ciò che facevamo era illegale. Ma credo che a lui non interessasse affatto, era completamente immerso nella musica. Non c'è peggior cieco di chi non vuol vedere, non è così?" rispose Torres.

"Immagino sia per questo che lei è stato espulso, don Cruz."

"No, l'espulsione non ha nulla a che vedere con quell'attività. Venni arrestato in una retata insieme ad altre persone. Avevo qualche problema con la legge: guida in stato di ebbrezza, un impianto elettrico senza licenza, evasione fiscale; cose di poco conto, ma sufficienti per farmi spedire alla frontiera. La cosa che mi dispiace di più è non aver potuto congedarmi da Nadine quando si è ammalata."

"Pensa che dovrei dire al signore cosa faceva la signora Nadine?" chiese Leticia.

"A che scopo? Lascialo in pace. Lo intristirebbe molto sapere che sua moglie aveva tanti segreti e non lo rendeva partecipe delle sue attività. Credo che fin dall'inizio del loro matrimonio lei avesse accettato il fatto che erano totalmente diversi e avesse rinunciato all'idea di condividere le sue preoccupazioni con lui."

"Eppure, erano una bella coppia," disse lei.

"Questo sicuramente; infatti sono rimasti insieme fino alla fine."

La vita per Leticia e Mister Bogart si complicò quando a lui venne in mente di salire in soffitta: scivolò sul secondo piolo della scala e si procurò una distorsione alla caviglia. Rimase sdraiato a terra senza fiato, più per lo spavento che per il colpo. Temendo che avesse qualcosa di rotto o che gli venisse un infarto, Leticia lo trascinò a fatica fino al furgoncino e lo portò al pronto soccorso, dove venne accolto da sanitari in tute verdi, con guanti, mascherine e protezioni di plastica trasparente sul viso. Le fu impedito di entrare in ospedale e dovette salutarlo quando lo portarono via in barella, pallido come un lenzuolo. Nel corso delle sei ore successive, mentre veniva sottoposto alle radiografie del caso e tenuto in osservazione, lei gli fece compagnia dal parcheggio dell'ospedale parlandogli al cellulare, finché la batteria non si scaricò. La caviglia era gonfia, ma le ossa erano a posto. L'unica terapia era riposo e antidolorifici, come prescrisse il medico, ma lei decise anche di massaggiarlo con olio di cannabis.

"È così che chiamano la marijuana adesso, che sofisticheria! Allevia il dolore ed è legale qui, non devo andare a prenderla dagli spacciatori," spiegò al paziente. Non si crucciava troppo per l'accaduto, perché così avrebbe potuto dilettarsi in soffitta senza il suo controllo.

Mister Bogart non fu più in grado di portare a spasso Paco, l'unica camminata che faceva prima di cadere, né di pedalare sulla cyclette o di guidare il furgoncino e così a Leticia toccò portare fuori il cane e fare da autista, oltre che da governante e dama di compagnia.

"Passiamo così tanto tempo insieme che è un miracolo se ci sopportiamo. Questa luna di miele con te è la più lunga della mia vita," si schernì lui. "A giudicare dall'andamento della pandemia sembra che resteremo rinchiusi per sempre. Non sarebbe mica male per me..."

"Come va la caviglia?" lo interruppe lei.

"Uguale. Ti proibisco di parlarne con Camille, perché coltiva l'idea che io debba andare in una casa di riposo. Se sapesse che sono caduto inizierebbe a farmi pressione. Vuole vendere questa casa; ha ricevuto un'offerta dall'università per il terreno e pagherebbero una fortuna. Ma io da qui me ne andrò nella bara, è chiaro? Tu ti prenderai cura di me fino alla fine, sei giovane e robusta," le disse.

"Sì, ma non posso difenderla da sua figlia. Che autorità ho? Camille può dichiararla incapace di intendere e di volere."

"Non ho intenzione di perdere il senno e di finire in una residenza per vecchi rimbambiti, seduto ad aspettare di morire mangiando pappette," borbottò, ed entrambi scoppiarono in una sonora risata pensando a quell'eventualità. "Sai una cosa Leticia? Sei la persona più allegra che abbia mai conosciuto; ti diverte tutto, cucini cantando e passi l'aspirapolvere a ritmo di rumba."

"Noi salvadoregni siamo fatti così. Una volta si diceva che El Salvador era il paese del sorriso, ma immagino che dopo la guerra civile di sorrisi se ne vedano di meno."

"Sembri felice della tua vita."

"Non mi lamento, perché vivo in pace, ma non è sempre stato così."

"Da quanto tempo ci conosciamo?" chiese.

"Da vent'anni. È stato Cruz Torres a farmi venire qui ai tempi in cui risistemava la vostra casa. Ero giovane quando ho iniziato a lavorare per lei e la signora Nadine."

"Sei ancora giovane."

"Sì, li porto bene i miei quarantasette anni, vero? Noi invecchiamo meglio dei bianchi," rispose in tono burlone.

"È proprio così, Leticia. So che stai frugando tra le cose di Nadine. Cosa cerchi?" le chiese.

"Niente, non si preoccupi. Sto cercando di pulire. Lei non ha la minima idea di cosa conserva in quella soffitta; c'è un mondo di cianfrusaglie lassù. Credo che le donnine della notte che vedeva dappertutto si siano sistemate lì. Si ricorda?"

"Di' loro di scendere, qui nessuno le disturberà. E che si portino giù anche Nadine."

Anita

Tucson, aprile-giugno 2020

Era meglio il centro. Non mi piacciono queste case-famiglia. E qui è ancora peggio che dalla signora María perché ci sono solo ragazzi e sono molto maleducati. Litigano sempre e non sanno nemmeno dire grazie. Sono molto villani, questi *cipotes*. La Tita Edu li raddrizzava in meno di una settimana, di sicuro. E poi bisogna parlare inglese. Sono stanca dell'inglese, sembra di parlare con una patata in bocca. Tu non vuoi parlare, nemmeno in spagnolo, non vuoi nemmeno mangiare. Non puoi andare avanti così, Claudia! Non sei più una bambina, sei grande. La signora María ci ha mandato via per i tuoi capricci. Vuoi che finiamo a chiedere l'elemosina per strada? In effetti però la signora María aveva poca pazienza e io non le piacevo. Mi sa che mi odiava. No, non ci hanno mandato via per colpa tua, Claudia, tu sei una *cipotilla* molto tranquilla. Meno male che siamo andate via.

La psicologa parlava spagnolo e non ha lasciato entrare la miss Selena. Mi ha prestato delle bambole per farmi giocare per un po', ma le ho spiegato che sono da bambini piccoli e io ho quasi otto anni. Mi ha detto che allora parlavamo solamente. Mi ha chiesto di Didi, di te, della vita di prima e della mamma. Mi ha chiesto anche della casa della signora María, della pipì a letto e dello sgabuzzino, ma io non ho fatto la spia, non so come faceva a saperlo. Le ho dovuto raccontare della *hielera* e di quando hanno portato via la mamma e mi hanno costretta con la forza, anche se scalciavo e strillavo e piangevo, a salire su un pullman. Non mi piace ricordare queste cose, perché mi fa venire voglia di piangere. Non va bene piangere con le psicologhe, l'ho imparato da prima, quando andavo dalla psicologa della scuola. Si innervosiscono. Poi la miss Selena mi ha detto di non preoccuparmi, che mi trasferivano in un'altra casa.

Ma non mi piace nemmeno questa nuova casa-famiglia, anche se la signora è meglio della signora María. Mi ha detto che andremo molto d'accordo, che lei aveva sempre voluto delle figlie e Dio non gliele aveva date, che io diventavo come sua figlia. Le ho spiegato che non si poteva, perché io ho una vera mamma. Non posso chiamarla mamma. Non posso nemmeno chiamarla zia, perché qui non si usa. Mi ha dato il permesso di chiamarla Susan, anche se mi sembra un po' confidenziale. E suo marito non devo chiamarlo papà o zio, ma mister Rick. È solo per rispetto, così non si arrabbia. E a quei *cipotes* che non sono miei fratelli è meglio non parlare neanche.

Queste pastiglie rosa bisogna masticarle e inghiottirle, perché sono vitamine. Non sono schifose. Bisogna chiudere gli occhi e pensare che sanno di lecca-lecca alla fragola o di caramella. Susan dice che devo mangiare di più e prendere le vitamine, perché sono troppo magra e che se no non cresco. Non è colpa mia se le cose da mangiare hanno un sapore strano. Susan ha detto che non le era mai capitato nessuno a cui non piacevano i panini e che cercherà una ricetta per le *pupusas* su Internet, ma non penso che lo farà perché non ha tempo e non sa cucinare, sa fare solo i panini. Dice che le vitamine sono necessarie, però le vaccinazioni si fanno una volta sola, come quando sono arrivata qui al Nord; non devono vaccinarmi di nuovo. Mi dà la pastiglia e rimane a guardare finché non la mando giù e devo aprire la bocca per far vedere che non l'ho nascosta sotto la lingua. E come faccio a nasconderla? È troppo grande.

Bisogna fare quello che dicono i maestri su Zoom, perché non si può andare a scuola. È per il virus. Le scuole sono chiuse e tutti i bambini devono studiare a casa, per questo i *cipotes* che non sono miei fratelli stanno qui tutto il giorno, a dare fastidio. Susan non riesce a controllarli, fanno quello che vogliono, non studiano niente, passano il tempo con i videogiochi e a guardare la televisione. Si comportano bene solo quando arriva mister Rick, perché lui sì che lo rispettano. Mister Rick è l'autorità in questa casa. Cerca di essere gentile con me, ma non gli riesce.

Su Zoom non vedo molto, o meglio, non vedo quasi niente, ma riesco a sentire quello che dice la maestra.

Le lezioni sono da bambini piccoli. Ho spiegato a Susan che sono un po' cieca, ma non ignorante, possono anche mettermi in una classe di bambini della mia età. Capisco abbastanza l'inglese. La miss Selena dovrà risolvere questo problema, perché adesso non sto imparando nulla, sto perdendo tempo.

Mister Rick lavora all'ufficio postale, e quindi può uscire tutti i giorni. Certe persone possono uscire per andare a lavorare, ma con la mascherina. L'ufficio postale è come il camion della spazzatura e l'ambulanza dell'ospedale: deve funzionare sempre. Mister Rick ha uno strano odore. Prima dell'incidente non notavo l'odore delle persone, solo se puzzavano, ma ora riesco a riconoscere tutti dall'odore. Per esempio, quando metto i vestiti in lavatrice, so di chi è ogni maglietta. Tutti questi ragazzi hanno un cattivo odore, ma non tutti uguale, ognuno ce l'ha diverso. La Tita Edu diceva che stavo diventando come un cane e che potevano assumermi all'aeroporto per prendere le persone con la droga. Ci sono persone con un odore allegro o gentile, altre con un odore cattivo. Susan ha un odore di pazienza e anche di tristezza. Mister Rick ha l'odore di qualcosa di bruciato sul fondo di una pentola. Forse è l'odore della posta.

La mia angela mi ha spiegato che è invisibile e che a volte si deve sforzare per diventare visibile, ma che non mi devo preoccupare perché lei è sempre vicina e sa che voglio stare con la mia mamma. Se ne sta occupando, come Frank. Mi ha dato una buona idea per quella cosa della tristezza. Mi ha detto che invece di piangere posso diventare invisibile. Anche questo richiede uno sforzo. Bisogna concentrarsi tantissimo. È la stessa cosa che fa lei per diventare visibile, ma al contrario. Ti insegnerò io, Claudia, e poi ci esercitiamo insieme quando siamo sole.

Questa cosa dell'invisibilità è molto utile, perché serve a molte cose. Per esempio, quando questi ragazzini che non sono miei fratelli iniziano a dare fastidio, noi invece di litigare, che non ci conviene perché sono più grandi, possiamo concentrarci e diventare invisibili, e allora loro non possono farci niente. Serve anche quando non vogliamo che nessuno ci parli o quando abbiamo paura.

Ma mai, mai, dobbiamo usare l'invisibilità se mister Rick o uno dei ragazzi più grandi o qualsiasi altro uomo o bambino ci tocca là sotto, come ha fatto una volta quel Carlos là. Nessuno può toccarci. Me l'ha insegnato la Tita Edu. Se mi toccano, devo strillare più forte che posso. E anche tu, Claudia. Me lo prometti? Mister Rick non ha niente a che fare con me quando sono a letto. Rimango sveglia il più possibile per fare la guardia, perché magari la mia angela custode ha bisogno del mio aiuto per questo. Se vedo mister Rick o uno qualsiasi dei ragazzi grandi avvicinarsi al mio letto mi metto a urlare a squarciagola. Devi farlo anche tu. Non è vero che se urliamo o lo diciamo a qualcuno ci buttano sulla strada. Se ci buttano sulla strada noi telefoniamo alla miss Selena. Ho il suo numero, mi faccio dare un cellulare. Ho anche il numero di Frank, ma lui abita più lontano e ci metterebbe di più ad arrivare.

Questa casa-famiglia, o come si chiama, è solo un gran casino. Non sopporto tutto questo baccano. La cosa più brutta che ci è capitata qui al Nord è stata la *hielera*, quando hanno portato via la mamma. E la seconda più brutta che ci è capitata è questa casa. Susan dice che non ce la fa più, che è stufa di tutto il chiasso dei ragazzi, che se le davano solo bambine come me, che non faccio confusione e la aiuto a lavare e a pulire, la sua vita era molto più facile, che è depressa e stanca. Credo che è per questo che passa il tempo sdraiata sul divano a guardare la televisione e a mangiare; quel pancione che ha non è perché ha un bambino dentro. Guarda che disordine, si inciampa nelle cose buttate in terra, ed è tutto appiccicaticcio, per non parlare del bagno. L'odore è schifoso, mi fa venire da vomitare. Se la Tita Edu vede questo posto, le viene un colpo. L'unica cosa per cui Susan ha ancora la forza è per litigare con suo marito. Aspetta solo che lui arrivi per iniziare a gridargli addosso. A me mi vuole bene, mi sembra, ma non può proteggermi. Devo restare sveglia perché i *cipotes* grandi non cerchino di prendersi la Didi o di fare a botte, e poi per diventare invisibile quando arriva mister Rick.

Hai visto, Claudia? Il buco ha funzionato! Quel buchetto nel muro era proprio quello che serviva per lasciare il messaggio alla mia angela. È riuscita a farci andare via da questa casa-famiglia. Finalmente ce ne andiamo. La miss Selena mi aveva detto che era solo per poco tempo, ma alla fine siamo state qui qualcosa come tre mesi o tre anni, non me lo ricordo più. Siamo qui al Nord da molto tempo, perché guarda come è cambiato il tempo, ora è più caldo che nel Salvador, ma l'aria è secca. Non piove. Ti ricordi il rumore della pioggia? Era più forte di una doccia. Qui l'anno è diviso in primavera, estate, autunno, inverno, ma è difficile capire se è uno o l'altro. Ho contato le stagioni in base al calore: caldo quando siamo arrivate; più o meno fresco alle *casitas* del centro; caldo ma non tanto a casa della signora María; molto caldo qui da Susan. Sì, è passato molto tempo, questo è certo. Dobbiamo avere pazienza. È così che va.

E stiamo ancora aspettando la mamma. Mi sembra strano che non è ancora venuta a prenderci, non ci ha nemmeno chiamato. Deve essere perché non c'è il telefono dove sta lei. Quando la miss Selena riuscirà a parlare con la mamma, le dirà dove siamo. Non siamo scomparse, Claudia. Non dobbiamo avere paura, ci hanno solo separate. Almeno possiamo parlare con la Tita Edu ogni tanto. A lei non dobbiamo dire la cosa di mister Rick, perché è lontana e per lei sarebbe come un coltello nel cuore.

Quello che è successo con mister Rick è stata proprio una fortuna, Claudia. Sapevo che stava per succedere, me lo sentivo qui, nella mia pancia, come un pensiero bloccato. Lo sentivo quando lui mi girava intorno e mi dava i dolci e mi faceva le coccole. Non faceva niente del genere con gli altri bambini. È un uomo cattivo, come Carlos. Sì, è vero, mi sono spaventata molto, ma è stato anche un bene, perché ora ci trasferiscono da un'altra parte e non sarà più una casa-famiglia come questa o come quella della signora María. La mia angela ha fatto quel che doveva, ma manca ancora la parte più importante che è trovare la mamma. La miss Selena non dice mai che bisogna trovarla, ma io non sono stupida, mi accorgo che non sa dov'è perché sennò le aveva già telefonato.

Quando mister Rick è entrato nella stanza così silenzioso, mi ha svegliato l'odore della posta, ma prima che io potessi fare qualcosa mi ha coperto la bocca e si è messo su di me e ha cominciato a tirarmi giù le mutandine con l'altra mano e ad ansimare come un cane e a dire che se stavo buona poi mi dava tutto quello che volevo, e se no mi strangolava. Non potevo muovermi e non potevo nemmeno respirare, stavo per morire soffocata e lui mi stava allargando le gambe e infilando qualcosa dentro. Ma poi sono riuscita a mordergli la mano e ho iniziato a urlare a squarciagola, come mi aveva insegnato la Tita Edu. "Susan! Susan! Help!" Mister Rick si è alzato di colpo, ma è inciampato nei pantaloncini, credo. Ho continuato a strillare e in casa si sono svegliati tutti e non so come Susan è apparsa in meno di un minuto, che suo marito era ancora lì per terra. Poi io ho detto la verità e Susan non l'ho mai vista così arrabbiata e mister Rick se ne è andato sbattendo la porta. Ecco perché la miss Selena è arrivata di mattina presto; credo che Susan l'abbia chiamata. Per fortuna tu non ti sei accorta di niente, *cipota*; sei stata l'unica che non si è svegliata con tutto quel trambusto.

Mister Bogart

Berkeley, giugno-settembre 2020

Nella sua lunga vita, Samuel Adler aveva visto città svuotate dalla guerra, ma niente di simile alle scene della pandemia, le strade e i palazzi inviolati di New York, Roma o Shangai, senza un'anima in giro. Sembrava una catastrofe da film di fantascienza. In California avevano imposto misure drastiche per combattere il virus, ma in altri stati le direttive erano confuse; ogni governatore e sindaco prendeva decisioni in base agli equilibri politici, senza alcun riguardo per la scienza. Costretto a rimanere a casa in una quarantena che durava già da diversi mesi, Samuel vedeva alla televisione come la vita nel mondo si fosse fermata e nell'aria sentiva l'odore degli incendi vicini, che quell'estate stavano devastando milioni di ettari di boschi. A volte il fumo era denso come la foschia e il sole era un alone aranciato in un cielo rosso. Disse a Leticia che potevano essere evacuati da un momento all'altro e dovevano tenersi pronti: i documenti e i contanti a portata di mano, il furgoncino con il pieno e il bagagliaio carico di bottiglie d'acqua, cibo per il cane e il pappagallo, coperte, insomma, l'essenziale.

"Se il nostro destino è morire abbrustoliti, non vedo a cosa possano servire questi preparativi," ribatté Leticia.

"Dammi retta e non essere fatalista."

"Vediamo chi ci uccide prima, se il virus o gli incendi."

"Non ho paura che il virus mi uccida, perché stiamo molto attenti, ma ho paura che mi tolga il tempo che mi resta e che mi trasformi in un vecchio rimbambito. Le sfide che mi tenevano vivo, come la musica e le lezioni, sono state congelate. I miei progetti di andare alle Galapagos e all'Isola di Pasqua sono sfumati."

"Meglio così. Per andare a vedere tartarughe e statue, tanto vale che rimanga qui. Deve prendersi cura di sé stesso."

Samuel era consapevole che le persone della sua generazione stavano morendo e gli erano rimasti pochi conoscenti della sua età. La morte era sempre stata qualcosa che succedeva agli altri, ma negli ultimi mesi la sentiva alle calcagna. Da quando aveva perso la moglie, la vecchiaia aveva accelerato. Pensava molto alla propria fine, che poteva avvenire all'improvviso, prima che fosse riuscito a mettere ordine nella sua vita. Avrebbe lasciato troppe tracce visibili del suo passaggio, come Nadine, ma le peggiori erano quelle che conosceva solo lui: spazzatura sentimentale, rimpianti, momenti di imbarazzo, meschinità. Si sforzava ogni giorno di liberarsi dal rancore e di provare gratitudine. Era un esercizio che aveva imparato da Nadine, ma aveva cominciato a metterlo in pratica soltanto negli ultimi anni, quando ormai lei non poteva più prenderlo per mano lungo quella strada. Di tanto in tanto la moglie veniva a trovarlo come una folata improvvisa e allora lui si paralizzava, smetteva di respirare per non spaventarla, e le chiedeva silenziosamente di restare ancora un poco.

La caviglia gli faceva male e camminava tutto storto e zoppicante a causa dello scarponcino ortopedico, ma si rifiutava di parlare dei suoi acciacchi e si arrabbiava se Leticia esagerava nell'accudirlo. La caduta dalla scala lo aveva reso più insicuro, si muoveva con cautela, non osava guidare il furgoncino e temeva di non poter andare mai più in bici all'aperto. Era l'inizio della fine? Per quanto tempo ancora poteva sopportare l'inevitabile declino del corpo? E quello della mente? All'improvviso non gli veniva una parola, un nome, un'idea, e allora veniva travolto dal panico dell'oblio, dalla spaventosa eventualità di continuare a vivere senza poter pensare o ricordare. Aveva calcolato che, se il cuore avesse retto e se non gli fosse capitato un incidente, avrebbe potuto vivere fino a oltre novant'anni, il che significava che gli rimanevano più o meno millecinquecento giorni sul calendario. Non erano molti, passavano di volata, e infatti ne aveva già sprecati un centinaio chiuso in casa.

"Se non fosse per te, per la bambina e Paco, sarei più solo e depresso di un condannato a morte," disse a Leticia.

"Sta dimenticando Panchito," rispose lei.

Samuel non aveva molta simpatia per il pappagallo alcolizzato di Leticia, che intingeva il becco nella sua vodka appena lui si distraeva e poi se ne andava in giro con le piume ritte a schiantarsi contro le pareti.

"La bambina avrà bisogno di lei almeno per altri dieci anni, mister Bogart, quindi veda di non morire."

Tutto iniziò con una telefonata a Leticia da parte di un certo Frank Angileri, avvocato, incaricato della difesa della minorenne Anita Díaz. Leticia rispose che non aveva idea di chi fosse questa Anita e riattaccò. L'uomo richiamò dopo trenta secondi e Leticia riattaccò di nuovo. Chiamò una terza volta e fu Samuel a rispondere per chiedere spiegazioni. L'uomo disse che doveva parlare con la signora Cordero di una questione famigliare, allora Leticia prese un altro telefono per ascoltare l'avvocato insieme a Samuel, lei sempre più sconvolta e lui sempre più incuriosito.

"Anita è una bambina salvadoregna che ha appena compiuto otto anni. È arrivata con la madre alla frontiera di Nogales nell'ottobre scorso. Sono state separate e Anita è stata mandata in un centro di accoglienza. Siccome non è stato possibile ricongiungerla con la madre o altri famigliari, è stata sistemata temporaneamente in una casa-famiglia. Non era il posto giusto per lei. È stata trasferita in un'altra e..."

"Io non la conosco," lo interruppe Leticia.

"Un momento, Leticia. Sentiamo il resto della storia," intervenne Samuel.

"Abbiamo scoperto che Leticia Cordero è una cugina del padre della bambina."

"E lui dove si trova?" chiese Samuel.

"È morto nel 2015. Il suo nome completo era Rutilio Díaz Cordero. Cordero era il cognome della madre, che si usa raramente."

"La bambina infatti di cognome fa Díaz."

"Esatto. Sa chi era Rutilio Díaz, signora Cordero?" chiese l'avvocato a Leticia.

"Vivo qui da quando ero bambina. Non ho mai avuto rapporti con i miei parenti nel Salvador," spiegò lei.

"Ma pensa che questa bambina possa essere sua parente?"

"Non lo so... Come avete fatto a trovarmi?"

Frank Angileri spiegò che aveva incaricato uno degli investigatori dello studio, un esperto nel recuperare indizi e prove e nello scovare testimoni e sospetti. L'unica informazione disponibile era che Marisol Díaz, prima che se ne perdessero le tracce, aveva parlato di una cugina di nome Leti o Leticia, che viveva in California. Non era stato trovato nessuno che corrispondesse ai due cognomi di Marisol, Andrade o Díaz, ma l'investigatore si era messo in contatto con la nonna Eduvigis, che di cognome faceva Cordero, e quello dunque era il cognome della linea materna del defunto marito di Marisol. Aveva cercato una Leti o Leticia Cordero nella speranza che fosse un'immigrata in regola con i documenti, perché altrimenti non sarebbe riuscito a trovarla.

"Ci abbiamo messo un po', ma siamo stati fortunati," concluse l'avvocato.

"Nessuno mi chiama più Leti. Lo facevano quando ero piccola," mormorò Leticia.

"Le piacerebbe conoscere sua nipote?"

“Non saprei…”

“Cos’è successo alla madre?” domandò Samuel.

“È scomparsa. Pensiamo che sia stata espulsa.”

“Scomparsa?”

“Nessuno l’ha vista nel Salvador. Può darsi che sia finita in un altro paese, a volte si crea confusione. Molti vengono semplicemente mandati in Messico in attesa di essere convocati da un giudice. Cosa che può richiedere mesi o addirittura anni. Al di là del confine ci sono campi profughi, decine di migliaia di persone che vivono in tende in condizioni spaventose.”

“Lo so. L’ho letto sui giornali.”

“La gente non sa nemmeno la metà di quello che sta accadendo.”

“In sintesi, signor Angileri, al momento Anita Díaz non ha né madre né padre, giusto?” domandò Samuel.

“È così. Mentre cerchiamo di trovare la madre, cosa che si sta rivelando difficile, sarebbe un grande aiuto se Anita fosse affidata a un parente. Sto seguendo le pratiche per la concessione dell’asilo per lei e quindi per il ricongiungimento con la madre, ma potrebbe volerci parecchio tempo, soprattutto ora con la pandemia. Anita è una bambina intelligente, ben educata e rispettosa.”

Ci fu un’interruzione di quasi un minuto nella conversazione durante la quale Leticia si asciugò le lacrime e Samuel pensò al proprio passato. Le immagini che aveva tenuto sigillate in uno scomparto segreto del suo cuore riemersero impetuose: le grida, il fumo, la paura, sua madre, così bella e triste, che lo salutava alla stazione. E tornò anche il colonnello Volker nella sua divisa, mentre appuntava la magica medaglia al valore sul cappotto di Samuel. Ottant'anni dopo conservava ancora la medaglia insieme al violino. Aveva cambiato strumento diverse volte nel corso della sua carriera, ma la medaglia e la fotografia dei suoi genitori erano sempre rimaste nella vecchia custodia. Eppure, non riusciva a ricordarsi di suo padre, che non c'era in quegli ultimi giorni, prima che lo mandassero in Inghilterra. Suo padre gli aveva voluto bene tanto quanto era certo che gliene avesse voluto sua madre? Aveva dimenticato quasi tutto ciò che aveva preceduto la terribile Notte dei cristalli. Prima, era stato un bambino felice? Si domandò se non avesse cancellato di proposito i suoi primi cinque anni o se semplicemente era troppo piccolo per avere dei ricordi. Anita era più grande rispetto all'età che aveva lui quand'era stato separato dalla famiglia. Lei non avrebbe dimenticato nulla.

"Mi piacerebbe potervi spiegare la situazione di persona e mostrarvi la documentazione e qualche fotografia, ma a causa del virus non sarà possibile," concluse Angileri.

"Ci dia un momento. Può richiamarci tra dieci minuti, per favore?" chiese Samuel.

Impiegò quei dieci minuti a convincere Leticia che era loro dovere aiutare una bambina che aveva già sofferto così tanto. Che fossero parenti o meno, era lo stesso. Il destino aveva offerto loro l'opportunità di fare qualcosa per lei e sarebbe stato un peccato imperdonabile non farlo per non avere problemi.

"C'è spazio da vendere qui. Guarda quante stanze ci sono in questa casa," argomentò.

"Chi si occuperà di quella bambina? Lei?" domandò Leticia.

"Ce ne occuperemo entrambi."

"Lei ha dimenticato cosa significa avere a che fare con i bambini, Mister Bogart. E poi la piccola è traumatizzata, le manca la madre, è stata strappata da tutto ciò che conosce, dalla famiglia, dagli amici, dalla scuola, dal quartiere, dalla lingua. Ha idea di cosa significhi?"

"Perfettamente."

"È un problema. Povera bimba..."

"Proprio così, Leticia: povera bimba. Diciamo di sì ad Angileri e poi vediamo come ce la caviamo."

"Però mi deve promettere che qualsiasi cosa accada, non cambierà idea. Una volta che la bambina sarà qui, non andrà più da nessun'altra parte; solo a ricongiungersi con sua madre, siamo d'accordo?"

"Te lo prometto."

E così iniziò l'avventura. Due giorni dopo, Angileri organizzò un incontro via Zoom con Anita Díaz e Selena Durán, che presentò come l'assistente sociale che conosceva la bambina meglio di chiunque altro. Samuel capì che sia lei sia l'avvocato si erano presi a cuore la bambina e non avrebbero lasciato nulla di intentato per ritrovare la madre. Angileri non aveva detto loro che Anita era cieca e all'inizio non se ne accorsero, perché l'immagine di Zoom non era di buona qualità, ma a un certo punto fu evidente. Quello fu il fattore decisivo che demolì le ultime difese di Leticia.

La bambina scatenò uno tsunami di ricordi dolorosi

in Samuel che sentì il cuore spezzarsi. Soffriva di aritmia cardiaca, una condizione fastidiosa ma non preoccupante, e aveva preso l'abitudine di misurare le pulsazioni nell'arteria del collo e di ascoltare il battito. Il buco nel petto divenne grande come uno sbadiglio in quella mez-z'ora passata a guardare Anita sullo schermo, così piccola e fragile. Lui era così a quell'età.

"Quando arriverà la bambina?" domandò a Selena Durán.

"Tra due settimane. La porterò io. Abbiamo fatto il test per il Covid-19 ed è negativo, ma per precauzione rimarremo in quarantena."

"Come verrete?"

"In auto," disse Selena.

"Guidando da Nogales? È lunga la strada!"

"Ci fermeremo per una tappa da alcune amiche. Faranno il test anche loro. Staremo molto attente, non si preoccupi."

"Di cosa c'è bisogno per accogliere Anita?"

"Niente di particolare. È abituata al minimo indispensabile. Ha solo bisogno di stabilità e affetto."

"Sono preoccupato per la cecità, la casa è grande ed è piena di cose."

"Non si preoccupi di questo, signor Adler. Anita vede figure sfocate, come attraverso un vetro fumé, un vetro opalescente. Se la luce è buona, con una lente d'ingrandimento riesce a leggere i caratteri grandi. Ha uno spiccato senso dello spazio, memorizza tutto facilmente, non inciampa, si orienta in fretta ovunque."

Dopo l'incontro su Zoom, Leticia fu preda di un delirio di attività. Avevano a disposizione un paio di settimane, ma lei non voleva perdere nemmeno un minuto. Cominciò col trasferirsi al piano di sopra, per poter dormire vicino ad Anita. Sistemò per lei la stanza accanto con una carta da parati giallo limone punteggiata di margherite e farfalle e ordinò un copriletto con disegni della Disney, che Samuel trovò orrendo. "Questa bambina ha bisogno di allegria. Non riuscirà a vedere i disegni ma almeno vedrà un po' di colori," aveva dichiarato Leticia. Armata di scala, pennello e secchio per la colla, si mise a posare la tappezzeria seguendo le istruzioni trovate su Internet, mentre il vecchio e il cane la guardavano ammirati. Riempì la dispensa e il frigorifero con cibo sufficiente per sopravvivere a un assedio. Decisero di aspettare il suo arrivo prima di ordinarle dei vestiti, non conoscendo la sua taglia, ma le comprarono giocattoli e audiolibri.

"Non credo che Anita sappia leggere il braille," disse Samuel.

"Deve essere molto indietro con la scuola."

"Appena possibile, la iscriveremo a quella per ciechi di Fremont; è solo a quaranta minuti da qui."

"Può darsi che non parli abbastanza bene l'inglese per poterla frequentare," aggiunse Leticia.

"È in questo paese da diversi mesi; un po' di lingua deve averla imparata. Ci penserò io a darle qualche lezione. Sono stato insegnante per molti anni, Leticia. Se sono riuscito a insegnare la musica a studenti senza talento, posso insegnare l'inglese e anche altro a questa bambina."

Il giorno stabilito, Selena li chiamò mezz'ora prima del loro arrivo. Leticia si era premurata di preparare piatti salvadoregni per far sentire Anita a casa: fagioli, banane fritte, tortillas di mais e una torta, oltre all'*horchata* salvadoregna, una bevanda a base di cereali, semi, riso, latte e spezie. Aspettavano la bambina con tale ansia, che si dovettero bere un doppio whisky alle dieci del mattino per placare i nervi.

"E se con Anita non ci troviamo, cosa faremo Mister Bogart?" chiese Leticia.

"Sarebbe terribile. L'empatia è una cosa misteriosa, non obbedisce a nessuna regola, o scatta o non scatta, è impossibile forzarla."

Non avrebbero dovuto temere quell'eventualità, perché non appena la bambina scese dall'auto impolverata di Selena Durán, con il suo zainetto in spalla, li conquistò. Era una cerbiatta dalle gambe esili, con gli occhi spaventati che spuntavano dalla mascherina d'obbligo, il vestitino di seconda mano e le scarpe da ginnastica. Camminava dondolando, tenuta per mano da Selena, e stringeva una bambola di pezza. Leticia si chinò e la strinse tra le braccia, emozionata.

"Sono tua zia Leticia. Questo è Mister Bogart, il cane si chiama Paco e in cucina c'è un pappagallino di nome Panchito. Ci sono anche due gatti che vengono a mangiare e che a volte restano a dormire, ma sono mezzi selvatici e non hanno un nome," disse con voce tremante.

"Benvenuta," fu tutto ciò che Samuel riuscì a dire.

Fece bene a non avvicinarsi; dovette passare un bel po' di tempo prima che Anita si sentisse a suo agio con lui. In seguito Samuel capì che diffidava degli uomini, e immaginò che la sua veneranda età l'avesse tranquillizzata.

All'inizio erano tutti tesi, ma l'atmosfera si rilassò quando Leticia servì la *horchata* e la torta *tres leches*, che secondo lei era il dolce più popolare del Salvador. Consegnò ad Anita uno dei regali che le avevano comprato, una bambola che camminava come uno zombie grazie a un paio di batterie nella pancia. Anita si intrattenne per qualche minuto per vedere come funzionava, ma non si separò dalla sua di pezza. Samuel le chiese se conosceva qualche canzone e riuscì a farle canticchiare una filastrocca, che lui armonizzò al pianoforte con alcuni svolazzi pretenziosamente barocchi. Anita ne fu conquistata e gli propose altre semplici melodie, che subirono la stessa sorte. Poi Leticia le preparò un bagno, dato che era stanca per il viaggio, mentre Samuel si fermava a parlare con Selena per ricevere le istruzioni necessarie.

"Grazie per averci portato Anita," disse.

"No, sono io che devo ringraziare lei e Leticia per averla accolta. Anita è stata molto ferita dalla crudeltà del sistema dell'immigrazione."

"Questa cosa di separare le famiglie è disumana, è una vergogna per il paese..." borbottò Samuel, indignato.

Selena gli spiegò che la cecità di Anita era grosso modo paragonabile alle condizioni di un paziente affetto da degenerazione maculare avanzata. Uno sfortunato incidente d'auto avvenuto un paio d'anni prima aveva danneggiato le cornee, ma nel suo caso la patologia non era progressiva.

"Credo che esista una cura che potrebbe funzionare," aggiunse.

"Probabilmente un trapianto di cornea. Verificherò," disse Samuel.

"Nel corso del colloquio per la richiesta d'asilo, la madre, Marisol, ha dichiarato di essere fuggita dal suo paese perché era in pericolo di vita e ha aggiunto che sperava di ottenere aiuto per Anita negli Stati Uniti. La cosa le si è ritorta contro perché il funzionario l'ha interpretata come intenzione di sfruttare il sistema sanitario."

"C'è una scuola per ciechi relativamente vicina. Mi farò carico io delle spese. Così la bambina non abuserà del sistema sanitario," replicò Samuel.

"Con un po' d'aiuto, credo che Anita sia in grado di frequentare una scuola normale. Sa leggere e scrivere. È una scolara diligente e ha un'ottima memoria uditiva: le basta sentire una cosa una volta per saperla ripetere settimane dopo."

"Mi piace: significa che posso insegnarle la musica."

"Il giudice ha autorizzato la bambina a rimanere in questo paese finché non troviamo la madre," spiegò Selena. "Frank Angileri ha dimostrato che è stata vittima di uno sfortunato pasticcio amministrativo. Non è l'unico caso, purtroppo, ma le condizioni di Anita hanno ammorbidito il giudice. Immagino che l'ultima cosa che voleva fosse finire sui giornali come colui che aveva fatto espellere una bambina cieca separata dalla madre."

"Quanto tempo resterà con noi?"

"Non sono in grado di dirvelo. Ha un permesso di asilo temporaneo. All'inizio di febbraio sono andata con

Frank Angileri nel Salvador per cercare Marisol Díaz. Ma non l'abbiamo trovata."

Leticia e Samuel vivevano isolati ormai da mesi prima dell'arrivo di Anita e si erano organizzati come una vecchia coppia; si attenevano a una routine, rispettavano reciprocamente gli spazi e quando stavano insieme si divertivano. La convivenza forzata della pandemia aveva dato loro la straordinaria opportunità di conoscersi e più si conoscevano, più si stimavano. La bambina modificò il ritmo della casa e le loro abitudini, ma li fece anche avvicinare ulteriormente. Con lei, erano una famiglia.

La prima notte a casa di Samuel fu difficile, perché Anita sembrava spaventata e si rannicchiò per terra, aggrappata alla sua Didi, che era lercia. La carta da parati gialla e il copriletto nuovo, che all'arrivo le erano tanto piaciuti, anche se riusciva a malapena a distinguere i colori, di notte le facevano paura, perché non aveva mai avuto una stanza tutta per sé. A Samuel sembrò comprensibile; anche a lui quella carta da parati faceva venire i brividi. Ci volle quasi un'ora per metterla a letto e si addormentò solo dopo mezzanotte. Il giorno dopo Leticia la trovò di nuovo rannicchiata in un angolo, che piangeva sommessamente, e scoprì che aveva bagnato il letto.

"Non fa niente, Anita, può succedere a tutti," disse, cercando di consolarla.

"Prima, quando vivevo con la Tita Edu, non bagnavo mai il letto. Non so perché adesso mi succede," rispose la bambina, singhiozzando.

"Sshhh, tesoro, non c'è nessun problema. Adesso cambiamo il lenzuolo e il gioco è fatto."

Leticia raccontò l'episodio a Samuel che non ne fu sorpreso.

"Non è più così piccola per una cosa del genere," commentò Leticia.

"Cosa possiamo fare?"

"Nel suo paese dormiva con la nonna o con la mamma. Dovrà dormire con me. Posso usare il letto di Camille? È grande."

"Puoi usare quello che vuoi. Solo che dovremo spostarlo."

Nessuno poteva aiutarli a farlo. Samuel non era più forte come prima, ma era ben lungi dall'essere un invalido. Nonostante la caviglia slogata, riuscirono a smontare il letto di Camille e a sostituire quello di Leticia. Da quando Anita iniziò a dormire con la zia, smise di fare la pipì a letto. A Samuel la soluzione non sembrava particolarmente sana, ma la accettò senza fare commenti, perché ricordava la paura che da bambino provava di notte quando era arrivato in Inghilterra e doveva infilare la testa sotto il cuscino perché nessuno lo sentisse piangere.

A volte si svegliava terrorizzato con lo stesso incubo ricorrente. Era buio, piena notte, sentiva i rami di un albero che sbattevano contro la finestra e il grido di un gufo. Si trovava in un letto duro e stretto, faceva molto freddo, stava congelando, ma sentiva qualcosa di caldo sotto il corpo e si rendeva conto con orrore di aver fatto la pipì. Quante volte aveva vissuto quel momento nella sua infanzia? La vergogna, l'umiliazione, il pianto soffocato, i rimproveri, la punizione, lo scherno degli altri bambini. La memoria di quell'epoca era più vivida del suo presente, per questo provava un'infinita tenerezza per Anita, che attraversava la stessa esperienza. Conosceva esattamente la sua sofferenza, sapeva perché chiamava la madre nel sonno, sapeva perché stava seduta per ore nell'ingresso di casa ad ascoltare i rumori della strada e ad aspettare che Marisol comparisse.

L'ultima volta che Samuel aveva visto sua madre, lei lo stava salutando alla stazione, in mezzo alla folla. Lui era molto piccolo, indossava un cappotto abbondante e una sciarpa di lana, e le scarpe gli stavano troppo grandi. Stava per partire con centinaia di altri bambini su un treno. Per molti anni quell'immagine era stata confusa, disarticolata, incomprensibile, ma a un certo punto della sua giovinezza era riuscito a mettere insieme i pezzi del puzzle e a capire appieno cos'era successo. I bambini sul treno erano ebrei e sua madre, come il resto delle famiglie sul binario, aveva deciso di mandarlo in Inghilterra da solo, affidandolo a degli sconosciuti e senza alcuna certezza sul futuro, per salvarlo dalla violenza dei nazisti. Sperava che fosse una soluzione transitoria e che presto sarebbero stati di nuovo insieme.

Molti anni prima, nel 1955, Samuel Adler era stato al Museo dell'Olocausto di Washington. Prima era andato a Vienna, a vedere il quartiere dov'era nato. Nel luogo dove c'era il palazzo con l'ambulatorio e l'appartamento della sua famiglia aveva trovato una banca. Era andato anche a vedere quel che rimaneva di Dachau, Ravensbrück e Auschwitz, un viaggio nell'abisso della depravazione umana. Pochi resti, solo qualche baracca, le recinzioni di filo spinato, le torri di vedetta e i comignoli dei forni crematori, ma sufficienti per dare un'idea ben chiara dei crimini che erano stati commessi. Aveva girato quelle sinistre strutture in un silenzio opprimente; nemmeno un uccello nei dintorni, non uno stelo di vegetazione. Aveva avuto la certezza che l'aria fosse piena di presenze, uomini, donne, anziani, bambini, milioni e milioni di anime.

Al museo aveva esaminato le liste delle vittime del genocidio e aveva trovato il nome di sua madre, Rachel Sara Adler, e quelli di zia Leah e di tutta la famiglia materna, ma non quello di suo padre. I nazisti tenevano registri aggiornati dei loro atti e perfino le più grandi atrocità erano debitamente documentate, ma durante la disfatta alcuni documenti erano stati meticolosamente distrutti.

Per Samuel quel doloroso pellegrinaggio era stato inevitabile. Quando era salito sul *Kindertransport* le sue radici erano state recise, aveva perso genitori e nonni senza spiegazioni e senza addii. Era cresciuto nell'attesa. La nostalgia e l'angoscia erano stati i sentimenti più dirompenti di quegli anni. Aveva vissuto la sua infanzia con l'animo spezzato, diviso tra il duro presente da cui desiderava fuggire e la fantasia nebulosa di una famiglia e di una casa, coltivata con ricordi sempre più fievoli di un passato mitico.

Aveva trascorso tre giorni consecutivi al museo, dall'orario di apertura a quello di chiusura. Si era nutrito di quelle storie, aveva memorizzato le fotografie, convissuto con gli spettri, pianto sconsolatamente e imprecato contro la rabbia accumulata per decenni. Aveva accettato che il suo destino non fosse eccezionale: era uno tra milioni di vittime. Aveva capito che l'unica possibilità avuta da sua madre era stata separarsi da lui per dargli l'opportunità di vivere. Aveva immaginato che la sofferenza di lei fosse stata ben più grande della propria e che Rachel fosse morta con il nome del suo unico figlio sulle labbra. Era stato l'epilogo di cui Samuel aveva bisogno per capire che non sarebbe mai riuscito a esorcizzare i suoi demoni e che poteva solo imparare a conviverci.

Nei mesi successivi Samuel e Leticia assunsero con naturalezza il ruolo di nonno e zia di Anita Díaz, al punto che facevano fatica a ricordare com'era la loro vita prima che lei arrivasse. Sistemarono la casa in modo che la bambina potesse muoversi con facilità, spostarono i mobili, tolsero i tappeti in cui poteva inciampare e misero così tante luci che, secondo Samuel, da lontano la casa sfavillava al punto da essere un pericolo per l'aeronautica. Leticia si occupava delle faccende pratiche – preparare da mangiare, farle il bagno, pettinarla – e Samuel la intratteneva e la istruiva. Anita era del tutto inappetente, bisognava battagliare per farla mangiare, ma Samuel insistette perché si sedesse a tavola con loro. Usava correttamente le posate e il tovagliolo, aveva buone maniere e chiedeva il permesso prima di alzarsi da tavola. "Grazie mille, zia Leticia. Grazie mille, Mister Bogart," diceva in inglese, in modo che lui capisse. All'inizio evitava Samuel, ma ben presto cominciò a sentirsi più sicura, le passò la paura di lui e iniziò a cercarlo.

Il vecchio la stava preparando affinché, alla riapertura della scuola, potesse frequentarla. Ordinò i libri di testo corrispondenti alla sua età scolare, tutti in inglese, e iniziò a studiare con lei per tre ore al giorno. La bambina imparava con avidità. Siccome faticava a scrivere a mano, le prestò una vecchia macchina da scrivere che lei non riusciva a usare tanto bene. Ordinò allora un computer con una tastiera speciale per non vedenti.

Per Anita, la cosa più interessante era il pianoforte. "È più facile che scrivere a macchina, perché se faccio un errore suona sbagliato," diceva. Era disciplinata e aveva capito che per sviluppare l'agilità delle dita doveva fare le scale ogni giorno.

"C'è la memoria visiva, che per te è un problema; la memoria uditiva, semplice per te; e per la musica c'è anche bisogno di memoria emotiva e memoria del corpo. Le tue dita devono ricordare e suonare da sole, guidate dai sentimenti," le ripeteva Samuel.

"Posso suonare a orecchio," argomentava lei.

"Sì, ma per farlo seriamente devi imparare a leggere la musica e fare gli esercizi ogni giorno."

Iniziò scrivendo le note in grande con un pennarello nero, che lei poteva leggere con la lente. Ordinò su Internet degli spartiti in braille e si mise a studiare il sistema di lettura per poterlo poi insegnare alla sua allieva. Anita avrebbe dovuto leggere lo spartito con il tatto e memorizzarlo.

La strana situazione di convivenza obbligata con Leticia, Anita e gli animali restituì a Samuel la voglia di vivere. Da quando era rimasto vedovo sentiva sommarsi le perdite, le assenze, le sparizioni, le morti, la distanza, la separazione e l'oblio. Anche il disamore: i suoi sentimenti si stavano inaridendo. Confessò a Leticia di non sentire la mancanza di sua figlia e di suo nipote, che aveva tanto festeggiato e coccolato durante l'infanzia. Nadine diceva che la famiglia non si sceglie e che bisogna accettare di buon grado chi ci tocca, ma Samuel non era d'accordo: pensava che l'affetto non si regala, bisogna meritarselo, e suo nipote si meritava solamente che la vita gli desse qualche scossone smorzandogli l'arroganza e insegnandogli la compassione.

Perfino per un uomo solitario come lui era naturale voler bene ad Anita. Immaginò che in circostanze normali la bambina sarebbe andata a scuola e lui l'avrebbe vista molto meno, ma dato che stavano sempre in casa, Samuel stava guadagnando terreno nel suo affetto a passi da gigante. Se non erano insieme, la sentiva comunque nel resto della casa o la vedeva dalla finestra giocare con Paco in giardino o bagnarsi con la canna nelle giornate più calde. Passava ore in quella vegetazione rigogliosa, impegnata in giochi misteriosi. Nel breve tempo trascorso in quella casa aveva pian piano riempito ogni angolo. I primi giorni camminava incollata alle pareti, zitta, il più vicino possibile a Leticia e il più lontano da lui, ma ben presto aveva perso la timidezza. Attraversava ogni spazio con grande attenzione, memorizzando distanze, finestre e porte, e a un certo punto era stata in grado di muoversi con sicurezza, di salire e di scendere le scale senza appoggiarsi e di correre per i corridoi all'inseguimento di Paco. Il cane sostituì il padrone con Anita; la seguiva ovunque, si sdraiava accanto a lei e se Leticia l'avesse permesso, avrebbe dormito nel suo letto. Samuel si rassegnò ad averlo perso; l'animale era nato per fare il cane guida.

"Paco soffrirà quando la bambina se ne andrà," commentò Leticia.

"Se ne andrà, Leticia? Se dipendesse da me, può restare, vivere qui e diventare mia nipote."

"Questo solo se non si trova sua madre."

"Non posso augurarmi una cosa del genere; sarebbe da mascalzone," concluse.

Da quando era caduto dalla scaletta, Samuel aveva capito che non sarebbe mai più salito in soffitta. Non aveva idea di cosa ci fosse, probabilmente era una caverna di vampiri stipata di macerie famigliari che si erano accumulate e moltiplicate nel corso degli anni. Indagando e facendo qualche domanda, Leticia aveva decifrato alcuni segreti e più volte aveva buttato lì il nome di Bruno Brunelli, tastando il terreno con Samuel per scoprire quanto ne sapesse, ma lui non aveva intenzione di soddisfare la sua curiosità. Era una questione privata, senza importanza, e non c'era bisogno di rievocarla. Sapeva di Brunelli; la relazione di sua moglie con il pasticcere era durata un paio d'anni, come poteva non esserne a conoscenza! Era stata una distrazione talmente fatua che Nadine non aveva nemmeno cercato di nasconderla. Non era stata l'unica infedeltà di Nadine, ne conosceva altre. Sapeva che la relazione più lunga e profonda di tutte, l'unica che era diventata un vero amore, era quella con Cruz Torres, l'ultima persona di cui avrebbe sospettato. Nadine gliel'aveva confessata in lacrime quando Torres era stato espulso. Non gli disse quanto era durato l'amore, ma Samuel stimò che fosse iniziato con la ristrutturazione della casa e si fosse concluso otto anni dopo; abbracciava un periodo importante della maturità di Nadine. Per qualche tempo soffrì di gelosia retroattiva fin quando non comprese che, dal Messico, Torres non metteva a repentaglio il suo matrimonio e nemmeno intaccava l'affetto e il cameratismo che lui condivideva con Nadine. Immaginava che il messicano fosse stato un amante focoso, che avesse dato a Nadine qualcosa di cui lei aveva bisogno e che lui non poteva o non sapeva darle. Quando si condivide la vita per decenni, l'amore diventa fraterno e il sesso diventa incestuoso, pensava. Non si può pretendere la monogamia assoluta per cinquantacinque anni di matrimonio.

Nel frattempo, diversi laboratori stavano lavorando in contemporanea per produrre un vaccino e Samuel non aveva dubbi che ce l'avrebbero fatta. Nella sua lunga vita aveva verificato che tutto passa, ma faceva fatica a pensare al futuro, si sentiva impantanato nell'immutabile presente della pandemia. Come sarebbe stata la nuova normalità? Porte e finestre si sarebbero aperte e l'umanità sarebbe uscita, esitante i primi giorni ed euforica in seguito. Immaginò folle di gente che si abbracciava per le strade, come in un carnevale. Non sarebbe stato il suo caso, comunque. Pensava di sfruttare quella lunga epidemia per allontanarsi dalle persone che non gli piacevano e per abbandonare gli impegni che non lo interessavano. Tollerava pochissime persone, ma lo nascondeva così bene che si era guadagnato la reputazione di essere molto a modo. Nessuno poteva accusarlo di arroganza o di egoismo, ma solo di essere eccentrico. Nadine gli diceva sempre che l'eccentricità suscita ammirazione se è accompagnata dall'accento inglese. Prima dell'arrivo di Anita, si aggrappava al lavoro e allo studio per mantenere la mente attiva, per timore della possibilità concreta, alla sua età, di sprofondare nelle nebbie della senilità. Con la bambina aveva sfide a sufficienza per meglio difendersi dallo spettro della demenza.

Leticia era così impegnata con Anita e le faccende domestiche che in teoria non avrebbe avuto né il tempo né l'energia per la sua morbosa attività in soffitta. Ma in pratica non andò così; arruolò la bambina come complice e insieme passarono pomeriggi interi divertendosi alla ricerca di possibili tesori del passato. Anita imparò a usare la scala telescopica senza esitazioni e a muoversi come se vedesse perfettamente tra le travi e gli ostacoli della soffitta. Samuel le aveva dato il permesso di portare giù i giocattoli di Camille e del nipote, che invecchiavano da decenni lassù, e gli alberi di Natale, dei pini artificiali con le lucine che sistemarono in vari angoli della casa. Non era necessario aspettare dicembre. Anita si impadronì di un servizio da tè di ceramica e lo invitava a prendere uno schifosissimo tè che preparava con le foglie del giardino. Samuel lo addolciva con diversi cucchiai di miele in modo da poterlo mandar giù. La bambina portava a spasso la sua conciatissima Didi e Paco nella macchinina inglese di Camille, mentre la nuova bambola – la zombie – giaceva dimenticata. Le piaceva aggrapparsi al collare o tenere il guinzaglio di Paco, più per compagnia che per necessità. Insisteva per non essere aiutata. "Posso farcela da sola," era il suo mantra. Samuel era meravigliato da quella bambina. Lui non aveva mai vissuto in un mondo immaginario, fin da piccolo era atterrato nella realtà, ma lei, che aveva subito lacerazioni simili alle sue, riusciva a volare in una dimensione fantastica. La soffitta, il giardino, le stanze vuote, questi erano i luoghi in cui fuggiva.

Prestando attenzione ai sussurri della bambina, Samuel venne a conoscenza di Azabahar, una stella lontana su cui lei andava spesso portando con sé Paco. Azabahar era il mondo perfetto della felicità inscalfibile, il luogo dove si riuniva con chi non c'era. All'inizio Anita usava una strana mescolanza delle due lingue, ma a mano a mano che progrediva nelle lezioni e ascoltava la televisione, l'inglese cominciò a prevalere e Samuel riuscì a capirla un po' di più.

"Hai notato che Anita parla da sola? Deve avere un amico immaginario, è una cosa comune nei bambini solitari," osservò con Leticia.

"Sta parlando con la sorellina," rispose lei.

"Cosa? Quale sorellina?" chiese Samuel, stupito.

"Claudia. È morta nell'incidente in cui lei è diventata cieca. Claudia aveva tre anni e Anita ne aveva appena compiuti sei. Erano molto legate. La bambola di pezza era di Claudia, per questo Anita ci tiene così tanto."

"Come fai a sapere tutte queste cose?"

"Be', perché gliele ho chieste, Mister Bogart."

"Ti ha detto che Claudia è morta?"

"Sì. Non è matta, sa che Claudia non è qui. Povera

bambina… Prima le muore il padre, poi la sorella, perde la vista, per poco uccidono la mamma, deve lasciare la sua casa e la nonna, e qui la separano dalla madre e rimane sola. Ha resuscitato la sorella perché le facesse compagnia."

"Non so come potrà riprendersi da tutto questo…" mormorò Samuel.

"È forte. Mi auguro che col tempo ce la faccia," rispose lei.

Da diverse settimane Samuel stava pensando alle modifiche da apportare al testamento. Aveva preso appuntamento su Zoom con il suo avvocato per dargli le istruzioni che aveva già comunicato a Leticia. Alla sua morte, la casa sarebbe diventata un fedecommesso per proteggere Anita, e Leticia, in qualità di zia, l'avrebbe amministrata.

"Non dica queste cose, che è come invocare la morte. E cosa dirà Camille? Darà la colpa a me, dirà che la sua domestica l'ha ingannato quando era rimbambito per cambiare il testamento."

"Lei erediterà il resto del mio patrimonio. Non saprà del trust fino a quando non sarà troppo tardi. Ho due certificati medici che attestano che sono nel pieno possesso delle mie facoltà mentali. Vedrai che sistemerai le cose con Camille. Nadine ha sempre detto che questa casa doveva essere un rifugio per chiunque ne avesse bisogno. Voglio che venga utilizzata per finanziare l'istruzione di Anita."

"Chi ci dice che resterà qui?"

"Ovunque vada, avrà bisogno di istruzione. Se vendi

la casa, ci sarà denaro a sufficienza. Se invece preferisci affittarla, può fruttare una buona somma mensile."

"Affittarla? Ma se sta cadendo a pezzi!"

"Non esagerare. Bisognerà dare una sistemata quando la pandemia sarà finita," rispose.

"Ci sono molte stanze. Una volta mi ha detto che era stata una casa per bagordi."

"Per l'amor di Dio, Leticia, non starai pensando di aprire un bordello?"

"Sarebbe complicato, ma potrei affittare agli studenti universitari. Una specie di pensione, cosa ne pensa?"

"Se ti sembra una buona soluzione, allora benissimo. Tanto io sarò sepolto. Niente cremazione per me, voglio una tomba accanto a Nadine."

"Vedo che ha molta fiducia in me."

"Ho una totale fiducia nelle tue capacità, nella tua onestà e nell'affetto che provi per Anita. A che punto è Frank Angileri?"

"Dice che se cambia il governo, dopo le elezioni presidenziali di novembre, sicuramente cercheranno di riunire le famiglie."

"Queste sono vane speranze, Leticia. Mancano sei settimane alle elezioni e nessuno può sapere il risultato," le ricordò Samuel.

"Sempre pessimista, eh!"

"Non posso essere ottimista in questo mondo così sudicio, ma ora sento un desiderio di cambiarlo che prima non avevo."

Anita

Berkeley, settembre 2020

Facciamo una casetta segreta qui in giardino, nascosta tra i cespugli, così nessuno la scopre, e prepariamo il tè con l'acqua e le foglie, un tè speciale per invitare le angele e gli abitanti magici del giardino. Io so quali foglie usare. Invitiamo Paco, anche se a lui non piace il tè, preferisce i biscotti o un osso. I biscotti posso farmeli dare dalla zia Leti, ne ha sempre in cucina, ma un osso sarà più difficile. Mister Bogart dobbiamo invitarlo sempre, Claudia, perché è un vecchietto ed è molto buono con noi. È così buono che un giorno lo dobbiamo portare su Azabahar. Dice che quando passerà il virus andrò a scuola, ma io preferisco imparare con lui, perché non si arrabbia mai, anche se sbaglio al pianoforte o alla lezione. Non si arrabbia neanche se Paco adesso vuole più bene a me.

Costruiremo anche una trappola in giardino per catturare i *cipotes* che entrano abusivi e gli uomini cattivi. Ci ho pensato bene. Per prima cosa dobbiamo scavare una buca grande e prendere una rete di quelle che c'erano sulla spiaggia di El Tunco. La buca deve essere camuffata con dei rami e un po' di spazzatura, così l'aggressore non la vede e ci cade dentro; poi gli buttiamo sopra la rete e lo catturiamo vivo. Poi vediamo cosa fare. Dipende. Se è Carlos o mister Rick, lo lasciamo lì a morire di fame e di sete. Se è il Verme di Cacca, per esempio, gli tiriamo dei sassi e lo lasciamo lì tutta la notte, ma il giorno dopo possiamo liberarlo.

Come ti è venuta l'idea che in questo giardino ci sono dei serpenti, Claudia? Non ci sono serpenti qui, quello era nel Salvador. Qui ci sono folletti, che sono piccoli e con le orecchie lunghe a punta, ninfe e fate di tutti i tipi e perfino un unicorno, o forse due, non si sa, ma sono timidi e si nascondono, per questo non li abbiamo visti. E c'è anche un tesoro sepolto dai pirati. Quando lo troveremo, manderemo le monete d'oro alla Tita Edu, così può smettere di lavorare. Quello dei pirati era prima, molto tempo fa; ora non ci sono più i pirati, li hanno espulsi.

Mister Bogart mi ha fatto parlare con un dottore degli occhi su Zoom e ho dovuto spiegargli l'incidente tre volte con tutti i particolari, e quello che vedo e quello che non vedo, ma vuole lo stesso visitarmi di persona. Non può ancora farlo, però, si occupa solo dei casi molto urgenti, per il virus, e il mio non è così urgente. Questo lo dice lui. Per me è abbastanza urgente, perché sono stanca di essere cieca. Mister Bogart mi ha detto che mi faranno un trapianto e la zia Leti mi ha spiegato che toglieranno gli occhi a un morto e li metteranno a me e che se sono fortunata mi capitano azzurri. Mi sono spaventata, non voglio che mi tolgano gli occhi e non voglio nemmeno che mi mettano qualcosa di un morto. Mister Bogart dice di non dare retta alla zia Leti, che il trapianto è una cosa da poco e che nessuno mi toglierà gli occhi. Comunque, per sicurezza, la Tita Edu ha fatto un voto a Santa Lucia, la patrona della vista.

Mi piace questa casa. Vero che è bellissima? La zia Leti mi ha spiegato che si chiama casa stregata perché ci sono gli spiriti, ma a me non fanno paura e spero neanche a te, Claudia, perché sono signore eleganti che vanno in giro e non si notano nemmeno. Mister Bogart dice che i fantasmi non esistono, ma lo dice tanto per dire. La zia Leti mi ha detto che uno degli spiriti è la moglie di Mister Bogart, una signora molto bella e allegra che si chiamava Nadine. Non posso ancora vederla, devo aspettare l'operazione agli occhi, ma se sto attenta sento il suo profumo. Lo riconosco, perché la zia Leti mi ha dato una boccetta che la signora ha lasciato sulla sua toeletta. Non posso usare questo profumo, perché una volta, quando me lo sono messo, Mister Bogart ha avuto una crisi di dolore. Si è chiuso nel suo studio e non mi ha fatto entrare, anche se ho bussato alla porta mille volte.

La Tita Edu era po' strana quando abbiamo parlato al telefono, vero Claudia? Chissà perché continuava a ripetermi che qui al Nord sto meglio, che devo adattarmi e restare qui, che è quello che voleva la mamma, che siamo venute per questo. Ha detto che quando andrò a scuola devo prendere dei bei voti, imparare bene l'inglese e fare la Prima comunione, ma tanto non la faccio senza di lei e senza la mamma. Ha anche detto che mi telefonerà sempre e che mi vorrà sempre bene con tutto il cuore, ma che devo dimenticarmela perché i ricordi fanno soffrire.

Come posso dimenticare la Tita Edu? Le cose che ha detto mi hanno fatto piangere e allora si è messa a piangere anche lei, abbiamo pianto per un bel po' e quando erano finite le lacrime abbiamo deciso che io non mi dimenticherò mai di lei e lei verrà a trovarci qui in California appena c'è qualcuno che può stare con il nonno.

Ho chiesto a Mister Bogart se quando arriva la mamma può vivere anche lei qui con noi. La mamma può aiutare la zia Leti nelle pulizie, perché questa casa è molto grande, ha cinque bagni e non so quante stanze. Mi ha detto di sì e mi ha abbracciato, ma ho notato che aveva la voce un po' triste. È una cosa che succede ai vecchietti, Claudia, diventano tristi all'improvviso e non sai perché. Quando arriverà la mamma, vivremo tutti insieme e non ci separeremo mai più. Ti immagini come sarà, Claudia? Sarà super, super magico!

Selena e Samuel

Berkeley, San Salvador, settembre 2020

Ogni settimana Selena Durán parlava con Samuel su Zoom per avere aggiornamenti su Anita, ma spesso finivano col divagare e l'ora passava così in fretta che a volte si accordavano per risentirsi il giorno successivo. C'erano molte cose di cui parlare riguardo ad Anita, i progressi nella piccola famiglia in cui ora viveva, gli studi, lo specialista di cornea di Stanford che l'avrebbe curata una volta superata la pandemia, di come avesse messo su peso anche se era ancora un po' inappetente. Samuel era come un nonno in adorazione, raccontava a Selena aneddoti insignificanti della bambina con Leticia, con Paco e Panchito, e le faceva ascoltare come suonava bene il pianoforte. Diceva che la sua allieva aveva un ottimo orecchio e studiava con una tale applicazione da poter diventare una concertista; c'erano diversi pianisti famosi ciechi, tra cui un ragazzo giapponese che Anita non si stancava di ascoltare su YouTube. Era già capace di riconoscere il suono di ogni strumento dell'orchestra e stava imparando ad apprezzare il jazz.

A volte Frank Angileri si univa a Zoom per tenerli al corrente delle questioni legali. Doveva lavorare in fretta e senza aiuti. I difensori dei minori si imbattevano spesso in giudici incapaci di vedere i loro assistiti come bambini e convinti a priori che se erano arrivati da soli o separati dalle loro famiglie, meritavano di essere trattati come criminali: avevano violato la legge. Frank si mostrava sempre ottimista; lungi dall'intimidirlo, gli ostacoli della legge lo spronavano. Il suo piano era di ottenere che Anita potesse rimanere stabilmente negli Stati Uniti. Se non si fosse trovata la madre, avrebbe cercato di ottenere un permesso di soggiorno, la cosiddetta *green card*, visto che Anita poteva essere considerata una minore abbandonata. Ci sarebbero voluti due o tre anni. Se si fosse dimostrato che la madre era morta, probabilmente le sarebbe stato concesso l'asilo e, col tempo, forse Leticia avrebbe potuto adottarla. Bisognava avere pazienza, raccomandava Angileri, la burocrazia era lenta e macchinosa.

Il vecchio attendeva l'appuntamento con Selena con l'ansia di un innamorato. Incontrarsi fisicamente ogni settimana sarebbe stato impossibile in tempi normali dal momento che lei viveva in Arizona, ma con la pandemia si erano abituati a parlare davanti a uno schermo come se fossero nella stessa stanza e prendevano persino un tè insieme, lei nel suo ufficio e lui nel suo studio. Samuel aveva capito che la ragazza con lui non si annoiava affatto, poiché spesso deviava dall'argomento Anita e gli raccontava della sua vita, della sua strana famiglia di donne che a lui sarebbe sicuramente piaciuto conoscere, dei suoi problemi di lavoro e del suo rapporto con l'amore. Lei, così lucida nei suoi obiettivi professionali, sentimentalmente era tormentata dall'incertezza.

"Lei è il padre che avrei voluto avere," gli aveva detto una volta.

"Sarebbe meglio dire il nonno. Ma in realtà non sono un buon padre per mia figlia e nemmeno un buon nonno per mio nipote. E mi pesa sulla coscienza."

Selena raccontò a Samuel di Milosz Dudek, di come fosse andato in guerra in Iraq e in Afghanistan ottenendo il grado di sergente, ma anche di quanto l'esperienza lo avesse disilluso e convinto dell'inutilità dell'intervente americano in quei paesi. Il periodo militare aveva definito la sua personalità e lo aveva allontanato dal padre, il cui temperamento esplosivo quand'era bambino lo terrorizzava e da adolescente lo schiacciava. Non era tornato a vivere vicino ai suoi a Chicago e andava a trovarli solo nelle occasioni speciali; peraltro, non sentiva la mancanza nemmeno della comunità polacca in cui era cresciuto. Aveva l'aspetto di un gladiatore, un'ostinazione nel lavoro e una rettitudine un po' antiquata fatta di amore per Dio, per la patria e per la famiglia, ma il tratto che più attraeva Selena era la sua anima romantica. Si erano conosciuti quando lui si era ritirato dall'esercito e lei aveva appena finito le superiori; lui era un uomo indurito dall'esperienza militare, che si avviava alla vita da civile facendo il camionista, e lei era una ragazza viziata dalle donne Durán, che metteva il naso fuori da casa solo per andare a scuola.

Quando l'aveva conosciuta, Milosz si era convinto, e lo era stato per alcuni anni, di essere in grado di formarla, di aiutarla a maturare e di guidarla nella vita; avrebbe preferito sposarla subito, ma lei voleva continuare a studiare. Lui non aveva proseguito gli studi e le poche donne laureate che conosceva lo mettevano a disagio, si sentiva guardato dall'alto in basso. Gli sembrava inutile che Selena si costruisse una prospettiva professionale, visto che il suo futuro sarebbe stato quello di moglie e madre, ma lei si era iscritta al corso di Scienze sociali senza chiedere il suo parere e quando lui aveva deciso di darglielo, lei aveva riso: "Sei un cavernicolo, Milosz. Per questo ti amo: perché sei il mio progetto," gli aveva detto allegramente. Il progetto di Selena era di cambiarlo, e col tempo in parte ci era riuscita. Il progetto di Milosz, invece, aveva iniziato a fare acqua lungo la strada, perché lei si era rivelata poco incline alla vita domestica.

"Non so perché mi ama," confessò Selena a Samuel. "È scrupoloso, ordinato, puntuale, è terrorizzato dai germi, lava l'insalata con l'amuchina, non sopporta gli sprechi, la confusione e gli eccessi. È governato da orari, distanze e routine. Io invece vivo alla giornata, lascio tutto in giro, le porte aperte, non ho idea di quanti soldi ho nel portafoglio, perdo le chiavi… Insomma, sono un disastro."

Selena non aveva confessato a Samuel la sua relazione amorosa con Frank. Tradire Milosz la faceva sentire confusa e a disagio. Frank sapeva che lei era impegnata con Milosz, le aveva visto l'anello al dito, ma le aveva detto che finché non si fosse sposata era libera e lui si concedeva il diritto di conquistarla. Secondo lui, se aveva evitato il matrimonio per tanti anni, significava che non era innamorata. Come tutti i dipendenti dello studio legale, anche lui da marzo era in isolamento e lavorava da casa. Le cause in corso furono rinviate perché fu decretata una sospensione per gli uffici giudiziari. Anche il processo di Anita Díaz era in stallo. Quei mesi di reclusione, che stavano durando molto più del previsto, lo costrinsero a cambiare vita. Frank sentiva la mancanza dei ristoranti e dei bar, dei viaggi, della palestra e delle partite di tennis. E addio al progetto di vivere con Selena, come desiderava. Bisognava aspettare. Dava appuntamento a Selena su Zoom e le mandava i regali più vari, da libri e fiori fino a un servizio di ristorazione chetogenica, che le consegnava il menu del giorno nel suo appartamento di Nogales.

I viaggi aerei erano limitati e rischiosi, ma a giugno Frank non era più riuscito a sopportare la separazione ed era andato a trovarla. Aveva noleggiato un'auto e l'attrezzatura da campeggio, era passato a prenderla e avevano trascorso un fine settimana nel parco del Patagonia Lake. Nonostante fosse estate, non c'era un solo turista ed era tutto chiuso: un vantaggio per la breve luna di miele che aveva programmato. Si era riproposto di sfruttare quei due giorni per dimostrare a Selena che non poteva vivere senza di lui. La sua esperienza come campeggiatore era praticamente nulla, ma ispirato dall'amore era riuscito a improvvisare e in quel weekend lungo aveva quasi raggiunto il suo scopo. Era giunto alla conclusione che se avesse avuto tre giorni in più, avrebbe convinto Selena a mollare tutto, a lasciare il lavoro e a trascorrere la pandemia con lui a San Francisco. Aveva dei progetti per il futuro: le avrebbe finanziato l'università in modo che potesse laurearsi in legge senza il prestito studentesco e, una volta conseguito il diploma, lui avrebbe lasciato lo studio per aprirne uno indipendente. Vedeva già la scritta in lettere dorate sulla porta: STUDIO LEGALE ANGILERI E DURÁN.

Nel frattempo, Milosz aveva continuato a guidare camion come sempre, ignaro dell'esistenza di Frank Angileri e del ruolo che giocava nella vita della sua fidanzata. Molti dei suoi colleghi, soprattutto nelle città più conservatrici in cui doveva fermarsi, erano convinti che il virus fosse un inganno dell'opposizione. La mascherina aveva assunto un significato politico. Milosz la indossava sempre, pur correndo il rischio di essere preso in giro. Il suo orrore per i germi e le malattie si acuì, si disinfettava le mani e tutto ciò che gli capitava a tiro. Siccome non poteva garantire di non aver contratto il virus, smise di far visita a casa Durán e di incontrare Selena, ma le telefonava molto spesso per dirle che la adorava, che contava i minuti che mancavano al loro prossimo incontro, e anche per chiederle dove fosse e cosa stesse facendo. Queste attenzioni, che lusingavano Selena come segnali d'amore se venivano da Frank, nel caso di Milosz la infastidivano come segnali di sfiducia. Ha ragione a essere sospettoso, pensava, vergognandosi di come lo stava ingannando.

"Voglio molto bene a Milosz, è fedele come un cane buono," confessò a Samuel. "Mi ha aspettato per molti anni. Milosz non ha dubbi, per lui la vita è semplice, basta attenersi alle regole fondamentali della decenza."

"Che cosa pensa del suo lavoro con i bambini?" le chiese Samuel.

"Dice che è un problema di competenza del governo e che non si possono accettare milioni di immigrati, che dobbiamo preservare il nostro paese e i nostri valori. Però capisce che separare i bambini dai genitori è orribile, non riesce nemmeno a immaginare cosa farebbe se gli venisse portato via un figlio. Dice che è una cosa assolutamente antiamericana."

"Si sbaglia, è più americana di quel che pensa, Selena. Agli schiavi strappavano i figli per venderli. Alle tribù americane venivano sottratti i bambini perché fossero 'civilizzati' in orribili orfanotrofi gestiti dallo stato. Migliaia di questi bambini morirono di malattie contagiose o per denutrizione, e non ci sono nemmeno le tombe con i loro nomi."

"Ha ragione, Samuel. Qui i bambini sono sacri solo quando sono bianchi."

Samuel sapeva che, durante il viaggio di febbraio, qualche mese prima che gli portassero Anita, tra Selena e Frank Angileri era successo qualcosa. Lei gliene aveva parlato poco alla volta, ma bastava fare due più due per indovinare quello che non gli aveva ancora detto. Anche se non li aveva mai visti insieme di persona, ma solo su Zoom in rare occasioni, gli sembrava naturale che Frank si fosse innamorato; Selena esercitava un'attrazione potente, come la forza di gravità.

"Dev'essere meraviglioso avere un solo amore, come è successo a lei, Samuel," commentò un giorno.

"Quanti amori ha avuto?" chiese lui.

"Il mio unico fidanzato è stato Milosz, come le ho detto. Dovevamo sposarci ad aprile, ma è arrivato il Covid-19 e il matrimonio è stato rimandato. Mi ha dato un ultimatum: o ci sposiamo quando ci sarà un vaccino e la pandemia sarà finita, o non ci vedremo mai più. Dice che non può più aspettare, vuole una famiglia, vuole dei figli."

"E lei che cosa ha deciso, Selena?"

"Non so se voglio sposarmi, Samuel. Non sono pronta per avere figli, voglio studiare e continuare a lavorare. Il matrimonio è un impegno per sempre, e sempre è molto tempo, non crede?"

"Lo è, ma se fosse innamorata non la penserebbe così."

"Allora può darsi che non sia innamorata."

"Non abbastanza. Come si sentirebbe senza Milosz?" domandò Samuel.

"Molto triste, è l'uomo più buono del mondo..."

"Ma non si sentirebbe sola, giusto?"

"No."

"Capisco. C'è un altro uomo; ecco perché è confusa."

"Sì..."

"Cosa le offre quest'altro uomo, Selena?"

"Interessi comuni, un mondo diverso da quello che

ho sempre avuto, un altro ambiente, idee, progetti, piani, viaggi, libertà, nessuna vita domestica per il momento."

"Le offre il tipo di amore che le dà il suo fidanzato?"

"Non credo che diventerei mai il centro della sua vita, come lo sono per Milosz. Ma mi ha proposto di vivere insieme e immagino che se le cose dovessero funzionare bene l'amore poi cresca e si consolidi."

"Non sempre, Selena."

"Che cosa mi consiglia, Samuel?"

"Di aspettare. Non deve decidere tra l'uno e l'altro."

"Milosz non accetterebbe mai un rinvio ulteriore del matrimonio. Sono anni che sopporta i miei capricci. Non ho il diritto di continuare a giocare con i suoi sentimenti."

"Non è un buon motivo per sposarsi. Il consiglio che le posso dare è di pensare solo a sé stessa. Non ceda alle pressioni di nessuno dei due, potrebbe pentirsene."

A sua volta, Samuel raccontava a Selena del suo passato, di Nadine LeBlanc, della musica, dell'inevitabile processo di invecchiamento, e lei ne era affascinata. La memoria di Samuel aveva trattenuto i momenti migliori e quelli peggiori, il resto era andato perduto, ma Selena voleva conoscere i dettagli. Gli faceva molte domande su Nadine, incuriosita com'era dalla sua personalità, dalla sua arte, dal suo attivismo e dal suo altruismo. Per una di quelle strane coincidenze, aveva scoperto che Nadine era una delle fondatrici del Progetto Magnolia, l'organizzazione senza scopo di lucro per cui lavorava. Di fatto il progetto doveva a lei il suo nome. La magnolia è il fiore di New Orleans, dove Nadine era nata. Il vedovo non rimase affatto sorpreso quando Selena gli parlò del ruolo di Nadine nell'organizzazione. Le spiegò che come moglie e madre Nadine era stata negligente, perché troppo impegnata con i telai, le amicizie e le attività misteriose che raramente condivideva con lui, ma non per questo la amava di meno, anzi, la ammirava. Lo stesso valeva per Camille; litigava spesso con sua madre, ma era contenta che essendo sempre distratta dalle sue cose non la tenesse d'occhio, il che le dava una grande libertà.

"Nemmeno a me prestava molta attenzione. All'inizio me ne dispiacevo, pensavo che non mi amasse abbastanza, ma con il passare degli anni mi ci abituai e smisi di chiederle ciò che non era in grado di dare. Era assorbita dalla sua vita, non aveva bisogno né di me, né di nessun altro," le disse.

Per rispondere alle domande di Selena, fu costretto a riordinare i suoi ricordi e a riflettere. "Vado via per prima, Samuel. Non sprecare il tempo che ti rimane," gli aveva detto Nadine prima di scivolare nell'incoscienza dell'agonia. Rivedendo il suo passato, Samuel si rendeva conto, con angoscia, che aveva davvero sprecato il suo tempo e che al momento di andarsene da questo mondo avrebbe lasciato solo una scia di polvere, che sarebbe svanita alle prime luci dell'alba. Non aveva fatto nulla per nessuno. Prima che Anita bussasse alla sua porta, si era semplicemente limitato a essere testimone del mondo per gli ottant'anni e rotti della sua esistenza, proteggendosi dall'incertezza grazie alla sua calcolata prudenza. Il dolore della sua infanzia da orfano e di immigrato lo aveva fatto chiudere in sé stesso; si era rifugiato nella sua vocazione per la musica. Nadine diceva che l'indifferenza è uno dei peccati capitali e che prima o poi va espiato. Aveva ragione. Nella vecchiaia, quel peccato si era trasformato in un demone persistente che lo assaliva negli incubi e nei momenti in cui la solitudine e il silenzio lo avvolgevano. Quanto gli sarebbe piaciuto ricominciare, pensava, immaginando un'altra vita, una vita come quella di Nadine, goduta e sofferta a fondo, fatta di rischi, sfide e cadute, una vita coraggiosa.

"Io e Nadine siamo stati insieme per decenni, ma ognuno viveva nel proprio spazio. Eppure, mi manca molto," confessò a Selena.

"Era una donna molto speciale. Impossibile che lei non ne senta la mancanza..."

"Non avrebbe dovuto morire prima di me. Nei primi mesi della vedovanza mi appariva. Non ho un'immaginazione fervida e non credo agli spiriti, ma le assicuro che la vedevo entrare e uscire dalle stanze, salire le scale, sedersi a tavola. Ora non la vedo più con tanta chiarezza, ma a volte la sento accanto a me. Lo sapeva che succede la stessa cosa ad Anita con sua sorella Claudia?"

"Sì, ho la valutazione psicologica che le fecero a Tucson, perché non mangiava, parlava da sola, non giocava con gli altri bambini e faceva la pipì a letto."

"Ormai la pipì a letto non la fa più," la interruppe Samuel.

"Sono contenta, perché era una cosa che la faceva soffrire molto."

Selena gli raccontò del suo colloquio con Eduvigis, la nonna; Anita aveva iniziato a parlare con sua sorella dopo l'incidente. Nel Salvador era stata in terapia con una psicologa scolastica per alcuni mesi e stava facendo i primi passi nell'accettazione della morte della sorella e nell'elaborazione del lutto quando era dovuta scappare verso gli Stati Uniti. Secondo la valutazione fatta a Tucson, aveva subìto una battuta d'arresto nello sviluppo emotivo. Aveva bisogno di terapia, come tutti i bambini che erano stati separati dalle loro famiglie, ma non c'era il budget per farlo.

"Farò in modo che qualcuno se ne occupi al più presto," promise Samuel. "Credo che la presenza di Claudia sia di conforto per Anita, come lo è per me quella di Nadine. Diciamo che è un misto di amore e di volontà di ricordare. Anita non è pazza e io non ho l'Alzheimer, glielo assicuro."

"Ma certo!" esclamò Selena. "Non mi sorprende affatto che gli spiriti dei vostri cari vi facciano visita: si ricordi che sono cresciuta con una nonna veggente. La vedovanza può essere molto dura. Si sente solo, a volte?"

"Prima sì, sempre. Ora non più. Grazie a lei, Selena, sono più felice di quanto non lo sia stato da diversi anni. Mi ha dato uno scopo nell'ultima fase della mia vita. Ora ho una responsabilità fondamentale e posso iniziare a espiare il mio peccato di indifferenza."

"Intende Anita?"

"Sì. Che regalo stupendo mi ha fatto, Selena!"

Il terzo martedì di settembre, Selena chiamò Samuel all'improvviso. Lui intuì che si trattava di qualcosa di importante, visto che di solito si sentivano al sabato. Il tono alterato della voce di lei confermò i suoi sospetti.

"È solo, Samuel?" chiese.

"Sì, sono nel mio studio."

"Chiuda la porta, per favore. Sono notizie riservate."

"Un attimo... Anita ascolta attraverso le pareti e quello che non sente lo indovina. Non ci sono segreti per lei."

"Non può sentire quello che sto per dirle, e stia attento a quello che dice lei. Si ricorda che le avevo parlato di Lola, l'autista del taxi rosa del Salvador?"

"Certo. Che cosa le è successo?"

"Mi ha appena chiamato. Sta scoppiando uno scandalo nel paese. Si tratta di una serie di omicidi. Sono stati scoperti diversi cadaveri nel giardino di una proprietà a Chalchuapa; alcune morti risalgono a parecchi anni fa, ma la maggior parte sono recenti."

Gli raccontò che i vicini avevano sentito le urla di una donna e avevano chiamato la polizia, che però aveva impiegato un'ora ad arrivare. Ed era troppo tardi. La giovane donna era stata picchiata a morte con un tubo di ferro. Dopo l'arresto del proprietario della casa, su richiesta dei vicini, che da tempo sospettavano che lì accadesse qualcosa di terribile, si erano messi a scavare nel cortile e avevano trovato resti umani in diverse fosse comuni.

"Finora le vittime sono donne e bambine. Si sospetta che ci siano altri corpi sotterrati," gli disse Selena.

"L'ennesimo caso di violenza di genere..." mormorò Samuel.

"Il proprietario è Carlos Gómez, un ex poliziotto licenziato diversi anni fa per aver aggredito una minore. È l'uomo che ha sparato a Marisol Díaz."

"Oh, santo cielo!" esclamò Samuel.

"È stato fermato come principale sospettato e sono stati arrestati anche altri uomini che facevano parte di quella banda che rapiva donne e bambine, le torturava e le uccideva. Lola teme che Marisol sia tra le vittime."

"E lei e Angileri non avete trovato traccia di Marisol quando siete andati a cercarla."

"Strana coincidenza, vero?" disse Selena. "Quell'uomo voleva uccidere Marisol e la cosa più probabile è che ci sia riuscito."

"Ma in che modo?"

"Non credo che Marisol fosse stata rimpatriata. Probabilmente era stata mandata in Messico ad aspettare il suo turno per presentare la domanda di asilo. Come sa, i campi profughi sono controllati da criminali. È possibile che Marisol sia stata rapita e riportata nel Salvador."

"Da chi e per quale motivo?" chiese Samuel.

"Al confine c'è un grande traffico di esseri umani, soprattutto di donne e bambini. Carlos Gómez era in questo giro d'affari, ha i contatti. Me l'ha rivelato lui stesso, conosce tutti."

"Immagino che questi rapimenti abbiano un costo, Selena, e da quello che mi ha detto, Carlos Gómez fa solo il portiere."

"La guardia giurata. Non credo che abbia dovuto pagare. I criminali si regolano tra di loro, si scambiano favori. Gómez aveva bisogno di mettere a tacere Marisol e probabilmente voleva vendicarsi degli sgarbi. Non era difficile per lui farla rapire in Messico e farla arrivare prima in Guatemala e poi via terra nel Salvador; ecco perché non c'è traccia del suo ingresso nel paese," disse.

"Tutto questo andrebbe provato, Selena."

"Mi sono appena ricordata che quando ho parlato con Carlos Gómez, mi disse che Marisol aveva dei bei capelli e che li aveva tagliati corti. Come faceva a saperlo? Se li era tagliati appena arrivata in Messico, prima di salire sul treno. Gómez non poteva averla vista coi capelli corti, a meno che Marisol non fosse tornata nel suo paese. Se fosse rientrata di sua spontanea volontà sarebbe andata dalla suocera o dal fratello, ma nessuno l'ha vista. Oh, Samuel! Temo che Marisol sia in una di quelle fosse. Che cosa ne sarà di Anita?"

"Di lei mi prenderò cura io finché potrò," rispose Samuel. "Ma non corriamo troppo; bisogna aspettare che identifichino i corpi."

"C'è un'altra cosa che non le ho detto prima, perché è davvero incredibile."

E allora Selena gli raccontò della visione avuta da sua nonna, Dora Durán. Samuel sapeva che era una veggente di successo perché Selena gliene aveva parlato quando gli aveva raccontato della sua famiglia e lui ne aveva rispetto. Sapeva che Selena l'aveva portata a conoscere Anita a Nogales e che Dora aveva percepito la forza psichica della bambina. Non aveva mai creduto ai fenomeni paranormali fino a quando non aveva vissuto la strana esperienza di vedere lo spirito di sua moglie. C'era una spiegazione logica, come gli aveva chiarito lo psichiatra a cui si era rivolto all'epoca: si trattava di allucinazioni dovute all'età e a una profonda depressione. La conferma che la diagnosi era corretta fu che le visite di Nadine dall'aldilà terminarono grazie a una combinazione di terapia e farmaci, ma lui non era del tutto convinto di aver sofferto di disturbi mentali. Come sosteneva, il fatto che qualcosa non abbia spiegazione non implica che non esista, ma si era astenuto dal discutere questo punto con lo psichiatra. Decise di concedere a Dora Durán il beneficio del dubbio.

"Marisol Díaz è apparsa in sogno a mia nonna. Era sottoterra e non era sola."

"Mi scusi, Selena, ma questo è un classico caso di profezia a posteriori," ribatté lui.

"È successo in giugno, Samuel, molto prima che iniziassero a dissotterrare quelle donne nel giardino di Carlos Gómez."

Come Frank spiegò quello stesso giorno a Selena e a Samuel su Zoom, , il sogno di una sensitiva di Los Angeles non era di nessuna utilità; si poteva immaginare l'espressione che avrebbe fatto il giudice se lui l'avesse addotta come motivazione per la richiesta di asilo di Anita. I crimini di Chalchuapa non cambiavano la situazione della bambina, a meno che non si dimostrasse che sua madre era tra le vittime. Frank si mise immediatamente in contatto con il suo amico Phil Doherty, che gli fornì tutte le informazioni disponibili sugli omicidi. L'accesso alla strada dove erano avvenuti i crimini era limitato, non poteva avvicinarsi nemmeno la stampa, ma lui aveva i suoi contatti e sapeva come far valere il suo status di diplomatico, sostenuto dal potere dell'ambasciata americana.

L'atrocità dell'accaduto sconvolse il paese, anche se le violenze erano così all'ordine del giorno che la stampa pubblicava quotidianamente il numero delle vittime. Carlos Gómez e i suoi scagnozzi dovettero essere isolati in carcere per evitare che altri detenuti li massacrassero. Il presidente promise giustizia e annunciò la creazione di un'unità speciale della Procura generale per perseguire i crimini contro donne e bambini. Eduvigis Cordero si recò più volte al comando di polizia per denunciare la scomparsa della nuora e le molestie subite dal presunto serial killer. Dal momento del sinistro ritrovamento, la nonna era una delle tante persone che si recavano all'alba nei pressi della casa dell'orrore, come la chiamava la stampa, e aspettavano. Come lei, tutti cercavano qualcuno che era scomparso. Gli uomini della scientifica, coperti dalla testa ai piedi come astronauti, scavavano con la cura degli archeologi, perché i corpi erano ammassati l'uno sull'altro e in molti casi le ossa si erano mescolate. Nel corso dei primi scavi emersero venti corpi, ma continuavano ad apparirne altri.

Selena convinse Frank che non potevano rimanere a braccia incrociate ad aspettare i risultati dell'identificazione delle vittime. Il processo era lento e la stampa iniziava a ipotizzare che uomini potenti coinvolti negli omicidi stessero cercando di insabbiare il caso. In quei giorni l'aeroporto di San Salvador, che da mesi era chiuso agli stranieri a causa della pandemia, venne riaperto e Frank acquistò immediatamente i due biglietti.

In quell'occasione, Selena affrontò Milosz con la verità: gli annunciò che per la seconda volta avrebbe fatto un viaggio con Frank Angileri, con cui aveva una relazione sentimentale da diversi mesi. Glielo comunicò con una mail e poi glielo confermò per telefono, grata che la pandemia le offrisse una buona scusa per non doverlo fare di persona. Temeva la reazione del suo tenace innamorato, ma scoprì che lui aveva già sospettato qualcosa del genere ed era più o meno preparato. Aveva esaurito la tolleranza e aveva concluso che se lei lo avesse amato quanto lui amava lei, nessun ostacolo, nemmeno quel maledetto virus, avrebbe impedito loro di stare insieme. Poteva capire molte cose, le disse, ma non avrebbe mai potuto perdonarle di avergli mentito e di averlo tradito in quel modo, ingannandolo per mesi. La conversazione fu tesa e breve. Quando si salutarono, Milosz le comunicò che non voleva più sapere nulla di lei, che era arrivato il momento di voltare pagina e dimenticarla. Era profondamente ferito; questa era davvero l'ultima volta, disse, e non ci sarebbe stata nessuna riconciliazione, come in passato.

Per Selena quella fu la fine di un fidanzamento tumultuoso che l'aveva esaurita e fatta sentire in colpa. Dopo averlo salutato per sempre, scoppiò in lacrime di sollievo. Aveva sopportato le pressioni di Milosz per otto anni e solo in quel momento, adesso che era libera, aveva capito quanto le era pesato quell'amore ossessivo, che l'aveva imprigionata fin dalla giovinezza. Non voleva ritrovarsi di nuovo in una situazione simile con Frank. Lo amava, era vero, ma lo conosceva poco e non gli avrebbe permesso di metterle fretta o di intrappolarla nei suoi piani; aveva bisogno di spazio e di tempo, come le aveva consigliato Samuel. Per la prima volta, sentiva che il suo futuro apparteneva solo a lei. Si predispose a vivere l'amore con Frank con leggerezza, senza troppi vincoli.

All'ingresso nel Salvador, i passeggeri erano immediatamente confinati in quarantena, ma Frank e Selena evitarono la procedura perché Phil Doherty li aspettava allo sportellone dell'aereo per condurli in una sala VIP dell'aeroporto. Si occupò di loro in privato un funzionario dell'immigrazione con mascherina e guanti di lattice, che timbrò i passaporti e diede loro il benvenuto. Poi Phil li portò a casa sua, dove la moglie aveva preparato una stanza, perché lì sarebbero stati più al sicuro dal virus che in albergo. Alla padrona di casa non era venuto in mente di chiedere se preferissero camere separate, dando per scontato che fossero sposati.

Quella notte Selena e Frank fecero l'amore nel modo più discreto possibile, tra sussurri e risate soffocate, ma il cigolio del letto li tradì. Non passavano insieme una notte intera da giugno, quando erano scappati al Patagonia Lake, e poterono apprezzare più volte, fino all'alba, la differenza tra un morbido materasso e un sacco a pelo in una tenda.

Il giorno successivo Phil li accompagnò all'Istituto di medicina legale, dove venivano trasferiti i resti umani a mano a mano che venivano esumati dalle fosse. Anche lì c'erano persone in paziente attesa. Tra loro Genaro Andrade, che li riconobbe e li salutò da lontano. Selena gli si avvicinò.

"Hai notizie di tua sorella?" gli chiese.

"Niente. Sono due giorni che non mi muovo da qui. Siamo in molti a venire da lontano."

"Vi danno notizie?"

"Sì, quando ci sono. Tre vittime sono già state identificate, i loro nomi sono stati comunicati e le famiglie si sono potute portare via i resti per la sepoltura. Vi lasceranno entrare?"

"Speriamo. Se abbiamo notizie di Marisol ti chiamo immediatamente al cellulare."

Il direttore di Medicina legale li ricevette nel suo ufficio e illustrò la procedura abituale, spiegando che avevano richiesto la collaborazione di anatomopatologi da altre città, perché loro non riuscivano a tenere il ritmo dei ritrovamenti. Carlos Gómez aveva confessato e fatto i nomi di nove complici, ma si sospettava che quel sinistro club di depravati annoverasse altri membri. Durante l'interrogatorio aveva detto che, a quanto ricordava, nel suo giardino c'erano fra i trenta e i quaranta corpi, non era sicuro del numero, perché alcuni erano lì da anni e lui non aveva tenuto il conto. Non dava segni di essere particolarmente pentito, anzi, sembrava assaporare la notorietà.

Il direttore li accompagnò nelle sale autoptiche, dove tutti i tavoli erano occupati; altri corpi aspettavano il loro turno nelle celle frigorifere. Il primo impatto fu l'odore di morte e di disinfettante, che le mascherine non riuscivano ad attutire. Regnavano pulizia e ordine. I medici legali lavoravano con efficienza e rispetto, quasi in silenzio; sembravano inorriditi quanto Selena e Frank.

"Questo è il nostro lavoro," spiegò loro il direttore. "Siamo abituati alla morte in tutte le sue manifestazioni, ma a volte crolliamo. La cosa peggiore è quando ci toccano i bambini..."

Si avvicinarono a uno dei tavoli, intorno al quale quattro persone erano impegnate su un piccolo corpo. Uno dei medici spiegò loro che si trattava di una bambina di due anni. Aveva la voce rotta e la schiariva da dietro la doppia mascherina, cercando di contenere l'ira e l'orrore.

"Stimiamo che il corpicino sia rimasto sepolto per circa un anno. Faremo il test del DNA per l'identificazione; ci sono tre o quattro famiglie che cercano bambine scomparse, ma sono un po' più grandi. Immagino che non vogliate sapere come è morta," disse con tono di sfida.

"Non siamo qui per curiosità morbosa, dottore. Stiamo cercando una donna," rispose Selena.

"Mi dispiace molto... È una vostra parente?"

"È la madre di una bambina per la quale stiamo cercando di ottenere asilo negli Stati Uniti," spiegò lei e proseguì riassumendo il dramma di Anita.

"La maggior parte dei resti che abbiamo finora sono di giovani donne. Avete qualche elemento che possa aiutarne l'identificazione?"

Selena gli mostrò le copie delle fotografie fornitele da

Eduvigis Cordero e quella allegata al rapporto dell'immigrazione a Nogales.

"Si chiama Marisol Andrade de Díaz. Come vede, dottore, è arrivata negli Stati Uniti con i capelli tagliati da uomo. Si vede anche che ha gli incisivi distanziati. Se è tra le vittime, il suo cadavere è recente, non più di nove mesi, perché le ho parlato al telefono a dicembre dello scorso anno."

"Le hanno sparato al petto. Il proiettile è passato a due centimetri dal cuore e ha attraversato un paio di costole. Potrebbero essere rimaste delle tracce?" domandò Frank.

"È probabile. Vi mostrerò i cadaveri che sono arrivati."

Li portò alle celle frigorifere, tre file allineate di contenitori metallici, che aprì uno alla volta. Su alcuni carrelli c'erano ossa e stracci putrefatti, ma la maggior parte dei corpi erano interi, in vari stadi di decomposizione. Nessun cadavere assomigliava a Marisol o aveva i capelli corti come li avrebbe avuti lei. Selena dovette uscire all'aperto, sostenuta da Frank e Phil, perché le ginocchia furono sul punto di cedere. Riuscì a raggiungere il giardino prima di vomitare.

"Continuano a riesumare resti, arriveranno nei prossimi giorni. Se c'è qualcuno con le caratteristiche di Marisol, ve lo farò sapere," promise il direttore mentre si congedava.

Phil Doherty mise a disposizione dei suoi ospiti una macchina con l'autista e una guardia del corpo dell'ambasciata perché potessero andare in giro. Ritenne che il taxi rosa fosse pittoresco, ma non all'altezza delle gravi circostanze in cui si trovavano. Quella sera invitò comunque a casa sua Lola che, tra un Manhattan e l'altro, fu messa al corrente della loro esperienza all'Istituto di medicina legale.

Il giorno dopo, Frank e Selena andarono a Chalchuapa a trovare Eduvigis Cordero. Sembrava invecchiata e molto dimagrita, ma non era depressa, bensì furiosa e pronta all'azione. Un gruppo di attiviste stava organizzando attraverso i social network una protesta di massa a livello nazionale. Il programma prevedeva una giornata di sciopero generale di tutte le donne; nessuna sarebbe andata a lavorare né avrebbe svolto le faccende di casa, sarebbero scese in strada per manifestare contro i femminicidi. Eduvigis aveva già mobilitato le sue amiche e colleghe dell'indaco.

"Questa è una guerra contro le donne. Ci violentano, ci torturano e ci ammazzano impunemente. Basta!" esclamò la nonna.

Andarono con lei alla casa dell'orrore. Grazie all'auto con la targa diplomatica riuscirono a superare i cordoni di sicurezza e ad avvicinarsi. Era una bella casa su un grande terreno, alla periferia della città. Eduvigis disse loro che non era vero che si trattava solo di vecchi crimini, come aveva suggerito il governo; la maggior parte erano vittime di violenze recenti.

"Si meritano giustizia, così come le migliaia e migliaia di altre donne e bambine che vengono uccise senza che nessuno paghi."

"Speriamo che non sia il caso di Marisol," disse Selena.

"Nessuno mi toglie dalla testa che mia nuora è stata uccisa da Carlos Gómez. Ci aveva già provato. Può anche darsi che non la trovino nel giardino, ma sono certa che non è più in questo mondo," replicò Eduvigis, con forza.

"Se non la trovano, la situazione di Anita diventa incerta," intervenne Frank.

"Prego molto perché mia nipote possa rivedere sua mamma, ma prego anche perché resti con sua zia al Nord, se Marisol è morta. Cosa posso offrirle io qui? Il mio amore e nient'altro. Non posso proteggerla, non posso darle una buona istruzione e nemmeno farla operare agli occhi: che ne sarebbe di lei?"

"Faremo tutto il possibile per aiutarla, Eduvigis, glielo prometto," disse Selena, abbracciandola.

"E io, signora, le prometto che se Anita resterà negli Stati Uniti, verrò a prenderla per portarla da lei. La bambina sente molto la sua mancanza," aggiunse Frank.

Proprio in quel momento un veicolo bianco uscì dalla proprietà e una delle guardie spiegò che si trattava di un obitorio mobile, per conservare i cadaveri al freddo in attesa di un posto nell'istituto.

"Lei è riuscito a vedere il corpo?" domandò Selena.

"No. Ci sono due vittime. So solo che sono donne," rispose la guardia.

Si congedarono da Eduvigis, assicurandole che, se avessero avuto notizie, lei sarebbe stata la prima a saperle. Tornarono all'Istituto di medicina legale per aspettare insieme alle altre persone che piangevano le loro scomparse.

Qualche giorno dopo, Selena e Frank arrivarono all'aeroporto di San Francisco e da lì andarono direttamente a Berkeley. La casa di Samuel Adler, con il suo innegabile fascino di antica dimora, era semisommersa nell'intricato giardino, che già mostrava i colori dell'autunno in arrivo. Era primo pomeriggio e la luce del sole si infilava tra le nuvole, dandole un aspetto teatrale, con le sue torrette e i suoi fantasiosi pilastri. Il cancello del giardino non aveva la chiave ed entrarono annunciati dall'abbaiare di Paco. Il campanello non funzionava dal 1978.

Sentendoli, Anita si affacciò alla porta, la mano sul collare di Paco. Selena salì di corsa i cinque gradini che portavano all'ingresso e la strinse a lungo tra le braccia.

"La mamma è con voi?" chiese la bambina.

"No, Anita," mormorò Selena, nascondendo l'emozione.

Come se presagisse qualcosa, la bambina non insistette. Li guidò per mano in casa e diede loro a malapena il tempo di salutare il resto della famiglia, perché voleva mostrare il computer con la tastiera speciale per non vedenti, la mezza dozzina di alberi di Natale illuminati, che Leticia spruzzava con vaporizzatore al pino e che lei localizzava dall'odore, e altre cose che non aveva potuto far vedere a Selena su Zoom. Era ancora molto magra, ma aveva un bel colorito. Dimostrò loro che con la lente poteva leggere la musica sugli spartiti scritta in caratteri grandi da Samuel. Non era molto interessata a imparare il braille, perché non voleva andare in una scuola per ciechi.

"Mi cureranno gli occhi e andrò in una scuola normale, come quella di prima," annunciò.

Alla fine Leticia riuscì a distrarla in cucina, perché

Selena e Frank potessero parlare con Samuel a porte chiuse nello studio.

"Abbiamo qualcosa da dirle, Samuel," disse Selena.

"Immagino che sia importante. Finalmente posso conoscerla di persona, Frank."

"Non potevamo comunicargliela in altro modo. Non so come iniziare..." balbettò Selena.

"Non c'è bisogno di menare il can per l'aia con me, sono troppo vecchio per queste cose."

"Si tratta di Marisol... Siamo appena stati nel Salvador, per i crimini di Chalchuapa. Hanno trovato Marisol."

"Oh, mio Dio!" esclamò Samuel, portandosi le mani al petto, perché all'improvviso aveva accusato un colpo come il calcio di un asino. "Siete sicuri che sia lei?"

"Sì. Non era nelle fosse comuni, ma in una cavità recente all'altro capo della proprietà, ed è per questo che è stata l'ultima a essere esumata. Non c'è dubbio che siano i suoi resti. Suo fratello Genaro ha riconosciuto il corpo e anch'io, dalle foto."

"La radiografia ha mostrato il segno lasciato dal proiettile nel petto," aggiunse Frank. "È morta solo da qualche mese, il corpo è ancora identificabile, anche se il clima caldo e umido accelera la decomposizione."

"Abbiamo accompagnato Eduvigis e Genaro a seppellire Marisol. Samuel... Samuel... Si sente bene?" chiese Selena, allarmata.

"Sì... sì. È la tachicardia che mi gioca brutti scherzi. Niente di grave," rispose, mettendosi in bocca una pillola.

"È molto pallido. Vado a chiamare Leticia."

"No, no, per favore. Tra un paio di minuti starò bene. Ditemi tutto quel che sapete."

"Perché vuole conoscere i dettagli? Sono terribili. Spero che Anita non sappia mai come è morta sua madre. Ma dovrà sapere che non la rivedrà mai più," disse Frank, emozionato, sfregandosi la fronte.

"Chi glielo dirà? Io non ce la faccio," mormorò Samuel, tremante. "Ma la bambina non può vivere nell'attesa, come è successo a me alla sua età. Il colpo sarà durissimo, ma è inevitabile."

"Perché non aspettiamo un po'?" suggerì Selena. "Anita è ancora molto fragile, ha bisogno di tempo. Man mano che si abituerà alla sua casa qui, inizierà a superare il trauma di tutto quello che le è successo. Con amore e aiuto psicologico..."

"Si sbaglia, Selena, i traumi non si superano, si impara a conviverci," la interruppe il vecchio.

"Nemmeno io mi sento di darle questa notizia adesso, Samuel. Ha appena ricominciato a vivere nella normalità. Lei e Leticia le avete dato una famiglia, riceve tanto affetto, presto andrà a scuola, avrà degli amici... Come faccio a dirle di sua madre?"

"Se siete d'accordo, aspettiamo di vedere come si risolve la richiesta di asilo. Cambia tutto il fatto che Anita sia orfana," suggerì Frank.

"Nel frattempo, io e Leticia cercheremo di prepararla un po' alla volta. A dir la verità, non so come faremo, ma ci proveremo," disse Samuel, che cominciava a riprendere colore. "A voi tocca la parte legale. Il resto è responsabilità mia e di Leticia. Con noi, Anita è al sicuro."

Epilogo

Berkeley, gennaio 2022, un anno e quattro mesi dopo

Un sabato Samuel e Anita stavano eseguendo una sonatina al pianoforte quando Selena e Frank arrivarono alla casa stregata, come facevano spesso. La pandemia non era finita, ma siccome la maggior parte delle persone era vaccinata la vita aveva ripreso una certa normalità ed era possibile andare in visita. Selena viveva a San Francisco e studiava all'Hastings College of Law. Aveva adottato Samuel, Leticia e Anita come membri della sua famiglia. A sua volta, Samuel aveva trovato in lei la figlia affettuosa che Camille non era mai stata. Selena non poteva stare con loro a Berkeley, come le avevano proposto più volte, perché era troppo lontano dall'università.

La relazione tra Selena e Frank si rivelò più profonda di quanto entrambi si aspettassero, ma lei insistette nel voler mantenere la sua indipendenza. Non viveva nello spazioso appartamento di Frank, ma aveva affittato una stanza in un quartiere di studenti. Sapeva che lui poteva essere dominante e geloso come lo era stato Milosz, anche se con uno stile più dissimulato. "Ti sto allenando, ma sarà lunga, perché hai molto da imparare," gli diceva sempre, e lui rideva, anche se in fondo sapeva che non era uno scherzo. Con la stessa franchezza Selena aveva rifiutato la sua proposta di aprire insieme uno studio legale in futuro. "Non mi conviene, Frank, finirei per fare tutto il lavoro e tu ti prenderesti il merito." Il sabato era l'occasione settimanale per l'*high tea* a casa di Samuel, e c'era molto da festeggiare: l'asilo per Anita che Frank aveva finalmente ottenuto e l'intervento agli occhi. Leticia era in cucina a preparare il tè secondo i gusti del signore, che aveva idee rigide sulla cerimonia delle cinque; era diventata un'abitudine irrinunciabile in Inghilterra e cinquant'anni negli Stati Uniti non gliela avevano fatta cambiare. Su un'alzata a tre piani, nell'ordine prescritto, era esposta una selezione di sandwich salati e varie torte, e su un'altra troneggiavano gli *scones* con panna fresca e marmellata. Niente tè in bustine, che Samuel chiamava "tè nel preservativo"; si usavano le tazze di porcellana di Limoges che venivano dalla famiglia di Nadine e le teiere d'argento, recuperate dalla soffitta. Era una seccatura lucidarle, ma Anita l'aiutava, era un compito che non richiedeva una vista acuta. Approfittavano di quel momento per godersi una telenovela in spagnolo, perché Leticia era irremovibile rispetto al fatto che la bambina dovesse tenere viva la lingua materna; altrimenti come avrebbe fatto a comunicare con la sua Tita Edu?

Quel sabato Selena e Frank avrebbero visto Anita per la prima volta dopo il trapianto di cornea. Le avevano tolto la benda che aveva portato per tre giorni. Secondo il medico, l'operazione era andata benissimo e sperava che non ci fosse un rigetto. Avevano sempre visto Anita in calzoncini o pantaloni, ma questa volta li ricevette con un vestito da festa fatto da Leticia.

"Devo portare gli occhiali e non posso strofinarmi gli occhi. A settembre andrò a scuola. Non quella dei ciechi," disse Anita.

"Entrerà in quarta elementare, perché è la classe che le corrisponde per età, ma è già pronta per la quinta," aggiunse Samuel.

"Ora vedo tutto annebbiato, ma poi ci vedrò bene," disse la bambina e andò in cucina ad aiutare Leticia, seguita a ruota dal cane.

Né Samuel né Leticia erano riusciti a informare Anita della sorte di sua madre, perché ogni volta che ci provavano non trovavano le parole. Per questo motivo si erano rivolti a una psicologa, che incontrava Anita a casa due volte alla settimana. Era specializzata in traumi infantili, parlava spagnolo perché era emigrata dal Messico in giovane età e considerava che in un caso del genere non si poteva fare ricorso a Zoom. All'inizio Anita si rifiutava di parlarle, come se avesse intuito che era messaggera di brutte notizie, ma dopo tre o quattro sedute aveva imparato a rilassarsi con lei. La psicologa ebbe l'idea di far venire la nonna dal Salvador per aiutarli a dire la verità alla nipotina.

Frank ottenne il visto per Eduvigis in meno di ventiquattro ore, grazie all'amico Phil Doherty. Per la nonna fu il primo viaggio della sua vita. Arrivò con tre enormi valigie piene di regali: caffè, marmellata di tamarindo, formaggi, persino un contenitore con pollo fritto comprato in aeroporto prima di imbarcarsi. Lola mandava una bottiglia di *chaparro*, il tipico liquore artigianale di mais e zucchero, che Eduvigis aveva fatto passare di contrabbando. La Tita Edu si sistemò in una delle stanze delle antiche dame di poca virtù che Leticia aveva preparato con cura per lei, e si dedicò a coccolare la nipote per una settimana prima di iniziare a darle gradualmente la terribile notizia su sua madre.

Apparentemente Anita reagì bene alla tragica comunicazione, ma solo fino a quando la Tita Edu non ripartì per il Salvador. Aveva trattenuto il dolore con uno sforzo sovrumano per consentire alla nonna di andarsene serenamente, ma poi gli diede libero sfogo. Attraversò un periodo molto duro in cui passava dalle crisi di pianto agli scatti d'ira, lanciava per terra piatti e bicchieri, si nascondeva per ore con il cane e riprese a fare la pipì a letto, ma grazie alla terapia, alla costante compagnia di Paco e alla paziente attenzione di Samuel e Leticia, attraversò le naturali fasi del lutto. Si attaccò a Leticia, la seguiva per la casa e dormiva tenendole la mano, con la sua bambola Didi sul cuscino. La zia dovette sopportare che anche Paco condividesse con loro il letto, perché si stancò di farlo scendere; il cane aspettava un po' e quando riteneva di aver scampato il pericolo, risaliva furtivamente dalla parte di Anita e si accoccolava accanto a lei. Nei mesi successivi, le crisi della bambina divennero sempre meno frequenti, fino a cessare del tutto.

Un pomeriggio di quel doloroso periodo, Samuel annunciò ad Anita e Leticia che aveva una cosa importante da dire. Le convocò nel suo luogo sacro, la sala della musica, dove si sedettero in un piccolo cerchio con Paco ai loro piedi nella morbida luce delle lampade di vetro colorato Tiffany, circondati dai bellissimi strumenti musicali che aveva collezionato. Samuel non era abituato a parlare di sé, era un uomo molto riservato e aveva condiviso i pensieri e i ricordi più intimi solo con la sua adorata Nadine, ma nelle settimane in cui era stato testimone della sofferenza di Anita era arrivato a sentirla come sua. Le lacrime della bambina avevano demolito il suo leggendario riserbo. In quel memorabile pomeriggio iniziò a parlare tentennando, ma poi la diga che arginava i suoi dolori più antichi si ruppe e iniziò a sgorgare a fiotti tutto quel che aveva taciuto per così tanto tempo. Raccontò alla donna e alla bambina la sua infanzia traumatica, la perdita della sua famiglia, l'esilio in un luogo estraneo e ostile, e come era stato ritrovarsi orfano, sempre solo, sempre spaventato, fino a quando non erano apparsi nella sua vita Luke e Lidia Evans a offrirgli conforto e amore. Finì singhiozzando e anche Anita e Leticia piansero. Alla fine aprì la custodia del violino, tirò fuori la medaglia e la mise nelle mani di Anita.

"Cos'è?" domandò la bambina, tastandola con le sue dita sensibili.

"È una medaglia magica. Apparteneva a un eroe di guerra, il colonnello Theobald Volker. Me l'aveva data in prestito, ma è morto tanto tempo fa e non ho mai avuto occasione di ridargliela. La conservo da quando ho cinque anni."

"Perché è magica?"

"Se la strofini ti dà coraggio. Con me ha sempre funzionato. Adesso è tua, Anita. Puoi strofinarla tutte le volte che ne hai bisogno, il suo potere non si consuma," le disse Samuel appuntandole la medaglia sulla maglietta.

La psicologa aveva avvertito Samuel e Leticia che, sebbene Anita avesse iniziato ad accettare quanto era accaduto e si fosse affidata al loro affetto, sarebbe stato molto difficile per lei superare il timore di essere abbandonata, perché aveva subìto troppe perdite in un'età così vulnerabile. Samuel invece era più ottimista, perché la bambina trascorreva molte ore al pianoforte, persa tra le note, e lui conosceva meglio di chiunque altro il potere della musica. Aveva mitigato l'angoscia e l'insicurezza della sua infanzia e dato un senso alla sua esistenza. Si augurava che fosse così anche per Anita.

Un giorno la bambina aveva invitato Samuel, nella massima segretezza, ad andare con lei su Azabahar. Il vecchio le aveva sentito pronunciare quel nome in un sussurro, quando parlava da sola, ma Anita non aveva mai nominato apertamente quel luogo con nessuno, nemmeno con Leticia. Aveva capito che era un segno di immensa fiducia: stava per varcare una soglia mitica tenendola per mano. E fu così che Samuel fu l'unico a conoscere Azabahar, la stella degli spiriti, e poiché seppe mantenere il segreto poté andarci spesso. Poi, in ospedale prima dell'anestesia per l'intervento agli occhi, la bambina aveva dato a Samuel il permesso di rivelare il segreto a Leticia, Frank e Selena. Aveva promesso che presto ci avrebbe portato anche loro.

“Leticia mi ha detto al telefono che Anita non parla più con Claudia,” commentò Selena rivolgendosi a Samuel, mentre aspettavano il tè.

“Claudia non è scomparsa, ora è con la sua mamma su Azabahar. Anita ha invitato là anche Nadine e quando ci andiamo le incontriamo tutte e tre,” rispose Samuel in tono casuale.

“Cosa sta dicendo, Samuel?” domandò Frank, tra il preoccupato e il divertito.

“Non sono ancora rimbambito, non preoccupatevi,” rispose Samuel sorridendo. “Pensavo che Azabahar fosse il rifugio di Anita, il luogo dove andava quando aveva bisogno di fuggire da questo mondo, ma ora so che è molto di più. È il regno misterioso dell’immaginazione, dove si vede solo con il cuore.”

Grazie

A Johanna Castillo, per la sua amicizia e il suo aiuto. All'Agencia Balcells per l'affetto e la lealtà. A Jennifer Hershey, la mia saggia editor di Ballantine.

A Frances Ridley, la mia traduttrice verso l'inglese, che ha contribuito alla redazione finale.

A Jorge Manzanilla, come sempre.

A Juan Allende, che ha rivisto infinite bozze.

A Roger Cukras, che mi sopporta e mi vuole bene.

A Nicolás Frías, che veglia sulla mia sanità mentale (e su quella di chi vive vicino a me quando non sto scrivendo).

A Lori Barra e a Sarah Hillesheim, per il loro lavoro con i rifugiati e i migranti nella mia fondazione.

Ad Annie Toxqui López, per le preziose informazioni sul Salvador.

A Elizabeth Subercaseaux e a John Hasset, che hanno letto il manoscritto con grande attenzione.

A Cathy Cukras, per il suo aiuto riguardo alla cecità di Anita.

A Cristóbal Basso, per le sue conoscenze sulla musica per i disabili visivi.

A Sonia Nazario, per i suoi reportage sui rifugiati e i migranti al confine meridionale degli Stati Uniti.

A Maria Woltjen e a Olivia Peña, del Young Center for Immigrant Children's Right.

A Lauren Dasse, a Gabriela Corrales e a Lillian Aponte Miranda, del Florence Immigrant and Refugee Rights Project.

A Wendy Young, di Kids in Need of Defense (KIND).

A Susanne Cipolla e a Kely Reynolds, della Olmos&Reynolds Law Group, LLP.

A Michael Smith e a suor Maureen, dell'East Bay Sanctuary Covenant.

A Sasha Chanoff, di Refuge Point.

Alla Women's Refugee Commission.

A Jacob Soboroff, per il suo libro *Separated*.

Indice